未央歌集

辛铭 / 著

作家出版社

谨将此诗献给中华人民共和国成立七十周年

目录

出版绪言

辛铭

　　辛铭一直怀着这样的家国情怀，或者说怀着一个诗人的浪漫情怀，以极大的喜悦，在书写着关于不朽的中华民族的诗篇。辛铭所写下的诗多与黄河、黄土高原有关，与祖国的土地息息相关。辛铭说：诗人在新时代、在社会中，主要的工作是写诗，而不是经商。

　　写这样有情怀的诗，与诗人的成长和经历有关，也应该与诗人心灵的成长有关。诗人以比较自由的身心游历自己的祖国，穿行于人世的嘈杂和新时代的气象中，诗人强烈地体会到了未来的困境，物质文明与精神文明的双重危机，自然与人、心灵与社会的冲突。因此，诗人宣布：作为诗人，在新时代的使命就是歌颂大地和大地上的万物——天空、太阳以及祖国和人民。

　　他信仰共产主义，他也知道，他不是战士，但他愿意拿起他的笔在战斗中成长。于是他所写的《未央歌集》这本诗集里的诗歌，有冲突、矛盾、喜悦、哀伤；而另一方面，其中的诗歌又表现了中华民族上下求索的历程。其诗歌底蕴源自共和国，源自新时代人类所实践的、独领风骚的道路。共和国凭借人民手中所擎的火炬，穿过了这个民族命运最黑暗最迷惘的路程，以火焰的力量、火焰的精神，为自己的民族和国家确定了道路，明确了方向，上下求索，追寻命运之神，有焦虑，也有忧郁的苦难历程。共和国的道路，一直延伸向前的这条道路是苦苦探索出来的适合其自身也能与他国一起发展的一条更亮、更实、更长的道路，是一条更加高贵、更加美丽，离黑暗更远、离真谛更近的人类必然要走下去的道路。

　　诗歌也行走在这样的一条道路上，从共和国的摇篮延安开始，在那里落脚，走向全中国，从那里出发，走进北京，走向世界。这一点在之前我已出版的第二部诗集《中国梦》中已经有过描述。诗歌的理解是可以多棱角的，所以我将这本诗集命名为《未央歌集》。

我对国家怀着无比的热爱，我生活在我的祖国，我可以在人间大地上荣耀，因为我在祖国的土地上可以大声地哭，大声地笑，大胆地恨，大胆地爱。我在人类大地上以一个诗人之名发出声音：

> 我爱你，中国，我的祖国
> 我为你所写的诗，只为你讴歌
> 那是因为离开了大地，诗歌的翅翼会折断，我们
> 要学会飞翔
> 在北风的吹送下，将雪花中的春天带回人间
> 永志不忘，永生难忘，永久眷恋，当初的
> 也是现在的我们时代的东方大地

《未央歌集》的创作大致持续了三年的时间，其间我去延安数十次，我在延安鲁艺举办诗歌朗诵会，在巍巍宝塔山上聆听滔滔延河的弦音，思绪万千，神思奔放。对于这部诗集的创作，我之前并不知道会是什么样子，如同长征。长征在人类至今的历史中，都是前所未有的。我相信那是一种信仰的力量，为了一个信念和崇高的理想。我们今天的幸福生活、我们的快乐、好吃好喝的东西以及我们所享有的自由、共享的光明，我相信，这些，是他们的初心。今天，我们对美好生活有了更多更为丰富的追求，我相信，这也是他们的希望。我们在这里，在中国，所享受的美好幸福生活是过去时代给我们的遗产，那颗初心的火花培养出一个又一个的时代。那些永垂不朽的人民英雄，我们理当缅怀，理应珍惜。

我们理应珍惜，已经获得的、能够获得的、将要获得的一切。

《未央歌集》作为一个诗人为中华人民共和国成立七十周年的献礼，表达了对祖国和人民的热爱。我把本书献给不忘初心、牢记使命的中国共产党人，献给信念坚定、意志坚强、不

屈不挠、勤劳勇敢的中国人民，献给伟大的祖国。我怀着初心，走在伟大祖国的辽阔大地上，诗歌就产生在这里。同时，我以诗歌为慰藉，从延安出发，走向更壮美的河山。延安精神、延安情怀、延安之光引导着我，我走过留有共和国先烈足迹的土地，一切都被解放、山峦明媚而苍润的伟大的国土，触发了我对这块大地更大的迷恋之情，以及对到处可见的我们这个时代的奋斗者的奋斗精神的迷恋之情。因此，我从这块土地上看到了伟大信仰的光芒，从而也获得了这块土地给予的，或者，是这块土地所蕴含着的不竭的源泉。愿我们一起开掘，将大地的清泉引向美好的将来，滋润创造将来的人们，并记录我们的时代。每个时代都存在着时代的使命，那必须是具有时代性的人民大众一起去完成的。从 20 世纪到 21 世纪的今天，五星红旗就是红色的永远的初心。

我把《未央歌集》献给我的读者，是希望在我们的新时代看到全体国民对国家的态度、对国家的情感。

如我正在写作的绪言，诗歌，也只是一种情绪。不见得就是赤条条的灵魂。在我出版了《中国梦》这本诗集后的日子里，我听到许多声音，最多的也是最强烈的声音是：为什么这么伟大的时代竟然没有伟大的诗歌？关于伟大时代是否产生伟大诗歌的答案早已被这个时代回答了。曾经的诗歌，充满激情与色彩，对中国读者而言，有深刻的印象。从古老的中华大地上，我们早已领略了唐诗宋词元曲。在世界诗歌史上，中国诗歌丰富了全人类的诗歌。我们读李白的诗，就会想到老李斗酒诗百首；念杜甫，就会想到老杜的忧愤；读屈原，我们即刻明白"庙堂之高，江湖之远"，因为他们共同的特征，是涉及个体的生命与国家的命运。因为他们在关心天下庶民，而不是天天做着生意，种着田，下个馆子，醉后各奔东西，醒后各自凌乱。

中国在进入新时代的进程中，我们经历了饥寒交迫，"大跃进"，"文化大革命"，以及"全面实现四个现代化"，实现小康的宏伟目标。对一个生于 1965 年的诗人而言，以我的经历、阅历、学识、眼光，想要书写出一部歌颂伟大祖国的诗集，一定会存在我所不能抵达的某些境地，比如历史的以及可能存有的其他的局限。我不一定能够完成我们这个时代的诗歌的使命，只不过，我对祖国的爱是骨子里的，皆我所爱的爱，因为我是这个新时代的宠儿，站在时代的前列。在新的物质与精神的世界中，诗人必须像李白、杜甫，像郭沫若、艾青一样提出问题，还须解决问题，将人民的困惑与精神展示给我们所处的新时代。

迄今为止，在中国诗歌史上，从《风》《雅》《颂》《九歌》《天问》《凤凰涅槃》以及那么多诗人的作品中，我们很少读到一部描述伟大中华民族的史诗，也很少看到诗人创作诗歌剧、音乐诗剧。我们虽然有值得骄傲的《诗经》，但是我们没有"文艺复兴"。我们今天回过头来看看五四新文化运动，实际上是反映了当时人民大众的公民意识。老百姓是最先感受到社会改变的人。一百年前中国发生了五四运动，那是真正意义上的群众运动，是一场伟大的革命运动，体现了爱国的情感，还有众所周知的是带来了新诗。自五四运动以来，从文言文、从八股文到新诗的出现，新文化运动将中华民族灿烂的文化带入了一个全新的境界。我们会在今天纪念新诗的先辈们，如：胡适、鲁迅、周作人、刘半农、郭沫若、田汉、朱自清、冰心、冯至、徐志摩、闻一多、戴望舒、林徽因、何其芳、艾青、臧克家、郭小川、贺敬之、流沙河……他们用细致的笔触，带着对祖国的热爱，带着对人民的疾苦的关怀，带着信仰和思想的力量，创作了大量的诗歌，讴歌了一个伟大民族，也描绘了民族的焦虑、民众俭朴生活中的切肤之痛，还有对未来社会美好的祝福。

我以为诗是田园的时光，是都市的繁华，是从童年时代开始，就在井边，从绳索上的水桶开始，摇着手柄，转动着辘轳，我们饮着甘甜的水，看着水面上我们自己的脸，用发自内心的喜悦之声说："吃水不忘挖井人。"许多年后的今日，我在哗啦啦的自来水的声音里，依旧会回想当年的咯吱声、咕噜声。我以为从田野的麦茬地上跑向光溜溜的柏油路就是我想要的生活。诗首先应该是诚实的，准确地说诚实是诗歌的一种品质。我的创作经历了燃烧的咆哮、脆弱的善行、徒劳的伤悲，热情的讴歌，也将我的全部的爱留在了我所爱的国土上，就像高山的泉水流过土壤，慢慢地在那里呼吸，生长，终于成了不朽的美丽的百合花。倔强的美丽，染红了纯洁的河水，染红了田野和山峦绿色的波涛。

我们的时代，被无尽的嘈杂声喧闹着，苦难似乎是人类的一种疾病，正如疾病是人的一种不幸一样。今天，应该有医治人类苦难的好医生、好处方、良药来调和不公正、不平衡的人类环境。面对今天人类的苦难，我听到了共和国的声音，看见了中国处方，关于道德、正义和人类美好幸福安康的生活的处方。

除了坚强、勇气、远见，更需要正直。有时候，我会处在很弱的光里，陷入可怜巴巴的困惑中，泪汪汪地寻找诗歌的语言，会觉得诗歌是内心的一种沉默，或者是一种忽然失落的没有意义的呻吟。总是在这样的时刻，沉默降到诗歌的灵魂之上，好像是和先辈们的英灵在对话，在相互的默契中缄默不语，又好像同他们一起在陕北大地、共和国的摇篮里沉睡。在颤抖中，在边缘上，与没有面孔的灵魂对话。会听见陕北高原的声音和裹在风尘中的歌唱，不断地想着那些真正伟大的人，那些历史。那些火焰，那些像花朵般凋落在大地上的无数梦想，被千百年的风低诉给天空，那些用毕生战斗的精神，那些不忘初心的荣耀……那里站立着我们的祖先，不是在他们的坟墓里，而是在我们的心灵深处，在那里，他们是永垂不朽的。

我走遍了祖国的大地，多年来在北京—延安、延安—北京之间辗转，感受着这块土地上的荒漠、岩熔、喀斯特地貌，这块土地上的草原、河流、青山绿水、城市和乡村，这块土地给予了我诗歌的生命、现实与幻想、富有与贫困。在令人欢欣鼓舞又令人窒息的双重状态下，不断地转换身份。我同时面向两个现实，创造着物质财富，创造着精神财富。在很多人看来，我的创作是缓解源于双重世界的现实压力，是一种缓解精神危机的有效途径，是眼神里带着的那份遥远的孤独。

我以为，新时代的中国社会聚合着我们的一切热望和信念，所有我们曾经意想的或是现在意想不到的，此前的喧哗正在沉默，此前的沉默正在试图或已经发出了声音。在这个变化如此惊人，陌生事物或是新鲜事物层出不穷的社会和时代，不管我们喜欢或不喜欢，我们都将要经历这个时代。只有一种选择，就是努力和奋斗，将我们自己奉献给时代，奉献给社会。

亲爱的读者，我将《未央歌集》献给我们的时代，献给祖国，献给你们。我是一个对美好生活充满信心的人，我是一个有家国情怀的诗人。在这本诗集将要出版，将要印制发行的时刻，我正在努力思考着我今后的工作，因为我喜爱写诗，又从事着生物医药的工作，我热爱写诗，也热爱我的工作，但是一个人的精力毕竟是有限的，在有限的时间里要做无限的工作，对我本人而言，在我们的这个时代我需要做无限的工作，对我本人而言，在我们的这个时代我需要做出选择。如你们读到的诗集，《未央歌集》，我会一直写下去，写下更多的适合我们这个时代的诗歌，我将把我的诗歌化作大地的泥土，在汉语中耕耘一片诗田。在大河滔滔、山峦叠嶂、纵横交错的黄土高原上将我变成泥土，哪怕是尘土，我也愿意在东方的太阳下接受普照，接受红星照耀中国的永恒的光。

我亲爱的读者啊，在这个我们的美好时代，我这样决定了，我以赤子之心、豪迈之情迎接雪花，为春天披挂绿袍，为秋日披挂硕果。这是我的选择，我将跟随着我们时代从容不迫的气度，用诗歌描述共和国的精神气质。诗歌传颂着共和国的博大精神，体现了与中国精神相称、与我们时代相称、与人类命运相称的风姿。

因此，我选择了诗歌。

还有什么能让我离开诗歌的田园
但愿我的诗歌成为大地的青山绿水
但愿我眼中的土地是金秋十月丰收的节日
是共和国欢庆的时刻
是胜利的时光

打开那颗早已有了的初心，以诗歌面对坚定的信仰。我因此要在我们的时代选择诗歌的道路，我将告别一只羔羊的梦想，我想要做的是用诗歌传颂我的祖国，畅想新时代的中国梦，像凤凰一样重生于新时代的火焰中，追寻那伟大而永恒的初心，迎接人类历史上最美好的新时代。

诗人站在黄河岸边，在波涛汹涌中献出诗歌的花朵，用一切的气力向眼中的大地赠送花开的芬芳。是的，诗人应当将词语化作泥土的、谷物的、麦穗的、棉花般的文字，理所当然地颂扬大地和祖国。如今，我们仰望高高飘扬的五星红旗，站在天安门广场，我想对我的祖国说：我爱你，中国。我的祖国啊，祖国，你是否感受到了一个诗人纯洁的心灵，祖国啊，我愿意在你的国土上站着，不弯腰，也不折断，挺立在你的葱郁中，含着热泪为你的诞辰而欢庆。在我孱弱时，你是我克服艰难险阻的力量，你的光一样的目光给予我节日的盛装，让我感到喜悦。我将在你的大地上纯洁地重生。

2019 年金秋十月，我将和祖国一起欢欣鼓舞，10 月 1 日，是共和国的生日，我们在天安门广场仰望迎风招展的五星红旗，目光里流溢着峥嵘锦织的岁月。我相信，万古以来的人类，无论是历史的，还是当今的，或是将来的，一切人类，血液都是鲜红的。大地繁荣，茂盛丰饶，四季分明。东方大地的博大的精神、清新的容颜、庄重的步伐、不失礼仪的气节，将人类命运的每一个时代刻录在木简上。我更相信，没有任何的国家如此迫切地需要伟大的诗歌，讴歌大地的万物的诗篇。我从未想，也从未放弃过初心的信仰。诗人的诗是他和他的时代、国家的记忆，是站起来、富起来、强起来的十三亿之众的人民的精神。当两百年前西方的自由与民主在当今时代停滞不前，他们的意识将无法阻挡奔跑的中国人民，中国共产党人的目光早已将人类命运看得更远、更加透彻，并以他不懈的努力证明了自己的道路是正确的，是更为宽广的道路。

《未央歌集》的创作将我带进了一个包容的世界里，我给自己设下了描绘自己祖国、歌颂祖国和人民的使命，自觉承揽起对时代的记录的责任。我孑然一身，游历祖国的山川河流，从嘈杂的城市到寂静的乡村，执着地忍受着得不到他人慰藉的孤独。如同我的属相，一条梦幻般的蛇。我可能是所有中国诗人中最孤单的一个，我游离于诗歌以外，却又站在诗歌的中心地带，正视着我们伟大时代的气象万千。我的讴歌、颂歌、赞歌的诗句里又有着决绝，我满怀忧伤却从不彷徨，我热爱自己的祖国，对祖国的人民饱含执着的亲情，我从未离开过自己的祖国。

我始终认为诗歌的作用或是价值在于可以昭示和唤醒，在于诗歌丰富的仁爱，不仅如此，诗人和他的诗歌应该是他的时代的急先锋，是被昭示的最先的觉醒者。作为幅员辽阔的中国的诗人中的一员，我必须履行一个诗人的基本职责，必须表明自己在社会当中和所处的时代的态度，并将自己的心血和灵魂、希望与梦想、激情与热情投入到最为广大的人民当中，发出时代的和人民的声音。只有这样，我才可以堂堂正正地将诗歌与自己融为一体，融入我们的新时代，诗歌才可以在祖国大地上蓬勃生长，才可能在祖国人民当中被朗诵，被传播。

《未央歌集》是一部我为祖国和人民所写的赞美诗集，我个人认为这是一部讴歌新时代的诗集。有人认为我是一个政治抒情诗人，也有人认为我根本就不是一个诗人，而是一个不务正业的商人，还有一些人则认为如果我是一个诗人，就应该远离政治。但是，亲爱的读者们，诗人在他所处的这个时代里，他在歌颂他所目睹的万千变化和新时代的荣光，他不可能将他的诗歌脱离他的祖国大地及大地上生活的人民。我因此而尊重他所写下的诗。

我在诗集《中国梦》的后记《光荣与梦想》里写道：诗歌可能存在的进程，几乎不用多讲，大家也都清楚，当下的我们，当下生存状态、生活方式下的我们，已成为当今社会中的一员。这是我们的命运，无法回避的、扑面而来的命运。没有人可以脱离于我们自己的时代。

令我吃惊的是，在过去的三十年，中国诗歌几乎没有丝毫革命迹象，无论是语言的还是政治的。我很少读到过触及政治方面题材的诗歌。令我更为吃惊的是，当提及政治抒情诗，或与政治有关的诗时，许多人的脑子里都怕触及，或者认为是"迎合"，是"拍马屁"，甚至夸大到"自己只是吃瓜群众"，或者把自己看作是具有某种特权的"精神贵族"。我认为，中国诗歌正是缺失了诗歌本身的精神，"空"到了"虚空"。从某种程度上，或者从诗歌艺术的角度上说，这是不诚实的。我还认为，诗歌或是创作诗歌的人，如果连革命的思想都没有了，那么语言的革命也就不存在了。诚然，中国诗歌在感觉上的

"萎缩"与商业、物质的扩张有关，但中国诗歌并未参与到这场运动中。所以，当今中国的诗歌被遗忘了，至少，被边缘化了。我还认为，诗歌需要一种态度，革命性的态度和语言上的态度。最后我要大声地说：中国的诗人们，请以诗歌的伟大力量，向我们的国家献上理所应当要献上的诗篇，在时光的丝绸上书写中华民族健全的汉语诗篇，这将是献给伟大祖国无上的礼物。如果我们做不到的话，我们就没有加入到意义重大的中华民族复兴伟大中国梦的进程中去。

尽管如是，我仍然要赞美共和国大地上的诗人们，赞美徐迟、穆旦、洛夫、余光中、食指、北岛、昌耀、于坚、海男、海子、西川、骆一禾、吉狄马加、邱华栋、杨克、叶舟、李少君、叶延滨、沈苇、雷平阳……以及获得鲁迅文学奖的所有诗人和那些为共和国耕耘诗田的诗人们。我相信，中国的诗歌、中国的诗人正在我们这个大变局的时代站在历史的前沿。在中国诗人日益深爱自己的国家的今天，无论是在中国诗坛，还是在世界诗坛，也无论是英语诗还是汉语诗，中国的诗歌都有着深厚的内涵。在共和国面向世界更开放的新时代，中国诗人们一定能攀上世界诗坛的峰巅。

我以为，在我们的这个新时代，我们的国家，在我们国家的这块土地上，理所应当要产生伟大的思想、伟大的科技、伟大的进步、伟大的诗歌，所有这些伟大的事业应在我们伟大的行动中得以实现。中华民族从未停止过对美好事业的追求，共和国的伟大事业一代接着一代，毫不松懈、毫不羁绊地在奋斗中向前奋进，不断进步。共和国进入到新时代，向世界彰显了中国的形象，以及自强不息的奋斗精神。共和国的全体人民都在务实地奋斗着，国家气象变得更加清新明亮。一个生机勃勃的国家，从开放走向更大的开放。博大的辽阔的共和国，有她的博大、宽宏的气度和胸怀。共和国正在为世界铺设出"一带一路"的伟大道路，正在以前所未有的精神引领着她的人民，实现着她向世界宣告的全面实现小康社会的誓言。这是一个民族、一个家庭都不能落下的壮举。因此我以为，共和国一定会涌现出一大批对世界有影响的优秀诗人，他们会在新时代攀登上诗歌的高峰，为共和国抒写出伟大的壮丽的史诗。

如果有李白、杜甫，如果有屈原，如果有沃尔特·惠特曼，如果有弥尔顿，如果有泰戈尔，如果有巴勃罗·聂鲁达，如果有《失乐园》，如果有《荷马史诗》……中国需要配得上我们时代的伟大诗人。一个伟大的诗人将被这个伟大的新时代选择，一个伟大的诗人将创作出无愧于时代的美好诗篇。请诗人们相信，这个时代是产生最伟大诗人和最伟大诗歌的最适合诗人的时代。

在共和国的血脉里，从来都不缺少诗歌的元素、诗歌的素材，也不缺少诗歌的天才。我相信，而且有理由相信，我们的伟大的国土上，已经为共和国的诗人们提供了丰富的营养。新时代是赞美诗的时代，是光明颂的时代，是中国梦的时代，是走向世界的时代，是对未来美好生活追求与奋斗的时代，更是共和国优秀诗人的时代。

《未央歌集》的创作经历了一个相当长的过程，我所关注的不是诗歌的韵律，也不刻意在意词语以及诗的格律，《未央歌集》里倾注了我对自己祖国和祖国人民的挚爱，同时也表达了我对大地的无限眷恋。我所处的社会急剧变革，世界发生变局，矛盾、冲突、对立、信仰危机，我以诗歌的语言表达了这个时代最深切的痛苦。我关注人民追求美好生活、对新时代的渴望。通过中国人民的实践，那颗美好而高尚的初心将延伸到人类的共同命运当中。中国的精神、中国的理念、中国的方案将融入世界，重建新时代的世界格局，建立新时代的信仰，实现中华民族伟大复兴的中国梦的壮举。

从我已经出版的《中国梦》到今天将要或已在读者手中诵读的《未央歌集》，我都以一个诗人的身份在为我的祖国、我们的新时代而讴歌，在为我们这个时代和国家里的人民唱赞歌，在思考我们的时代，也表达了对我们时代的态度。在我们的时代，还将继续着在任何时代里都需要的那种薪火相传。我们更为紧要的是在现实社会、现实世界里，在那些可能隐于一块石头、一粒盐、一滴水、一棵草、一只叮咬的蚊子、一只蜜蜂、一只飞鸟的意想不到中。

有变节者、背叛者，有信仰大道上的迷失迷惘者，有背信弃义出尔反尔者，伟大的人类的初心需要冷静、沉着地面对这个眼花缭乱的、充满艰难困苦和焦虑的小小球体，继续以最为智慧的也已给予了黑暗光明的火焰，以最为温暖的情怀，最为炽热、最为稳定的光芒，以初心的公平、正义、美好和真理之光关照慰藉鼓舞人类，就像人类从圣山接受圣火，手中擎着火炬，传递初心的精神。因此，我把我们这个时代看作是人类历史上最美好的时代，或者是世界上最幸运的时代。

今天，我坐在天山脚下，美丽草原我的家里，在书屋里写完了这本诗集的绪言。我内心十分地清楚，我知道，我的希望和雄心依然在路上，并未如我所愿如期而至，如同这本诗集名为《未央歌集》。我也知道我们的未来也在滚滚而来，时间和人生都像河流一样。我并不知道，我是否会站在打好的井边，是否依旧在畅饮中看见灿烂的笑脸，但我必须要坐在黑洞洞的井口的边缘，在哗哗的自来水龙头下捧住浪花里的甘甜，捧住花里胡哨的笑脸。我更知道我在回味过往的岁月，也在品尝时代的滋味，在忙忙碌碌中经商，在踌躇满志中写诗，我怀有厚望的是我抒之不尽的诗，是无尽的歌……

我素昧平生的读者啊，我献上诗歌的今天（2019 年 8 月 9 日，农历七月初九）是我的生日，现在我五十四岁了。我完成了献给共和国七十岁的生日礼物，献上了我对祖国的爱，我的梦想。我梦想活到八十四岁，到那时，就是共和国的第一个百年。作为对乳汁的回报，愿为百岁之母唱出心中最美的赞歌，无尽的歌……现在，我把《未央歌集》交付给《中国作家》和作家出版社，献上一个诗人对伟大祖国的赞美诗。

我当然不会忘记，《未央歌集》创作过程中的那些歌者和千万人民群众以欢歌笑语汗水和泪水融合在新时代的所有的歌，当然不会忘记，当我走过诗歌的良田时我所遇到的同耕者，有黄土地上的诗人曹谷溪先生。当涌动的诗歌落入江河湖泊，落入所有的大地，当耳边响着碎裂的涛声，风沙和碎屑糅合在我的眼里，当我困顿，就要趴倒在地时，有吉狄马加、邱华栋、王山、黄宾堂、程绍武、方文、李少君，楚天舒、张熙……当碎屑般的诗文成集时，省登宇等将它变成了诗田里的花朵，有了恣肆的盛开。（我内心感谢）当然，我在出版绪言里也要将这种友爱之情表达出来，并且永远记住。当然，我的灵魂会微笑着感谢给予一个诗人创作这些诗篇的时间与空间的家，小到我的家，大到我的国。

亲爱的读者，不管你是谁，你在哪里，如果你愿意，我都会怀着对诗歌的青春之恋，以最为深沉的爱，念给你听，唱给你听。让诗人的声音留在我们的时代，留在我们辽阔的祖国大地。因为这部诗集是从新时代的土地里长出来的，是共和国哺育滋养的酣畅淋漓的长诗，是一个诗人在诗歌的道路上的一次雄心勃勃的尝试，是对当今这个了不起的新时代的、对祖国、对人民的讴歌，是共和国伟大的交响曲的序章。

我相信，共和国的全体人民都是新时代的参与者、建设者、缔造者。因此，我为你为他，为我们的新时代送上真诚、良好的祝愿和爱。让这颗初心深深扎根于伟大复兴的中国梦中，让梦想在信仰之光的照耀下实现。

未央歌集

"为什么我站在这块土地上眼睛里总是含满着泪水？"
他自己回答："因为深深地爱着。"

闪亮的风，处处弥漫着的风情，在黄土坡上滋生了
一坡坡一坡坡的蓝花花儿，装满了的春色
饱含回忆和一往情深的张望，春风
挑动拨浪鼓，打响由风和水与时间
雕琢的一刀刀山，一条条的沟壑
扯起绿的衣裳，黄的面纱
那赶脚的牧羊人和清晨的信天游
          穿透大红的鸡冠
穿透风，穿透河，穿透迤逦盘曲的黄土高坡
穿透穿着碎花棉袄挎着柳条篮篮的女子的心肠
那深切的爱，在你妹妹的心，在你哥哥的心
          你去吧，你去寻找吧，拨撩起心弦
          把妹妹的心儿也带走

序　诗

我乘着这个时代的东风
由人民殚精竭虑地创造的风气
我渴望尊重并希望融合于其中
像婴儿或是儿童和一个国家及民族的命运紧紧相连
从每一个人的童年就开始，呵护并营造风清气正的环境
身为国家的公民都有权利改变这个环境
一切的开始，在行动中追求美好的生活
欢乐就会充满在孩子的笑声中

我在东风的吹拂下颂歌以往的岁月
颂歌奔放的、美好的现实，颂歌未来
用一本可以吟诵的诗集——《未央歌集》
我在这个气象宏大的国度收录一切时代的"未央"
人类从未停止的进步和自由，追求美好生活的梦想
与这块土地上的人民用自己的语言
彼此坦诚交流心灵的感受
向生活在这块土地上的人民致敬
我颂歌我们的新时代
渐渐充实起来的心灵，踏实稳健的步伐
伟大的中国梦——一个民族的人类梦想
从一切人民的梦想出发
将梦想的种子播撒在每一寸土地上
生长出更加美好的信仰的花朵
人类命运共同的美好的信仰
平等而自由的和平

正在东方响起的，集成的和声

我在这块土地上歌唱，歌唱一直存在的事物
我要唱出人类大地和属于人类的雄壮赞歌
我要在这个新的时代里愉悦而欢快地
谱写美好生活的赞歌，歌唱爱的色彩
我愿意用诗歌证明这个新时代的伟大之光
这个洋溢着伟大灵魂的伟大时代
这块东风的大地，古老的大地
我所深爱的大地，香味的大地
我愿献身的大地，记忆的大地
我的诗歌的大地，欢乐的大地

我为我的祖国献上伟大的灵魂之歌
以便，我将我的肉体葬在国家的土地上
　　或许，我会在天空上飞翔
　　　　或者是在一片麦田里
　　　　　　在那里我看见了一个人的守望

风起，风涌，风动，风起云涌
　　那是天空里的东风
　　　携着一袭的雨和
　　　　大河的奔腾不息
我以为，我喝着黄色大河的水
　　我便以为我可以放声高歌
代表一个诗人的肉体和灵魂

我歌唱一个与他人有所不同的人
因为他的声音代表着人类求助的声音
我歌唱，大地上所有的居所里
　　有炉火熊熊燃烧
我的四周飘着猛烈的大雪
　　一片的雪花儿，便是一片的苍茫
我的四周是惊涛骇浪，悦耳
　　一叶孤舟，一个画舫

在东方的繁星的夜空下
　　　彰显一个民族的丝绸旗帜

我这样地歌唱，歌唱伟大的祖国
　　　　歌唱全体的人民
以热情、活力和我全部的生命的力量
　　　　为祖国和人民献上不朽的诗歌
我尤其要歌颂已经来临的、比任何时代
　　　　都要伟大的新时代
那无限延伸的丝绸一样的路和
那无边无垠的苍茫的蔚蓝的海
　　　在沙与沫，在浪与花，在繁星满天下
我感受到了绵延不息的新时代的涌动
这就是未央歌的诗篇
　　　是这个时代赋予一个诗人神圣的使命
是信仰中的，情怀里的，不可动摇的信心
我把折叠起的忠贞不渝的爱折进每一行诗节
　　　歌唱着，行进着，带着诗和远方
将其献给坚毅而不屈的中国人民

我因此，将《未央歌集》献上，以此作为
感恩和赞颂的赞美诗
谨以此诗献给人类大地
　　　献给苍茫的海洋
　　　　　献给船长和所有的水兵
献给永恒的人类。

诗人·牧羊人和民歌手

诗人：
我不知道，这是怎样的一片天空，又是怎样

的一块土地，呼吸着啥样的空气
我问我的灵魂
我看见一支红军的队伍从雪山从草地从宝塔山走过
走在之前没有世人走过的路上，走向真理的世界

牧羊人：

我知道。你瞅瞅山疙瘩，这沟沟。
你说得远，倒是没有想过。要我说吧
这皇天后土的能是个啥，实在的天，实在的地
活在窑洞里，简单得很。我见天地在这山
沟沟里放羊，我爷、我大都放过羊，祖祖辈辈
地放羊。这里我的羊儿们自由自在，羊儿们
也知道哪里是它们该待的地方
它们就没离开过这块土地

诗人：

在我未来到之前，梦想中的地方，神秘的
神奇的陕北，我向往月光下的宝塔山和
银光闪闪连绵不绝的延河水，我虔诚心灵
的无限的向往。我如此地泪流满面，为什么？

民歌手：

你听，黄土高坡上的风在吟唱，歌声在黄土地上
在谷物中沉醉了。让我们一起唱吧，让我们生
长生活在风和歌的陕北。可以没有音韵，没有
节拍，这样就把心声一个个地唱出来。让歌声在
远近的风中为我们找到爱人
我们要唱，唱出你的，我的，我们的
要到那黄土高坡坡上，摘下红溜溜的枣子
要去看黄河的鲤鱼跳跃，壶口的浪花，哦
我的亲亲的妹子亲亲的歌
再深的沟沟里也要踮起脚尖

再大的风也要一个劲儿地唱
从一座山岭到一座山岭
都要回响孕育着爱的歌儿
将是我颂歌给妹的眼里的披风

诗人：

我在这里久久伫立
聆听山峦群峰高歌
有柔情的歌影有炉火的温暖
我在这里独享欢乐美好的时光
持着一颗朝圣者的灵魂
为什么，在我的心中会泛起看不见的哀伤
为什么，唤起的仍旧是眼眶里的泪光

牧羊人：

我高高坐在这山坡上
从清晨到日落
我的羊儿从一块石头上跳到另一块
赶脚的人赶走了呼呼啦啦冰冷的西北风
我的羊儿的羊毛温暖着我，你不懂，我眼里的温暖

民歌手：

心中有愁，眼眶有泪，脸上有哀伤
把你手给我，当我们的手臂相握相拥
那世上就消失了哀愁，那哀歌也是欢歌
因为你已经唱出了心胸里的渴望
那样的时刻，我们敞开胸怀，合上眼睛
黄土的大地会带给人世间美好的梦幻
就会听到大地唱响的一支情歌
会淹没你的哀声一直到你睁开眼睛
那样泪水也能浇灌幸福的花儿盛开

牧羊人：

当我还年轻时，如果听见信天游的歌儿
哪怕是看不见个人，人儿，心里头也痒痒的
因为那时我还年轻，现在我老了，你这么
年轻，娃娃子。你为啥来到这里？去吧去吧
年轻的后生，人世间摸不透的东西多咧，别
让它一起进坟墓里。好好地活，美美咧。

民歌手：

我的歌声的旋律带着悠长的渴望，
是一个凡人心头的情爱，爱慕的歌儿从我心底
里唱出传递给爱怜的人，为爱人寂寞的心
苦难的身，为她宽衣，为她御寒，为她筑起
遮风挡雨的巢，让洞穴有一壁炉火。我要唱
的就是关爱爱人的火焰之歌，情爱之歌
血和汗水与泪水一起荣耀的歌
听，这风中的歌，这红了黄色大地的歌……

诗人：

如果给一首信天游插上翅膀
如果给一个灵魂插上翅膀
如果给一匹马插上翅膀
如果给风也插上翅膀
给水也插上
如果梦想也生长出翅膀
或者，一片树叶突然变成金色的翅膀
那些曾经的圣地上的理想，火风，大地的梦幻
我看见圣地的每座山峦山峰上站满了灵魂的图像
犹如神圣的祖先
我在呼喊，在亲吻，我在大声地呼唤
而我诗歌的语言却无力表述抚慰相拥
我想大哭，以泪化作春雨化作郁郁葱葱

牧羊人：

你瞧，我的羊儿们，无拘无束，自由的腿脚

但是，它们知道该待在什么地方，安然无恙。没有哪一只羊儿愿意迷途。

民歌手：

这块土地上蕴藏着的意味深长，有一股神奇

的力量蛰伏在地上，蛰伏在每一个陕北人的心中

我走遍了整个陕北，这块土地上跳动着不为人所见的活

的心灵，这块土地有灵性、有厚爱、有唱不完的情、颂

不完的歌，是一种质朴，而又有洞察力的爱，有一种浑

厚的如黄河般的汹涌的爱，有一种花儿的灵性，一种喜

悦的气息，是一块有心灵的土地……

诗人：

我听到陕北的民歌

我是歌声中欢快的诗人

如果麻木的梦魇降临到我的头顶

我听到她的歌声就像是吸吮着乳汁

我的内心就会充满欢乐

在闪闪发光的歌声里

我为陕北而颂歌

因为陕北的歌，我把我的梦种到陕北

因为这个梦会滋养心智

因为这个梦是贴在这块土地上的梦

梦的呼唤和大地的呼吸交融着

梦着，歌着，唱着，颂着

诗人在颂歌中想着你的形象……

民歌手：

啊！陕北的精魂，卓越而美妙，与我的歌一起欢快

好一片灿烂的大地，红彤彤的太阳普照着这块壮丽的

土地，永远充溢着深情厚谊和饱满的热情，时时刻刻都能唤起自由心灵

的喜悦。啊，陕北的民风，为生命所爱，
为生命而虔诚，为生命而感动，对这块土地的爱不是
淡淡的爱，而是深深的爱。这一切的爱啊，深情厚谊啊
来自于这块土地，是她馈赠于陕北人（精神的）盛宴。

诗人：
冰与雪，火与水，浮在水中的乳哩！
一只羔羊在跪乳母亲的呼吸
天上人间的风景。天啊！
为人间披上金的、银的云衣
又把伊犁河畔的薰衣草搁在枕头里
夜来的香气，珍珠般的泪珠，一串串的河声
而诗人，待在离天最近的昭苏
守着哈萨克牧民的毡房
如同守着开遍大地的菊花在芬芳的菊香里
叩跪善良而又智慧的母亲
诗人穿过沙村的沙枣林
悠悠的故乡，苍茫的大地
诗人是有罪的犯了天条的下凡在人间的地主
诗人忠诚于大地，茂密的庄稼，鲜艳的花朵
诗人在他所热爱的人间放声高歌
为了不再告别的初次相逢怀想着怀想过
似曾相识的大地，诗人将泥土化作水土
你千姿百态活在美好的人间，如果
除非，大地将诗人变成水蒸气

民歌手：
诗人啊，我的好兄弟，诗歌，诗歌
你诗，我歌，且听俺唱曲歌吧。
（唱。《兰花花》《走西口》）

诗人：
诗的歌，诗歌的大地，芬芳的歌，沸腾

的血液，恩情的报答，这雄厚的歌哟！

浩荡的歌哟，淋漓的歌哟

鲜红鲜红的心火开出血红的花朵的歌哟

我感谢，哦，感谢你的歌，何等的歌啊！

这般动情的歌，勾了魂儿的歌

唱亮黑夜的歌融化冰雪的歌

鲜花般的歌，太阳般月亮般的歌

这心疼地抱在怀里的歌，醉了般的歌

吞肝吐肺的歌，这歌哟……

飞越过雨水打湿的兰花花的发梢

震颤过流过黄土塬黄河的浪花花

像正月十五里的元宵像陕北人家的麻团

撒了葱花油汪汪的羊汤面

盖在被褥里的闪着微光的温暖的汗水

飞过陕北高原的红艳艳的天空

闪烁着十送红军，重峦叠嶂，千里疆土

一路向北，再向北方，歌的声音响遍

东方的太阳，红了的太阳

哦，这闪烁着五星之光的母韵

在五千年的黄河，雀跃欢呼的黄土

硕果累累的枣园，更亮的宝塔

油灯下的窑洞里苦修经典

可见的火焰举起黎明前的黑暗

在肥沃的黄土地上露出金黄的米色

哦，我知道的来自于辽阔的大地、水、土

把嘴唇和呼吸写在大地上

写在全世界都知道的延安

我愿延安之上的天空中

永远高高地飘扬着五星红旗

以使我们昂首阔步向前进

以使我们眼睛里流淌热泪

以使我们为旗帜下的中国骄傲

以使我们知道一个民族复兴的梦从那里开始

以使我们知道继续前进的道路

哦，延安我心中的圣地，因黑暗而复活的太阳
　　永远的圣地，永远的国土，永恒的信仰

朗读者：

我们所有朗读者的声音，所有的词典
句子，诗歌，那些我们怀着真挚情感
朗诵的那些诚实的诗歌，那些踩响
在暮晚的脚步声，无风的无花果的果园
吹着风的海山，灯火通明的山谷，湖畔
的晚餐，背井离乡的一封家书
锈迹斑斑的犁具，奔驰的高铁……
诗人啊，我在寂静的夜晚默读你的抒情诗
颂歌的，礼赞的诗句
我能够感受到，听得到诗句里未尽的风骚
我能够看得到，看到诗章里渐现的群山
看得见，听得见止不住的泪水
携着的美好情谊流入群山汇入大河
我与你的诗歌里的你的那份率真的天性
汹涌奔腾的旋律相遇在
我们这个时代新的光彩中
我将会大声地朗读这新时代的梦想之光
这光，会流过座座山谷、平原、高原的庄稼
这光，会让每一棵小草起舞，每一棵树枝繁叶茂
每一朵花蕾芳香无邪
这奔涌的光将会重新染绿祖国的山峦和大地

诗人：

当有一些人，或者是另一些人，舌头或是嘴
巴都被冻僵了的人，或者舌头上长出了脓包
腐烂或正在腐烂流脓的舌头，满嘴起了火

泡的人，流亡的，逃遁的，牢狱的，保持沉

默的或是死亡了的缄默，如同歌咏者

一次扁桃体的发炎

我，不是战士，只是一个诗人，五指中只有笔

而且并不一定掌握在我的手掌

画过纸张，被另一张红红绿绿的纸

　　收割，或被剪成碎片

我用自己的舌头相濡以沫地舐食

我正在用自己的眼泪洗礼先辈们用鲜血

　　　　染红的祖国

我正在用北国的风光，千里的冰，万里的雪

　　　为我所热爱的祖国献上一株雪花的

　　　　　冰清玉洁

　　　　　宛如雪莲花儿鲜艳

　　　　　如祖国的春光

　　　　　洒满人民的

　　　　　　心灵的

　　　　　　　光

诗人：

朗读者啊，倘若你美妙的声音

穿过这儿，浑厚的大地，我们的祖国

这儿的土地上就有理想的种子发芽

有花儿盛开，有饱满的果实，有喜悦的丰收

这么，泥土芬芳，无比快乐

朗读者啊，倘若你的声音在这儿婉转

成一首大地的歌，并携着胜利的种子

播撒在红彤彤的太阳照耀着的，明月沐浴着的

万物的大地，大地在你的歌唱中，为

原野和山峦披上金色的衣裳、银色的羽毛

大地的万物，万般地和谐，万般地美妙

　　　　哦，我的太阳

朗读者啊！倘若你的诗语词话化作朗朗的笑声
便是天女穿过云絮在蔚蓝天空抛洒的花雨

民歌手：

我以歌，歌唱，诗篇啊
请给歌以生命，给歌以力量
我愿将伟大而不朽的诗篇融进我的歌声
将大地欢唱成柔情的丝绸
将大海欢唱成奔跑着万马的草原
我唱着欢快的歌儿，从陕北高原走来
抖落一路上的风尘，浑身的欢畅
促我一遍一遍地唱着心中的歌
东风，西风，南风，北风
不管是东南风还是西北风
　　　是东北风还是西南风
都是那生生不息的生命里的歌
　　　赞美的和爱恋的歌

民歌手：

我的歌，是民间的歌，是从这陕北
黄土高坡上刮起的旋风
我的歌，是我心中要唱出来的歌
是陕北高原上的灵魂
我的歌，要飞，要飞起来，飞得高高的
飞过高原，飞过山峦，飞向蔚蓝色的海洋
像海鸥一样在暴风骤雨中翱翔
如海燕一样，如一道光，一道闪电
穿透乌云的笼罩
听吧，听吧，听着我的歌，曾经的战火
纷飞的歌，听着我的歌，现在的和平
白鸽的歌，听着我的歌，未来的人类之歌

我的歌，撩我心扉的歌

吞噬我心肝的歌

我的歌，带我飞翔的歌

如光电般的我的歌，我的歌，我要

唱响大地，唱响天际，唱响人类

为我活着的这个充满生机的新时代

为一个个的人类的百年的梦想

我的歌要唱给光荣的人类

唱给一切有梦想的

老人，孩子，妻子，丈夫，唱给一切

需要活在歌声里的我所热爱的人

如我歌里的另一个从陕北走向远方的人那样

他把他的根留在了陕北

他把他的初心留在了

他所热爱的给予他巨大力量与雄心壮志的

伟大祖国的这片土地上

独唱：

我诗歌的复杂情感无处可依时

我要去延安，在那里落脚，从那里走出去

我发誓要走遍祖国的各地，歌唱我的祖国

我要在出发后的歌声中汲取炽热的正能量

化解渗进我诗歌里的疼痛，如同分娩

不单是现实的，关于房产，股票，动产或不动产

遗产，慈善基金，以及珠光宝气

不单是红色的记忆，战争的回忆，长征，北上

倒地就睡的身躯，星星之火之星火燎原

不单是山峦，河流，原野，海洋，大大小小的池塘

向着大自然，向着欢乐的青山绿水

在我重新出发后的路途上，祖国辽阔的大地上

在祖先们开垦的土地，有先辈们播撒下的种子

土壤里蕴含着痛苦与欢乐，信仰和梦想

宏图伟业的抱负和永恒的力量

瞧一瞧，看一看，这儿的气象万千，勃勃生机

新时代的交响曲在寂静的黎明中

在"复兴号"列车的汽笛声中奏响在金色银色的大地

前进，前进，前进吧！继续向前

如我的诗歌，饱含着无名诗人一切的回望和向往

欢乐和痛苦，欢歌与悲歌，赞歌与哀歌

无名诗人呕心沥血的最后的颂歌

一首用生命穿越时光与大地的未尽的歌

献给这个伟大新时代的祖国和伟大的人民

也献给和时代同样伟大的伟人

（无名诗人在立冬后，小雪后，在冬至将至的天山

山脉，昆仑之巅，踩着漫天飞舞的雪花，

探险那里盛开的雪莲花，听见一只孤单的雪鸡

在山舞银蛇的旷野里欢快

地唱着歌儿。诗人的头顶上热气腾腾

那里由心而生的给予千里冰封、万里雪飘

的年年岁岁、岁岁年年的心潮

　　　　一片片飘落的雪花

　　　　落入诗歌的韵律

　　　　落入召唤春天的泥土和生命气息

　　　　正如绽开的灿烂的花朵

　　　　自由的雪花自由地落下

　　　　如同自由的草，自由地生长

　　　　一片片飘落下的雪花

　　　　带来春天的气息，青草的气息，花儿的味道

　　　　带来葡萄和美酒和八月的麦穗）

合唱：

我们歌唱祖国，歌唱自己的祖国，

让歌声飞上云霄！让骏马变成插上翅膀的天马

如今，我们欢歌笑语

　　　　飞翔吧，祖国

翱翔于人类之上蔚蓝的天空之上

纵横万里，载着世界的，人类的，未来的飞天梦想

拨云开雾，用这对庞大的翅膀探索宇宙的奥秘

解读至今尚且延续的相术，星象占卜，预支未来

或有的井底之蛙的眼里的天空

为什么就不可以像鸽子一样雄鹰一样？

我们要大声地合唱合成一体的有和声的歌

哪怕两眼的泪水哭红了眼球

也要将灌注了生、老、病、死的自然规律繁衍下去

我们要大声地合唱时代需要合唱时代不会停止

在我们的祖国，伟大母亲生日之际

我们将毫无保留地为她祝福七十岁的快乐

祝愿我们的祖国永远是我们心中的可爱的母亲

祝福伟大的母亲永远保持与生俱来的形体和美德

用勤劳、勇敢、智慧、诚实、勤勉和节俭给予人民
　　　　最最美好的生活

我们合唱至高无上的流光的本色

用我们古老的发黄的羊皮纸或牛皮纸

为人类的命运书写诗词歌赋的韵文

将不朽的诗化为连绵不绝的歌

为人类的后代留下一首永远唱不尽的歌

并把人类的颜色永驻在青春的诗中

我们的合唱，不是空话、大话

我们的合唱不是王婆卖瓜自卖自夸

因为我们爱，爱一生的爱，一颗守护着的初心

　　以诗书，经卷，用眼睛看，用嘴缄默

　　　　用耳朵舔食舌头

人类便可相濡以沫高傲而自由地

　　　　行走在大地上自由地走

合唱：

我们心连心，我们如此热爱人民，热爱祖国

我们心连着心，我们仁慈善良，热情宁静

我们曾经遭受过数不尽的灾难，国破山河碎

我们不朽的中华民族，我们向前，向前，向前行进

我们在波涛起伏的风浪中穿越汹涌，曙光东升

饱受磨难的祖国还有人民不会甘愿屈从

凭借坚强的意志，坚定的信念和人民的力量

我们唱着雄壮的《国际歌》探索自己的命运

胜利或是失败我们都会编织花环用血泪浇灌

我们以黄河，以长江，以长城，以巍巍昆仑之雄壮

我们已经爬过了草地翻过了雪山

在共和国诞生的摇篮把全部的土地都变得肥沃丰饶

现在，我们又重新上路开始了新时代，我们的新长征

我们沐浴着记忆的阳光发掘祖先留下的遗产

美德和善良，虔诚和怀柔，宽厚和仁慈

泉水叮当，阳光明媚，金色的日子，看见青山绿水

亲爱的朋友啊，朋友，壮丽的事业，神圣的使命

我们心连着心，我们欢呼胜利如同山林新绿时画眉鸟的呼唤

新的太阳，辉煌的时代，我们心连着心，我们一同歌唱

延安颂

01

嗨，延安，我来了，我看见了

永恒之塔，永恒之河

我高高举起手臂说出内心的喜悦

我现在看见的沉默至高无上

我现在听见的沉默宁静致远

今天的宝塔矗立在昨天之上

如同一棵参天大树的经纬曲直它的根茎

将既往的枝繁叶茂融入时空旷野

自此生出上升着的全部饱满的激情

今夜的延河，穿过黄土地
又汇集成大河，在黄土地上奔涌不息的黄河。

02

啊，延安，依旧推波逐浪，朝向前方
看吧，更新，更盛，更高，更强，更好的新时代
我来到这里，走过这里，走进简朴，走近亲切
我认出席卷而激动如涌动飘荡的旗帜
我舒展开来时犹如春回大地鲜花盛开
我已展开双臂，自由，而展翅飞翔
置身于圣地而走进伟大的新时代
以喜悦回眸古老的事业，伟大的理想，光荣的
梦想与人类的进步和自由　向大地吹送
了不起的延安啊！我来了，和所有一切到来的人
在见识过气势宏伟的壶口瀑布后

03

我开始为这个新时代的延安歌唱
我在自己的歌唱中舒展自己，感受美好，获得幸福
因为延安是流淌着生命源泉的圣地
是你一生中不论走到哪里都与你同在的地方
那里阳光将永远普照你的人生
她以独特的灿烂释放光明
那么，请你，一起来，我们一起歌唱！

04

我歌唱，但我算不上什么歌者
我的目光越过那层层叠叠的山峦
渴望辽阔大地上传来幻想天空的歌声
希望歌声和信仰引领我们向前
以便在歌声中听到初心的跳动
以便懂得她沉默的语言

以便不会迷失方向
须知来时的路和将要走的路

05

我在心灵中点亮歌的火焰
火的心灵，火的语言，火的声音，火的思想
火的言行吞噬黑暗和寒冷
如同建筑在大地之上流淌在地下的激流般的沼气
会让村民们从坚硬的土地感受火的温暖
谁会想到这般火焰，谁能知道谁能认准
在心灵中搏动的熊熊烈焰
如同血液在看不见的血脉中奔腾
我不是歌者，但我要引吭高歌
我要用诗歌的力量谱写一篇篇乐章
和着十三亿多的心律，同心，同曲
为一个新时代发出飞越世界之巅的歌声

06

我将这首歌献给你，在喧喧嚷嚷的声音里
以悠扬以旋转的音符歌唱
以火，用火，火就是温暖，就是光明
向上的一团火啊！炽热的光
你从容到了你自己的高度
使得这块土地变得神圣，使得黄河清澈

07

伟大的火啊！对普世人间的奉献
支持自己的民族，沐浴沙砾
也支持着哥伦布的帆船
支持着亚马孙的河床
支持着基督耶稣、十字架上的生命
又支持着非洲的雄狮，或又支持了土耳其的天空

那便是这神圣而又光辉的火光

温暖又照亮人类或不缺失或不可或缺的命运

我面对这人间的火焰

坐在已是夜色的黄昏,听见一个人的

叩问:"我们究竟是谁?

延安是什么,中国是什么?究竟是什么?

究竟我们相信什么又信仰什么?"

关于信仰,佛教的,道教的,基督教的,伊斯兰教的

印度教的,都在今天产生了前所未有的融合

如羽之翅翼为人类繁衍了天下的命运共同体

书写并将被传颂的从烈火中升起的新的时代

会带给我们如夏天般的炽热情感与激情

怀有着赤诚火热的初心

以光的姿态折射出你的光芒

你在这块神圣的土地上

埋下火种,点燃火种,炽热地照亮

火啊,一个一百年的梦想的岁月

在延安燃起通透通红的初心

这团火啊,炽热,这团火啊,赤红

如初升的红太阳,如鲜亮的红旗

08

时间犹如流过黄土高原的大河

向着海洋,这浩渺的茫茫的沙地

带着梦想,这浩荡的朗朗的歌声

展开翅膀,这飘扬的飒飒的旗帜

寂静里的窑洞一丝不挂的一个痴情少年看着

爬过门框的跳蚤的夜晚

油灯下颤动的光线,将黑夜刺穿

将流淌的思想写进耀眼的犁沟

将目光投向瞻仰故人的圣地

沼气池升腾出火的花朵

倘若有一位赶脚的牧羊人在坡上吟唱信天游

就让他在吟唱者的歌声中
唱响他的名字　把这浑浊的世界开示
并嵌入大山中辽阔的山峦和群山的呼应
即便离开了沐浴贞洁月光的寂静河谷
那层层叠叠的远方和黄土高坡上会有眺望的目光
会有爽朗的笑声，欢快的歌声和散发着
苹果芳香的诗句和圣地的合唱

09
我沿着心灵铺就的永远驻守在圣地的思想
沿着写就崇高使命的道路
抵达一往无前的先烈们播撒梦想的地方
穿过一座座窑洞，昔日的光辉
向今日洒下新时代的灿烂
以美好愿望向着人民热爱的共和国
向着生命与梦想的光
将响亮的铿锵踏在陕北的山脊
向着大海，将思想的火化作飞翔的海鸥
向着荣光，穿透卷起的层层乌云
由火，由光，由朝霞的火焰
洒向海洋深处的眼睛
把黄土地的魂脉都浸透了火光，以火
向人类昭告火与柔情，像火一样，像鸟一样，自由地，或更高地飞翔
飞过辽阔，飞向美好……

010
啊！延安，圣地的延安！
你在怎样地为新的时代
酿造美酒，为祖国的绿水青山造金冶银
为广阔的新农村的田野播撒无限生机的种子
描绘美好愿望中抒情的乡村
呈现古代田园诗人陶渊明的惬意

你给了我们同样的血脉，给了我们同样的土地
你给了我们同样的信仰，以示众志

011
因为你已存在的本质
以火照亮了也温暖了一切的生命
同样照彻了大地
让我们看见了黑暗中的祖先和我们自己
你彻夜畅想，有效的方法
振兴乡村，整个民族和国家的大事
以坚如磐石的誓言
绝不落下一个贫穷的人
以初心不忘奔走乡村
播下火种将使土地成为葱郁的绿色
庄稼会茂盛
麦穗会纯洁
稻谷会芳香
风吹，草动见牛羊

012
那一直被守护了的，是心底的一支赞歌
那朵血红的梅花已在大地的枝条上绽放
以火，以血，以盛开，映衬苍穹
那是一颗永恒的高尚的
永不凋谢的搏动的一颗初心
与大地的赤诚和慈母的泪、慈母的爱
会超过一切寒冷的温暖

013
许多的火在燃烧，但愿凤凰
许多火的火星，苍生在大地
将生命注入无形的海水，溯水汪汪

与火相融、相交　鲜红的血啊！
这炽热的火啊！
在我的身体里涌动着寒风凛冽

014
火和大地的梦想，一缕缕的一星星的火光
我相信，火才是人类最初的渴望
但要忍受火的燎烤，以悲壮，以舞，以歌的方式
则是另一种可能的眼泪洗净污浊的情史

015
哦，延安，还有黄土的大地，当
饱满的热情与激情汇集成大河
是啊，今日之延安，这个时代更需要你
很多的人，很多的思想，都需要你
指引，以便继续前行，一如
穿过这块土地上的黄河，一道道的浪涛
从已逝的岁月里掀起盖头时的容颜

016
那么，就歌唱这块大地吧！这块
永远都青春的不能腐朽的土地吧！
是啊！那些死去的英雄将永远活着
活在我们的声音里，活在我们的心里

017
哦，延安，可敬畏的你啊
我将为你而咏诵你的华美
以纯粹的属于人类的山峦、大川、沟壑与
磐石之间的苹果园、枣园和我们的生长
黄色山水的我们的良田
在你的神圣的躯体中得到安详

018

想想那最初美好的理想
目光会一直注视着无上荣光的你
一把水，大地便大放光彩
直到一切的荒野变为良田
我带着孩提时的梦想
我来了，早与我曾在梦中就目睹过的
金光灿灿的太阳升起的地方
与那些永生的死者的遗嘱
一同在层层叠叠的山峦上
彰显依旧的忠贞与忠诚
我已知道这个落脚点和出发点
是大地对天空和海洋的信念
早已存在于人类的精神乐园

019

我的记忆派生于另类的记忆
经记忆哺育过后的记忆混合着
判断的，猜测的，臆想的，自以为是的
欲望中的或是意外的愁闷，清晨里
的倾盆大雨春风化作的一滴眼泪
而我眼里的那一滴泪　如风
将一串串健忘的记忆化作哈巴河畔
三丈高的雪园，冰封了的或是融去了的
通通落入我长相愈像母亲的手心
那一道道的掌纹指出一道道的可疑的命运
我将停留这里或滞留在那里，我会期待
一次风吹雪中的期许，别在风雪中迷路或
因风吹雪而耽搁太久，近一个世纪的时间啊！
更不要停住脚步，去倾听背后咯咯作响的
咧着嘴大笑的尸骨，继续前进吧！

020

那些裸露在雪山和草地上的白白的尸骨
将会是春天和枣园里的声音，在宝塔山上歌唱
在一片田野里，像风一样欢畅，像风一样吹过
吹尽黄沙，吹去尘埃，吹走雾霭，吹来春色
让略略作响的白骨在沉思默想中
焕发光彩的生命，几代人的尸骨豪情
以活着的白骨彰显美德与荣耀，将
记忆化作果实的真实的味道
来抵偿被现代健忘了的或是被遗忘了的
抑或是渐行渐远了的在风中的玫瑰
直到听见听懂风语，咏雪叹花

021

在广袤的大地，在山峦的玉米穗上，在黄土塬上的
果园里，风的气息，风的时间，风的梦境
使得大河奔放，使得春天清新
使得黄土坚实，使得天空蔚蓝
我和我的记忆在新的时代里用
灿烂的透明的一片云朵儿包裹着的
一滴泪，一行诗，恢复健忘的和遗忘的
不光是诗歌语言以及记忆苏醒
而是因为风中抖落着千言万语的人类的遗产
会落在这个喧闹的陆地、海洋或几个岛屿上
会落在喧哗和寂静时充耳不闻的时间上
会落在我揉过的双眼，已渐模糊的视线
如同持久深入的梦境，醒时的茫然的
月光，和穿过时空的遥远的汽笛声
会落在我衣扣上残剩下的一粒米粒上
将记忆化作米粒，午夜里的饥肠会
存储斜阳里一下子陡峭起来的翅翼
会落在我与时俱进的怀念当中
将记忆的神经摧毁到腐朽，无力和脆弱

不再是我诗行中跃动的词语和音符
而可能是一轮轮、一抹抹冰冷的宿命
会落在已经实现的曾经的虚拟中的月光
将记忆的列车开过寂静的一座座村庄
穿过睡梦中曾经到过的某个地方
涂写寄往太空的一封家书　遥想月满钟楼

022
曾几何时的风或是风中有我有起舞的群鸽
带着梦想带着诗带着自己的远方
大雁排列成人字形的队伍从
我的头顶上空飞往北方，振翼而过的
声音融化在蓝色的天空
我的目光滞留在比天空还要辽阔的沙漠
我的脚步踩过柔软沙地的风
唤醒一粒沙一片国土一片红了的枫叶
如听见飞过天空时大雁的鸣叫
一片羽毛如雪花落在头顶是我脸上的泪水

023
曾几何时的风或是风挟着我与一两只斑鸠
在没有了人居住的村庄寻找麻雀
大片的荒芜，杂草丛生
道路通往的尽头的岩石闪着光亮
犹如乌龟的壳刻录带有花纹的地图
柿子树上悬挂着陈年的冻僵的柿子
干枯的玉米秆上悬浮着风的胡须
一切一如既往，如喀斯特的容颜
这片国土正在披上青苔一样的外衣
已不再有人的气息和先祖的脚印
我走过时留下的只保留了诗歌的修辞
只是词语间相互的碰撞

它将穿过飞鸟的翅膀呼啸而去
于某年集结在最佳的居所
正如宇航员看见的浩瀚的太空
在一丝月光中汲取潮汐回味往事
那一粒残剩的未穿过时空隧道的细胞
消除不良的消化和消化不良的症状
在一切的瞬间转化为永恒
如同一粒胶囊穿行在胃肠道中
将穿越过可以治愈癌症的地带
能够在黑夜里听见槐树上空祖先的声音
能在烙着灵魂的银河里找到自己的星座
噢，看吧，这棵汲取雨雪根深叶茂的大树
那纷纷绽开的花朵闪烁风姿散发韵味
正穿过我们的血管正溢出我们的身体
浇灌着我们搂抱着的风中的花果树

024
我走过这块土地，我听见祖先的声音
跌落在这厚厚的黄土地上，耕耘播撒
透明的水晶般的良种，山坳里，溪谷里
从那一粒跌落的种子开始
这块大地上的岁月里就挂满了谷物

025
那时候，我也在一年四季里慢慢长大
并在母亲的掌心里认识了指甲尖上的
箩筐，簸箕，筛子，以便知道游子去了哪里。
包括一些可能冻僵了的躯体
可以在春回大地时刻　复活
以一种传承的方式表达对大地的眷恋
并唤起对毛茸茸的毛豆子的回味
如同壶口瀑布一泻千里的晕眩

将一切的流言蜚语冲刷洗涤
将今日人世间的爱以几何数的方式
搭起包容一切爱与恨交织拥抱的舞台
我们在那里站起来，我们在那里富起来
我们在这里强起来！

026
仰望明媚自由的春天
大口呼吸被一滴雨湿润了的空气
因为这里的生活变得美好
依旧是到来时，带着新的羽翼
向着大海，像海鸥一样飞过透明
向着草原，像天马一样飞过天际
向着大地，像种子一样，飞过田野

027
从子夜到清晨，我在缄默中沉思
来自劲风吹过的灵魂
那里集合了大地的泥土，江河的水分，风
和呼啸而过的三月，夜晚的星辰和
久别重逢的阳光，漫天飞舞的春色
化作根处的涌泉，心花怒放
有温度，有丈寸，有气量，有表达
以更大的雄心勃勃讲述中国故事
从丈量黄河到一碗牛肉拉面
不是柏拉图企划的哲学
不是重返昨夜星辰和今晨时光
不是再翻过一座雪山
不是再爬过一片草地
是毅然决然地走向美好的未来
怀揣着特质明显的信仰
在思想的历程中去行动，去运作

天高任鸟飞，海阔凭鱼跃
这样的真理对过去和未来都有诠释
我们怎样定义我们心中的这个新时代
我们怎样表达仿佛春雷响彻的这个新时代
同时我们抚摸自己的心
一颗人心走向远方的更远的心
是否还保留在身体原处
是否还是最初已炳如日月的心
是否还能引领我们自己走向新的春天
是否还会以十三亿次左右的跳动
引领人民步入美好生活魅力人生
必然，这将是初心不忘者要走的路
那也是红色铺就的必然的路

028

哦，那是落脚点，出发点的那个红色的
圣地——延安啊！一颗不变的初心
从你那里开始走向更辽阔更远的地方
即便有不测之渊也坚如磐石
因为这颗心向着地球和人类
正在以令人震撼的意志
以报得春晖消灭贫穷
在改革中前进
在开放中繁荣

029

在躁动不安，喧哗的另一方向
质朴的东方为人类准备了华章的果实　以
实实在在的温度和大大方方的姿态
光亮自己也照耀他人
体现一个大国可以当之无愧的胸怀
"一带一路"上，有光耀的陆地有迷人的海洋

那里包含着民族的、国家的、人类的生命脉搏
一个新的时代已经崛起

030
我在聆听，在歌唱，神圣的智慧啊
但愿我能在春风化作雨化作眼泪时
能够听清读懂这穿过山峦和平原上的风语
我那发涩的眼球和肿胀的眼球
能否带我沉睡在成为橄榄的绿色里
梦想这块土地上的我的祖国款待我的梦想
像初恋，将一首青春的诗，一生的情歌献上
献给黄土地黄皮肤的中华民族
在那里生，在那里滋养，在那里成长，在那里死去
在那里歌唱风中的麦穗和唇齿间的芳香

031
哦，延安！我落脚后，歇息过你的身躯
卸去一身的疲惫，洗掉一身的尘灰污垢
贪婪犹如饥渴吸吮奶汁的孩童
沉默在你坚实躯体内的涵养的东西
丰饶而有营养一如落在万物上的阳光
我将固守你的柔美，牵系你的
流过你躯体的黄河一如母亲的乳汁
给予我的胃叶一片片的如饥似渴

032
哦，延安！在你的胸脯之后
我的迷惘的眼睛里看见了红色的讯号
以此作为再次出发时的标记
走一切的路，走多远的路
都会以沉默闪耀于繁星下的寂静
歌唱的风会带给我起舞的灵魂

我此随风起舞　犹如
一夜春风千树万树蝴蝶纷飞
犹如春的大地涌动着流淌着的
滋养着生命的弥漫着香甜气息的奶汁
一如身体里脉动的血，一如黄河的水

033
哦，延安！如果将要继续颂歌
我仍将歌唱风中的你
和风一起吹颂柳杨撩起的风姿
拾遗五千年风的碎片
守候疼痛岁月的流逝
将沙漏的时光誊写成永恒的等待
与一寸不失的光阴与土地相会
并折射泥土的光软化板结的血管
疏通密集而拥挤的迟缓的
用唇和唇的语言

034
我歌唱，我歌唱　唱着嘹亮之歌
和一群人，从延安走出来
以我们的热情活力，激情，精气神
当我再次重返延安，延安的沉思
　　　　延安的思量

035
那黄土高坡上的千孔百洞
像一座座坟茔，更是不朽的丰碑
不迟疑，不犹豫，不摇摆，不忽悠
这呼啸而过的风啊！吹响浪花，吹
响苍茫的、浩大的宇宙的信念
把你的名字传颂到遥远的大地和海洋

036

繁星满天下的金色苹果
那个甜蜜，那个冰清玉洁
前进吧，同志，前进吧，同志们
我的亲爱的亲亲的陕北

037

我颂歌你，你至高无上
你有不屈不挠的精神和美好愿望
你啊，我亲亲的延安
你是火，是高原上的火，是埋在地下的火的
灵魂。你是独一无二的旋律

038

我们栖息在陕北的高原上，这块黄色的土塬
是早已存在的农耕文明，是立于大地的麦穗
是新时代的自由与飞翔，是这块不变土地的召唤
是我们以不忘初心的血的代价而
收获的丰裕，收获的幸福，收获的荣耀
因为你身上有着高贵的丰富的内涵
是得体的、雍容华贵的美丽
在我离开时，我会在遥远的海边扬帆起航时
我会十分十分地想着留在陆地上的你

039

现在，我不再抒情，我想对你讲述：
　你，是卧在黄土高坡上的巨龙
　　　是枝头上的喜鹊
是一如既往的自己
是太阳照耀的大地
是大地上的山谷
是大地上的河流

是大地上的森林
是大地上的原野
是大地上的草原
是我们共同居住的房屋
是我们幸福光华的花园

040
我在陕北的苹果园子里
我在陕北的红枣园子里
我在陕北的南泥湾里
更像一朵云彩了无踪影
在天空之上看一朵云和另外一朵云
又像一个老态龙钟的昏睡者
将自己悬挂在岁月的天空里
又如一道光亮的闪电
管理局部的一些黑暗以便光明一些　亮豁一些
以加冕的礼仪带去光芒万丈

041
我悄然于那转瞬即逝的发掘的词语
将支撑大脑的身体卧于昨夜的床笫
触摸念及在心底挥之不去的热量和
存在于梦中的不能企及的池塘
我关注每一个从现实到梦想　欲望的
嘴巴那里被牙齿咬成碎片的语言的舌尖
在那里看见硕大的无垠的黄土塬上
星罗棋布的无人居住的洞穴
我沉没于猜测与想象的幻象
空洞的洞穴和我千孔百洞的心
在两次震颤的温柔里相遇
那铺天盖地的兰花花和绿油油的茶花
黄澄澄的幸福之光漫过山峦

我在尚未完成的诗歌里左右摇曳

听见荡漾在绿色与黄色里的笑声

生动的羽翼展开它孤独的飞翔

一个新时代的诗人在飞行中摄录着

以一切名义下的变革，掌声，欢呼

当雄狮醒来时，公平，正义与仁爱

万物皆醒。沙子也将挣脱沙哑

打开阻挡交往之门的石头

当飞翔的翅翼一如风

风会把最好的绚烂化为人间词话

使石头的坚硬融化为光烁

以风，书写对人类的关切

042

这是春风，当春风吹过，巴音郭楞的草原

吹过金沙滩，吹醒睡眠中的一棵胡杨

不朽的风带着自由的创意

带来水的涟漪、泥土的芬芳

大地上农耕者来往穿梭

谈论着复苏的种子，时间里的春光

撩动杨柳，把记忆和欲望

延伸。这个确信无疑的复苏的季节

带来播种，从春光里走出，明媚的光

正在以光驱散我们内心的恐惧和虚妄

正在以升华的力量将萌生的远大理想

从思想转化为行动

正在成为我们所迎面而来的新时代的纲领

也可以是我们眼睛困顿模糊时的一滴药水

一切只因我们经历的过去和失去的时间

只为除陈去旧后，因美好的生活

而变成新时代里的舞者和歌者

最初的是火，是在荒蛮的土地上

以星星之火而燎原的焰

温暖了裹在冰雪中的沉睡的大地
发出了黄河的咆哮，一杯回忆的酒
我走过这块充满灵魂的土地
在寻觅着来自火的信号或是讯息

043
阳光正在穿透我的脊梁
掠过大地的万物大风过后的
那一缕太阳之光　我坐着哭泣的眼泪
彻照了我的心田，疯长的庄稼和指甲
像一团火依然熊熊燃烧，并
噼里啪啦地发出：
"这是火的使命，是火种
燃烧吧，去燃烧吧，去像火一样战斗吧！"
随之而来的是风，是一个民族的风尚
是将残云吹散的轻风
是掠过地平线、海平面的风
我因此写下对祖国延安的颂歌
我所走过的大地之广袤
　　　　　　青草之丰润　泥土之芳香
造出了一粒粒的麦子和稻谷
"一切的生命需要谷物来滋养。"
每一粒都承载着生命和力量
啊！延安！起伏而蜿蜒而坦荡
无限的红色的伟大的这块土地上
有一个民族无限延伸的根茎
有一个民族在黑暗时迸发的火花和突涌的泉水
有生生不息的金色胚胎
宛如穿透葡萄藤的悠远的信天游

044
风把我的嘴巴吹歪了

春色满园，祖宗的故乡
那一朵朵的兰花花儿开着哩
我的妹妹手拎着篮子看着哩
一步一步，一段一段的路
七十年的时间，红花绿叶的青春
穿越未来，抵达穿着金色衣衫的新时代

045
太阳从我的脸上滑过
红色的风，金色的光
我的从容不迫的呼吸
和煦温暖的太阳
十月里的石榴，冰糖心的苹果
就像一颗颗透明的心
看透被雨水打湿了的月光

046
风啊！从黄土高坡上刮过，呼啸着
时而厚重，时而轻盈
从壶口的浪涛里咆哮，从井冈山的密林里穿过
呼啸而过的红色的风啊！
吹醒每一粒星火，吹旺了燃烧的火焰
以火：讲述一个民族所构建的梦想
延安，是人类的解放区，是世界友谊与和平的
愿望与朋友们友好交流的地方
或者是你躺在这块厚土上的时候
另一个梦想的中国

047
梦想从延安走向一切
包括但不限于海洋
而我，却不知道除了农田还有大海

梦想总是会有的，梦想总能实现

一块石头会神奇地唱歌

所以，听麦穗、麦秆拔节的声音

这样的精灵之声

奔腾，一泻千里的流水震响了

一个古老民族的呐喊在澎湃的心房

一个地球的梦想睡进广阔的胸怀

每一个躺在地球上的人，人人都有着梦想

期待梦想的翅膀飞向天空

穿过云层看月光下的人间

偷着将宇宙的星空揣在怀里

048

赞歌，这是伟大的赞歌，为人民而歌

为人类献上最美的无限甜蜜的葡萄美酒

如那一夜的光里的杯子，空了的葡萄架子

如一切的葡萄，初始的嫩芽

049

如果你也去过延安，曾经的和

现在的，延安的灯与火

焉能不知？映在延河里的影子

四万万同胞的雷霆之万物的声音

你所知道的延安动人的忠诚

依旧是你知道的延安一盏油灯里的田野

延安的星辰也没有改变梦里的颜色

那一颗枣园的红枣，红了吗？

已为今日的树冠加冕了永恒之颜

依旧开着红艳的山丹丹的花儿

依旧听到的歌儿已入心血

已如奶汁和泪光里的溪流

人民啊！用人民的目光，目送太阳！

歌唱吧，唱歌吧！雪花正好承接飘落的歌

050
回来吧，回到延安，回到
曾经我们祖先开垦农耕文明的地方
陕北的沉默又沉重的黄土地上埋着
被大自然完整雕塑的、自由的、大笑的
总是被大风吹着的行者的歌谣

051
甚至是隆冬季节的柿子树上
闪烁着红溜溜的未来的红色
那是被风吹动的空气，是空气里的
氧，是一个世纪的某一个时辰，众神
以吃奶的力气将我们养活在陶罐里，我们
可以听见远山的呼唤，可以聆听大海的琴声

052
啊！喜悦，来自陕北始终如一的最初的清新
啊！喜悦，来自延安这块被太阳照耀的
疏散又松的黄土，
黄土高坡上，没有大海，没有大江，
她——延安，陕北，从那里流过了一条黄色河
看那不可触及的壶口　迷雾中的光色
一如风，一如歌，一如花，一如繁花似锦
经久在比永恒更延伸的永久的祖国的心底

053
这个被黄色黏土制成的陶罐
如今已成熟成了比花瓶更高贵的陶器

054
延安啊！我的延安，中华民族的延安，世界的延安

你以你成熟的光泽，引领我们向前进
你已为整个民族献上了摇曳岁月里的灿烂
你是先人，你培植孕育了风中的兄弟姐妹

055

延安啊！你依旧是人们所知道的你
一切的心啊，都在黄河的一沫里读懂了你
虽然我们隔着一些远山，一些时光的隔阂
甚至被一些沙尘堵住了目睹你的双眼
你啊！延安，你依旧是皇天后土上的宝塔
如苍茫暮色里的灯塔
如苍翠林海里的灯光

056

延安啊！延安，你可认得，可记得
远去了的红旗　春天的笑脸
因为你的伟昂缘于自己的鲜血
因此，这面红旗此刻升起，纯粹地升起
在国歌声中，在歌唱中，高高地升起

057

看哪，看着满山的红杜鹃，看
看着满山里的山丹丹花开红艳艳
啊，陕北，你给了我顺口溜的民歌，你啊你
我亲亲的陕北，亲亲的延河，听吧——
那赶脚的人，站在山岗上
吼出了迢递而来的你内心喜悦的言辞
我，始终在聆听，被冷风吹走的昨天
我，始终在诉说，被风吹散了的今天
我躺卧在大地上
在你苍黄的肌体上
与自己说心里的话

像你一样孤独地沉睡
像你一样想化作风
从风那里来，到风那里去

058
歌唱和唱歌吧！歌者，唱歌
同样是把内心的话儿道出来
看看那些盛开在大地上的花儿
忠贞不渝地忠于尘世间的花朵
开了谢！谢了又开
一次次地花落又开花
但，一切的花儿都以纯洁献给了大地
如此昂贵，或许未被你觉察到诗人的花
的语言，鸟的羽翼
你以为的并不一定是未来的充满生机的
但她一定是令人震撼的肃然起敬的
伟大心灵！留在人间的无冕的桂冠

059
我想要铭记想要追随你
一同去我们共同向往的延安
我想要跃过那里的山坳那里的大河
想要在黄河岸边的羊皮筏子上眺望江河
想要与坐在枣树下的妇女以及玩耍的孩童攀谈
那里怡人的风景和站在
农田下地干活的人一起用眼睛握住那一缕麦香

060
那是另一种风景，另一派气象　是
从延安延伸到延川的大地
最初的颜色和初始的心里的
那些重量，如果有许多的桂冠

此刻我正在承受或者我正在领悟
那轮红彤彤的太阳就会从心中升起
我能够感受到那是某种心田的自由
我会因此而感动，因此我在飓风巨浪里
带着泪水的力量与奔流的黄河
将些许的悲伤再次化作汹涌的波涛
再一次归来，又一次分娩

061

啊！延安，我必须付出毕生的努力
才能像一个赶脚的人那样学会放声高歌
才能学会走路，在崎岖的山路上
在宝塔山的指引下抵达土塬上的梁家河
才能在那里感受一颗初心的纯洁的向心的力量
从那里　从一切开始
为了能够感受当时的情形
我必须将自己呼唤到那个地方
在那拱圆的窑洞里体验站在里面的思想，那里
足以让人感受到那里面的深邃
那里面由岁月和时光堆积而成的思想帷幕
正越过层层叠叠的山峦以及无边无际的黄土高坡
已充满期许充满自信
所以，所有新时代的思想
就已经在十五岁的岁数里领悟到了丰富

062

寂静的黄土地啊！记忆里有你
盛开在塬上的花儿啊！
寂静的温暖啊！曾几何时有你
一样在盛开花朵的土地上飞舞呀！
不光是春天，不光是夏天，不见得是秋天
这个冬天，我们在沉睡，在睡眠中醒来

用清新的空气，以黄金的树叶，伫立在
呼吸自由的人间，荡来的醒着的灵魂

063

我穿着晶体般闪烁的衣衫
在"一带一路"上翩翩起舞
像一尊蜡像，又像山舞银蛇
在巍巍的昆仑上在跳动的祖国的心脏上
以黄河、以长江、以汹涌，去见妩媚的海

064

歌唱吧！歌唱我们心中的太阳
与水、与玫瑰、与来自大海的那些风，以及
风中的，吹向大地的无花果
　　尽管，我们在此相遇
　　　以壮丽的江河
　　　　以丰盈的浪漫
　　　　　以木本的粮仓
　　　　　　以庙堂之高
　　　　　　　以江山之久
啊，这种喜悦，初心的喜悦
来自陕北，来自延安，来自松散的黄色黏土

065

我们站在黄土高坡坡上
我们听风在吼，马在叫，黄河在咆哮
在一个民族生死存亡的紧要关头
为了一个民族的独立，人民解放，国家繁荣
因为我们是历经上下五千年的民族
是因为我们相信我们的祖国正在迎来
　　日益充盈、更加丰满的头颅与远方和诗及琴声

066

五千年。上下寻觅　粘满了一身的硕果——累累
以神之火种，黄帝，炎帝，以德为先
我所热爱的大地上，从此闪
烁着灿烂的黄金般的麦穗

067

那层层叠叠的无数生灵的性命
正站在无数遗址上，或是在废墟中
中华民族的命运多舛血型相同
既然先人们为了一个民族的苦难而牺牲
既然我们的祖先已死许久
既然如此，那么我便可在你流血的日子里
新的时代需要新的生命更需要新的先知
凭借新时代的智慧的一次对流
把初心揣在心口上呼吸尘埃
带着那颗依然大爱的鼻孔
依偎在篝火旁，看着星光，月光
在子夜里听夜来香的歌声　与你同房
躺在景色的温柔里
就如同躺在棉花丛中
我们可以遥想当年的硝烟
听见曾经的爆炸声
因为我们知道，这里是我们一直在的地方
除此之外我哀悯母亲

068

这颗初心就像雪域高原的雪莲花
就像黄土塬上的山丹丹花儿
这颗初心，就如漆黑夜里一直亮的一盏灯
会看见那光，会想起，会相信那光
在那盏灯下，坐着我们永远的祖先

就像天上的星星看着人间
就像母亲的乳汁养育孩子
母亲给了我们同情的心
好让我们在祈福中得到佑护
曾经是，现在是，将来是，或者在
别的我们意想不到的地方，或者
给我们别的日子，我们赤着丢失了鞋子的脚
我们就可以一直站立在这块土地上，可以坐在帆船上
然后扬帆远航，去看海，去看见
离岸后回首的灯塔
树上的芒果，橘柑，树下的无花果

069

我为你写诗，写歌，为你颂歌
我就是你生命里的那一支歌
我就用我寂寞的心，和孤独的人
为你、我交织出一个狂野的生命
我的先人们啊！请你们睁开眼睛吧！
你们后人，踩着人类的迷惘
在新时代的路上醒耳亮目
一面面的旗帜，一声声的号角，一声声的驼铃
还有飞过天空的雄鹰，还有密密麻麻的人群
行走在这光明之路上，那是我们通向我们所
向往的神圣之路——圣地之路

070

我在这些与你未见的日子里
在那么长的时间里　在那么长的时间的时间里
我在黑暗里卷入灯笼椒，或是螺丝椒
我想看见光明让夜和死亡在火红的辣椒里燃烧
我想借个火，举起黄土高原上的火把
我越过一切的山，一切的水，即便是千山万水

我也知道，这是我的命只活在春泥里的蝉里
我曾经说过，我老了，我耳聋了，我眼花了
我再也看不到我眼中的你的眼睛了
我以为我的生命可能比我的眼泪
更长一些，或者　是水，是火
在火与水的交融下
我的生命比我的眼泪活得更长
要更长一些的是不死的凤凰的翅膀
我们的优越是有
寸土寸水都是青山绿水的江山
你说过真诚是打开人类通往永恒的
一把钥匙　大唐的雄风　汉时的月光　明朝的旌旗
你说过如果他们带着人类的一声悲嘶
就不必那么沉重，不必不舒服
或者他们正在期待某个时辰的来到
又如，汲取了一切后，匆匆地走进浴室
琢磨将自己的身体，任人亲狎又玩赏
献给人的是蹄子还是坏掉的唾液，或是
献给与生俱来的智慧
或者以诡计可以偷偷地漏在风中
　　否认自己被奴役
自己是否真的属于自己？

071
我沿着延河滚滚的河水
我踌躇满志去宝塔山下的阳光大道
我跃上了被推平的新区
我听见了学习书园里朗朗的读书声
我看见了延安大学新时代的骄子
我看见了鲁迅文艺时代的剪纸，木刻，版画
我看见了1938—1939年的书法
我看见了挂在墙壁上的一片雪花
我看见了年轻的士兵用身体挡住了一颗子弹

我看见，毛泽东、周恩来、朱德等等一大批的革命家
看见九死一生的水乳大地
看见凤凰冷腐的尸首
看见为了国家的利益而斗争的英雄

072
这样的时辰，一滴雨点儿轻轻触摸我的
皮肤，眼睑，我能够感受那一些的凉意
我正像一个赶脚的人走过闷热的夏天
在我来到后，一切尚不明确
我的目光越过凤凰山，夏日正在将我融化
或者我会赶去清凉山，但我无法越过一道道的
山峦，我滞留在了贵人以外的杨家岭
我在你的地盘上转悠了多年
而我依然无法知道，与我的抑或是你
早已有的宏大诗篇

073
我在子夜时分将自己从诗歌的海洋里捞出
我敞着一口气吐出了百年的烟火
不写诗，不敢恣意地品尝如我所愿的味道
我站在杨家岭清风轻盈摇曳的低处
望着繁星满天下的你的容貌
夜色里的你啊　正在启明星的黎明里
为你披上一道两道千万道霞光
千万道的沟壑就你最敞开就你最不掩藏

074
通往圣地时，我还揣着梦，走近你
我正在实现梦想的路上，延安啊！
——延安，我曾在眼泪里在笑容里回忆你
哦，延安，我生命里无数次的怦然心动

我但愿，我心中有你的呼唤

我但愿，我心中有你的火焰

我但愿，我心中有你的示意

我但愿，我心中有你的思想

我但愿，我心中有你的伟岸

哦，延安，我信奉你过去的现在的将来的

对人类最虔诚的解放

你的整个胸怀都在包容在聆听

人类的心灵

075

我沿着流淌着母亲乳汁的河，曾在滂沱

大雨的清明迷蒙于水中的黄陵

黄帝和炎帝和五千年创始华夏文明的长河

神话中的和留在这块黄土地上的脚印

象形的文字和木简上的刻录，沉睡后的自白

细雨中千百年的松柏安详得如同老迈的先祖

与风与雨与山与水与被太阳朗照的大地

你啊！这九万平方公里的陕北黄土大地

我要将你一粒一粒地剥开以便研究众山

以便将你金色的种子变成墨绿色的山岗

因此我要行走在这远古的诞生文明的圣地

从中获取称之为生命的源泉

从你那里听见万物生长的声音

从你那里看见与世无争的爱意

以便诠释你辽阔的胸怀

安然于每一个夜晚的每一次凝望

安享你每一次阳光雨露时重现的光环

与你神圣的长度、广度、深度

我再次地走近，从一处愁闷炎热的地带

随风、随雨，风吹雨打卷走炎热

通透的天空里曼妙的雨丝，为你

披上大地应有的妆彩，因你

是圣地，是隆起的收集，贮藏，于是
你又一次再现了你在大地上的显赫
你以你苍茫的柔情
将成千上万的生长着老茧的手
滋润出万种风情的舞蹈
在万众心愿的时代旋律里
再次赢得雷霆般的掌声，于是
你知道你正走向的灿烂星空
再次成为一次新的长征
用你的醇厚质朴整合一个时代碎片
而你仍旧能够推波逐浪
已超越一切的创造力
让一切高高耸立的绿色烟火
一如延安的宝塔山上的欢乐的年代
在你身上依旧闪烁引领者的光亮

076

如此被人民深爱的圣地啊，使
一个诗人无数次地往返，越过山峦，跨
过沟壑，走进村寨、田野，使一个诗人
驻足繁星满天下的十年古镇文安驿
雨会继续落在丢失了记忆的永续的时间里
黑夜，像巨大的密织的头套
我沿着浸透着雨水的山路
你啊，我需要你的光芒，照亮
雨和黑夜所交织的路径，引领
尚且有一些以盲人步履行走的人
以便以你的光亮让他们看到你，而
不被眼前的这一点黑枯槁双眼

077

哦，延安，作为事务和人我并非别有洞天
你也许不知道黑夜对我意味着什么

被黑夜攫住的内心充满震颤

一些声音会穿破虚掩着门的墙壁

你知道啊，我就是在这样的一个黑暗里

踩踏着一袭的黑暗和黎明的光

在你肃立的山峰走向

通往目光所注的缄默的道路

一路上踩踏一路上的那一些碎片的声音

我知了，你所肩负的是将一切黑暗

葬于光之后的深渊，不再背书给古老的苍茫

078

哦，延安，我相信，你会在黑夜里醒着

从你光的正面折射粉碎黑暗

犹如利剑划过坚硬的时光之石

必将蕴含着你炽热的火焰

以巨大的光亮为人类大地奉献光辉

足以容纳条条道路上

相貌不同命运共同的众生

穿过沙，穿过沫，穿过千里迢迢的欲念

穿过黑暗里的一丝焦虑一点困惑一袭窘迫

我因此更加坚信

你要比我们想象的花红，红得更灿烂

　　　　　　　　红得更长久，红遍全球

并以你苍茫的温柔化风为雨滋润大地

079

每一次，不止。我穿过这层层叠叠

这延绵不绝的群山　进入腊月的月光

苍茫的龙脉，可见的光朗照着望不见的

尽头，近在咫尺的一盏用岁月点亮的灯

近在看不见的远方　近在看得见的黄土

我无数次地依旧有着隐没的痛楚

这巨大的浑厚的山脉
一脉相承一脉相系一脉相依——的躯体
再深的沟壑也不能割断呼吸的血脉
那是因为你不变的颜色早已种植先于山体
先于生命先于黄土地上的一切芬芳
我所有的敬畏之情源于布满皱褶的疑惑
抑或是尚不解其意的太初的红色风暴
在你超级大的相脉，我让目光铺展
成为蛇曲地质乾坤弯岩石上的凝听者
没有海的波涛汹涌
在你咆哮过后与大海相依为命
在昼与夜里向着两岸以更远以慰藉

080
一切为之怒放的红艳艳的鲜花
以水土的呼吸生长种子的翅膀
一切的朝圣者们，都会重温充满不确定的
　　岁月和飘忽不定的命运
一切的朝圣者们，都会有无尽的遐想
　　等待的命运和命运的等待
种什么种子，开什么花儿，结什么果子

081
在你敦厚的土地上在你善良的憨态里
散发着牛羊骡马气味的温暖里
恰似流淌过的那条大河
以母亲般的奶汁施于绵绵不绝的滋养
你啊，陕北高原上的红色延安
你为一代天骄之子的生命缀满了
　　超越他自身的光芒
因初心是来自你所给予的一道伟大之光
将成为永恒之光

082

我在布满了繁星的村子里
目送黄昏的烟从烟囱里升向天空
变得轻盈，颤抖，变成了
另一个晴朗日子里的云朵，像村子里的棉花
在空洞的山谷里飘飞
就像另一个日子里的雨沧沧，而我
就站在我自己村子里泥泞的土地上
望着那棵细细的树木，伫立在
一棵苍老的大树下　透过一片树叶
遥想无色无味的天空里的空旷
有一些失落，独自一个人
顺着村子里的老路，就像我的奶奶
或是我的仁慈的母亲那样
带着一身的疲惫，笑着回到已无人居住的
　　　　　破旧小屋

083

我仍然继续坐在那里看摇曳的草
聆听树木的呼吸和麦苗拔节的声音
我突然又听到了一片蛙声
但我看不见那一块浇过水的田地
于是我突然变得脆弱起来
就不可遏止地哭了
那些眼泪变得木讷，迟疑
流过后，我的脸颊变得更加模糊
如同我家的那头老牛
拉着犁铧，顶着烈日
用谦卑的双眼看着迷惑的大地上
田地里茂盛的庄稼金黄的麦穗
我知道所剩无几的麦粒不是粮食
但我知道这块土地是我最后的快乐
我拥有土地就拥有了幸福的种子

084

我从边疆走到边疆古老的大地
聆听见闻庄稼禾苗的生长和
一座座群山里正在撂荒的田地
那是延伸的国土是良田的尽头
有我的眷恋有我的快乐有我迟疑的
一步一步的痛苦和焦虑
失去了风光的土地像一只落下的凤凰
在神圣的力量的驱使下，风在哀号
精神的羽毛在梦想的天空飘荡
我被这虚空的群山包围着
我在这空寂的山谷里听见了苞谷
爆裂出爆米花的声音
那一缕曾经的穗子在轻烟里闪着红光
红了的谷场熟了的南瓜
续写着曾经的火光遏制着我冲天的愿望
有流苏一样的云彩有疾驰而去的马车

085

我穿过山谷在文安驿梁家河的一个乡村古镇
餐桌上添上一盘猪头肉
一碟水煮花生、一盆自制的豆粉
来上一壶散打的西凤酒，盘腿端坐炕头
于是，我们就像久别重逢的亲人那样
隔着小小的炕桌拉拉家常——
直到天空缀满星星
我会醉卧这踏实的炕上
不让喧嚣搅扰这块土地上美丽乡村的梦境
在醉意臆态里把星星盛在酒杯里
瞭望岁月里多少次的朝霞与暮光
狂喜越过树梢而来的信天游
纵饮穿透露水而来的酩酊
我无法言表的情愫在这小屋泥炕上

在乡村小镇别样的空气里穿上新年的衣衫
在梦境里许下一个孩童般的愿
将阳光和露珠揽入这一方葱郁的大地
怀着敬仰怀着关怀怀着无限的爱心

086

我慢慢学会了行走在西风里
在我泛起对北风吹雪花飘的年代
在心不在焉，在心猿意马，在南辕北辙
我可以归来吗？出于追忆似水年华的慷慨

延安啊！

我想要在江山，江河，想要在你那里
找回当我四处游走时遗落了的骨骼
想恳求将我想要铭记的古老风范
置入我的睁着的双眼　并握住我的手
以便保留百花齐放时留有的那一缕余香
像你那样的躯体，那样伟岸的轮廓
那样的掌心，掌纹，那样力量的奔涌
催生黄土地上青涩的种子生根发芽　开花结果
结出舔着舌尖回味无穷的甘美
抽出蚕丝般美丽的丝线

087

我以为这样的一根线，是可以牵挂住
一次离去和又一次归来
我愿意将我的身体、我的生命像杨家岭的纺车
我愿将我的血泪织成丝丝缕缕
我愿是你飘扬旗帜上的一滴泪　一腔血
就像最初高举的血液，延安！在我心中
已融入了你的所爱和你的喜悦
如你的初心，将不会改变
在新时代的气象里不可阻挡　不可抑止

延安啊！
我感谢在我所有的夜晚满盈着你的光芒
我唯愿我的诗歌，我选择的爱
都是你所赐予的我所渴望的爱的词语
我颂歌可见的新时代的你——
亿万万华夏儿女所仰望的荣华与丰盛
当是你强大光芒的普照
当是你五谷丰登的恩情
当是你恩重如山的感召
延安啊！你是光
你引领着我们
新时代新的冠冕已如盛夏绚丽
已融入中华大地一同化作了民族之血脉
汇入滔滔不绝民族复兴之大河

圣地之路

088
清明，是日月里最心碎的日月
既是日也是月，更是明天
纷纷的细雨淋湿土地，把记忆和怀念
倾诉和欲望以呼喊混杂在春风与细雨
撩动一根发梢。黄土高原
总会让人想起风雪中的羊皮夹袄，把寒冷
裹紧在僵硬的土地里
赤裸的土地和所有的根蒂在漫长的空旷里
在寒碜的沟垄里变得沉默

089
在我张口之前，在我的胸膛，在我的头颅，我的
双眼里，那枝繁叶茂的青翠正在

高原的太阳里蓬勃生长
在我抵达之前，在我的骨骼，在我的肌肤
我的血液里，那茂密挺拔的大树正从
土地里生长进我的身体
无数的果实在十三堆篝火中成熟
我坐在夜色温柔火光融融星光璀璨的
圣地——延安
一切火的记忆，一切神圣的事业
一个新的时代已开始

090

在圣地，在我领悟你的灵魂之前
为什么我会在你漫长的目光里变得沉默
而我心中的话语却如滔滔黄河
为什么我会在你蜿蜒的身躯里泪流满面
而我心中的感受却溢满芬芳
我心愿你的温柔将我化作你的一滴血
我心愿你的慈悲将我变成你的一块肉
那样我会融入你的血肉
那样我会散发你的气息
那样我的生命就会在你博大的胸怀中强大
那样爱你如爱我的生命
我将用生命为你而歌
如同恋人的手，如同恋人的眼
这手眼通天的爱抚，多么熟悉犹如梦境
但这不是梦，不是莫名的冲动，是
真真切切地，她创造了一种令人向往的所有

091

一个理想的国度。有着她
独特的风尚，在延安，我们可以
听到和看到的多么熟悉的声音和面孔

你所知道的圣地延安，就像太阳升起
或是你眼里眺望的山丹丹花开红艳艳
在她的一呼一吸里，那是一团火，是
光明之火，是生命之火，是，阳刚之火

092
只要你愿意，和你的梦想一起
来到你向往的圣地延安
走进这块黄土地
在这里落脚。从这里出发
你会在那里种下你希望的种子
就像一次久别的相逢，彼此相拥
带着对美好的生活的向往继续向前
你会在那里感受心中听到的声音
一百年来没有一刻敢停顿过的
从那里出发又一直延伸到祖国
喜悦原野上的实战的真理

093
心田会升起，升高那引航的宝塔
耳边会响起，响彻大地的延河水
新的时代，新的启示，新的起程
正涌动着沉默后的激情
无拘无束的自由的清澈
还没有哪一个时代像今天将一切接纳

094
把我们曾经的激情的歌　一直地歌唱
在实践真理中歌唱，啊，神圣的延安
我们在更加永恒的大地上自由歌唱

095

我颂歌延安，最后的诗
我以为延安神圣蕴含着人类命运的意义
它长久地高耸着，鼓着辽阔起伏的胸膛
一切在它涌动起伏的光芒里向人类传达了相同的气息
去延安，再回延安，无数次的这样不能停住
我在巍巍宝塔山上，在滔滔延河边上
是最初的心声还是山河的壮志
是红了的秧歌还是熟了的柿子
是枣园还是杨家岭或是清凉山的电波
还是凤凰山泛着的红色
还是那连绵起伏的黄土高坡上的山丹丹花开
那红艳艳，那红红火火的明媚春色
还是心灵向往的自由的呼唤
是往昔的欢歌笑语还是漂泊无依的灵魂
还是这片土地气象更新的景色
我颂歌延安，最后的诗
将诗人融入连绵起伏的山峦，黄土地的脉搏
我自由地行走在这块神圣而灵性的土地上
舒展梗阻的肠胃和郁结的心灵
从熙熙攘攘的都市走进《延安颂》《黄河颂》
我听见咆哮黄河的合唱震荡悦耳
卷起千层浪涛洗礼我的心灵
热情奔放我生命的自由与狂喜的灵魂
我在体会这块土地的品格和纺车的优美
在陕北窑洞里看见一张黑白照片
展现青春与智慧的少年的脸
平静，温和，友好，有理想抱负和远大前程的脸
在艰难困苦时向往美好生活的脸
闪耀着人类堂堂正正光彩的脸

096

我颂歌延安，最初的诗

你培育滋养了一群平等的儿女
你用你的身躯和乳汁构成了一个民族的肌肤
给予了我们一个共同的身份，包括血肉和灵魂
你为一个民族筑就了站起来、富起来、强起来的命运
你仍然带着不忘初心探索创新通往幸福大厦的道路
你仍然坚定信念中崇高的理想与信仰
我因此会用尽一个诗人的情怀，为你颂歌
更是因为你有着不朽的历史，有着不朽的现在
　　有着不朽的思想，更是会有不朽的未来！
　　更是不朽的伟大民族！
前进，向着美好生活
新时代的旋律光荣而伟大
无须怀有乡土的忧愁
每一座城市，每一个乡村都有志愿者和建设者
一切美好的生活已经来临

097
在陕北，在延安，这大河，黄河两岸，长江流域
令人慷慨激昂看到正在继往开来的新时代
不是模糊的、口号的、修辞的一个概念
而是能够看得见、摸得着、已经感受到的现实
精准扶贫号令吹过月色下悠然闪烁光芒的延河
祖国大地上再次出征的队伍向乡村进发
祖国再次向人类热情奔放、庄严雄壮地宣告
祖国的爱激励着每一个公民追求美好生活
高举新时代伟大的旗帜，迈出雄壮的步伐
迎接美好生活，迎接光荣与梦想的胜利
祖国正以前所未有的新时代的力量
号召全体公民共同行动，共同奋斗，实现美好
新时代的旋律正在进入每一个公民的心坎
摆脱贫困实现小康的事业正处在攻坚克难的时刻

098

伟大祖国的英雄儿女

所有美好的明天都需从今天出发

迎接自由、健康、铿锵的步伐

从胜利走向更大的胜利

因为祖国的声音正是祖国人民的心声

祖国正在日益成为祖国人民的骄傲

祖国正在赋予祖国人民自由和平等的权利

祖国正在缔造祖国人民美好生活的和谐

祖国正在消除腐败和贫困

祖国辽阔的大地有神圣的光明，有清新的空气

       有青山绿水，有最初念念不忘

        生生不息的火热的关乎人民的初心

自诞生以来就有深厚的、正直的、鲜红的根基

就有坚强的意志，坚定的信念，永恒信仰的力量

就有全心全意为人民服务的一颗赤子之心

099

一个已经来临的新时代

总会及时孕育新的挺进

新的光芒会照进每一个人的心田

就会感到春回大地的绿色的风

秋风时节苞米和稻穗的响声

一个大陆和另一片大海共同的精神

就会在新时代的精神、思想的引领下

心怀古老的家风更新时代风尚

我们就会感受到光的时节正带着光明

走过睡眠的大地唤醒沉睡的事物

穿过绿色的茎秆鼓动花蕾绽放

尤其当十月的风，气爽而至

正在向大地传递丰收的喜悦

100

哦，这个金色的信笺，光芒四射的新时代

呈现在我诗歌的缤纷的意象里

它正透过绿水青山波及花的草原

正将裸露贫瘠绿成金山银山

正在托起人类共和自由的大地盛开

和平之树，蓄养人类的树根

101

哦，诗人正处在重新洗礼世界的时代

看到歌唱新时代的颂歌的时刻已经来临

在这安然宁静而又神圣的延安

除了群星闪烁璀璨时永恒的梦想

裹着头巾的牧羊人吟着山丹丹花开红艳艳……

延安啊！诗人向你致敬

延河之水已将我的灵魂沐浴

已将你崇高的心灵高尚的品德给予了诗人

我在这里汲取，在这里燃烧，在这里腾飞

在这里遇见天真烂漫青春的笑脸

在这里看见一个民族复兴的梦想，火的言辞

在这里产生一个抒情诗人应有的精神

向今日照耀新时代光辉的太阳

向勇往直前可歌可泣新时代的英雄儿女

献上胜利的诗歌

哦，神圣的延安！

你的精神从巍巍宝塔山

滔滔延河水和黄土的躯体

向着中国梦的真谛飞翔在辽阔肥沃的祖国大地上

并将你的精神的光辉普照由苦难和奋斗所缔造的

伟大复兴给予热爱你的人民永恒的欢乐

102

从春天到秋天，漫长的岁月拉长了

昼与夜，我日夜预习喧哗和沉寂
和漫长的影子模糊不属于我也不属于时间的时光
我在黄土地上吟诵延安的诗篇
为泥土的大地的谷场祝福

103

我知道土地长存着它复苏的火焰，火的种子
并会在可信的预言里以更加旺盛绿了大地
生活在这块大地上的人民继续繁衍生息
也会在十月的秋风藏着一张张焕发喜悦的面孔
与黎明到晨光和落日与此休戚相关的土地
相依为命，犁耕土地

104

我渴望在痛苦与迷蒙的时辰里
与微风细雨一起有一次彻夜的畅谈
希望风雨能将无可名状的种种痛楚带走
我在黄土地上分享大地的信仰
掩埋在泥土下旧的时光熠熠闪烁
信天游悠远的追溯在
召唤风和细雨中呼喊和细语

105

我知道土地正在燃烧旧时光的谎言与欺诈
失效的种子干瘪的样子无异于风中一粒尘埃
从海上吹来的鼓着浪涛的水，风暴
刮起风，刮走尘埃，刮去久围城市的霾
虚妄的一次扼杀死于腹中
烈酒和血管里浓稠的血融为
穿越躯体百思不得其解的秘密
纠结成胡思乱想的荆棘
在倒灌陆地的海水里迟疑一次精心的预谋

听到"佛洛伦斯"击碎玻璃的浪涛
和教堂上空响起的葬礼上的哀乐
我依旧走过喧哗的城市　走进十月
秋高气爽猩红的土地
将悲伤的脂肪植入一曲毒草的根茎
在时光的指尖上舔舐雪花

106

大地沉静
我伫立在神圣的延安，眺望
金色的山峦和金色的北京
十月的黄土塬上，十月的阳光下，结满苹果
行吟的诗人，在悠久的土地上吟唱自己的国土

107

我心中的土地是祖国，是那蓝蓝绿绿、姹紫嫣红的
是绿了的沙漠戈壁是绿了的山峦是一道道先辈们
留下的足迹，是迎面而来的白发苍苍的老人，父亲母亲的脸孔
大地，泥土，芳香的认知与记忆
一直延伸成为与我血肉相连入我骨骼的灵魂

108

倘若一切破碎风暴席卷大地
我从不担忧坚实的大地会有塌陷
因为这块土地上有我们早已熟知的滋养生命的事物
一睁眼便能看得见的这块土地
总会赋予我们的生活和生命的意义
随便在大地的某一处以大地的习性
生长一株草，一棵树，一朵花，一束麦穗，会
有一条路让我们走，走向远方，如果
我们累了便可在大地的胸怀中歇歇脚
和大地一起呼吸感受大地的温暖

和大地一起恢复热情洋溢和燃烧的精神

在黎明时刻一起复苏向早晨问好

109

那些贫穷，困惑，漂泊……微不足道

慷慨的大地底下埋藏着珍珠般的梦

没有人会因一次天灾人祸而眩晕或久怀不忘

生活会继续在岁月的时光里消磨掉阴影

会在未来的岁月里给予我们巨大的精神果实

110

我心中的诗歌是大地给予的情怀

是一个揭开一切掩盖物打开心灵之窗的时代

是一个重塑道德价值高于金钱利益的时代

是一个遵循传统推陈出新合乎法律的自由时代

是一个保持自我走向民主更加文明的时代

是一个满足人民愿望的正在向前进行的时代

是一个心灵虔诚播撒更加伟大信仰种子的时代

是一个属于现在更属于未来的时代

是一个人民有信仰民族有希望国家有力量的时代

是一个需要为丰功伟业颂歌赞美的时代

111

欢乐和喜悦，赞美和颂歌

在高耸的群山和容纳众水的大河欢畅

草本的或是木本的可繁衍的鲜花绿叶

为大地披上万紫千红裹上欣欣青绿

使大地的胸怀富有，鲜艳芬芳，柔和

支撑起人民的开怀大笑

支撑起光辉闪烁的人间

我因此卸下肩挑的重担

我在人间的欢歌笑语中自由飞翔

112

欢乐和喜悦的大地啊！

只是因为你那转动后的一个微笑

我便已是你最为亲切的一个诗人

只因为一粒米粒的唇齿

我便表现出对你抚摸的欲望

并在痴狂，在逍遥中

获得你永恒的一座在人间的宅第

我因此，在大地，你复活，你苏醒时刻

献上一个诗人的生命之歌

献上诗人的诗篇

献上颂歌——彻夜折磨诗人灵魂的颂歌

和崇高而辽阔的灵感

伴随着黄土地粗犷的大风走过荒蛮之光

诗人的手指间流淌着大地的语言之歌

大地的元气哺育着诗人的心灵

大地的生动蕴含着诗人的精气

宛如蜿蜒流淌在群山里的大河

113

大地啊！大地之风光，火的眸子，肌肤的芳香

为人类流淌出唇齿间的葡萄美酒

总是你呀，大地！会让我想起洒满阳光的碧绿

在隐约的忧伤时刻也能心花怒放

在憧憬时有梦想的光芒

114

为此，我将沉醉于秋日的玫瑰花丛中

将心灵的愁结融入燃烧的情爱里

以所有的科学智能将欲望

糅入，酿造出玫瑰香的葡萄美酒

将节日的泪光倾入美酒一样的诗句里

将会看见晶莹的那一滴泪所饱含的爱和
泪光里所闪烁的光芒

115

我居住在奢华的大都市，有湖畔学府
常常会在寄居的城市上空凝望天空
一系列的星星隐于眼花缭乱的灯市
我会越过夜光和声音极目消失在黑夜里的山峦
看见我心灵中的阳光和绿色
聆听风的低语
我渴望真言在幽深的心底如绿了又绿的绿色
将粗陋的众多人居住的大地饰以绿色
我愿恭敬，屈身，垂首那含绿的风
从圣地延安的碧蓝宁静的天宇吹送富含真诚的信仰
和喜悦温慈的欢乐

116

欢快而自由的心灵，我当然呼应
我们的时代，油然而生涌起振奋的翅翼
我将更加地欢欣

117

我在这两种交错的声音里向时代交纳吟诵诗歌
从一切的不同的声音里辨识声韵

118

于是我自愿尽职穿过有先辈祖先们足迹的大地
当面对神圣的延安，相知如故的山谷
或因巍巍宝塔如指引航程的灯塔
那许多纷乱的杂音胡思乱想被风淹没
我得知所有神圣是持久以来心灵的愿景
是一种高于幻想的痴迷的憧憬

是一直以来就有的挺拔的绿色
是一直指引我坚定走向前进道路的道路
我将在那里汲取对新时代的信念
并在这种信念中抒发涌上心头的意志
我将怀揣那里给予的红色激情的诗篇
站在高高的山峦忧思一座城池或拯救一个村庄
发掘圣地取之不尽用之不竭的思想宝藏

119

我自愿将自己的生命融入化作大地的诗语
我将用诗歌诠释新时代征途上
初心不忘忠贞不渝的信念和不灭的信仰
为新时代的英雄儿女
为新时代忙碌高尚的人们
为新时代探索真理的志士
为美好生活与自由心灵奋斗的人们
为情绪失落而日夜焦虑的人们
为无数先辈们枪林弹雨中鲜红的语言
为"一带一路"的大海和灿烂的陆地
为早日摆脱因贫困而平添的负重
为被岁月纠缠不休的对幸福生活的渴望
为了理想心灵不再变节
为了祖国，为了延安
为了国歌，为了永远的五星红旗飘扬

120

延安精神，真知的力量，信仰的源泉
为世人所知的为人所接纳的一种信仰
一个永不疲惫的信仰
无论怎样的千山万壑
都为一个民族建树了崇高的理想
是一个民族心智最为广大的理想

历史的长河流入广宇
这种精神与生机盎然的宇宙结下了
患难与共的命运共同体
虽历经沧桑，但却一直都保持着最初的愿景
道路并不平坦，但却从未停止步伐
虽经历黑暗，但心灵从未泯灭理想的火花

121

如今，我常常离开都市的拥堵和满天的喧嚣
来到陕北，千山万壑中的延安
在流逝或已遁逃了的时光与岁月中
平静如水地站在宝塔山上看河岸上的风景
但却看不见滔滔不息的延河
憧憬与失落，一条河怎样地让我内心波涛汹涌
我无法忽略心灵产生的微妙余悸
这滔滔之水具有精神且是力量的象征
这种质朴的联想和内在的记忆
会在一切人的目光的水面上闪烁游移的光
会使一切人的内心怀着同样的情绪
我想用诗歌写出滔滔不绝的思想长歌
歌唱那呵护我们日常生活的水
以不朽的诗句精心呵护延河水的悠悠琴声

122

但是，水，需要多少，水，汗水
才能滋养伏羲的河流
才能蕴含大地五谷丰登的喜悦
才能将一个民族所滋生的希望之花盛开
才能将一个国家独立、自由而民主的种子四处播撒
让祖国的四面八方都夸耀着青山绿水
都能秀出生动可爱无拘无束的笑脸
都能在眺望群星闪烁的金辉银辉中获得宁静

如此，我便欣然地采集新时代的欢乐

当明月升起，我在牧人歇息的天山

和大家一起在欢乐的歌声中回忆那些

琴声如诉星光柔媚的夜晚

将含有月光的诗歌献给祖国和祖国人民

当星星点亮牧歌的草原

那在瞬息间落下的帷幕带着忧伤

在星光照耀下为大地穿上岁月的长袍

为山峦戴上花里胡哨的胡须

秋风根植于大地的落叶，呈现出

一切采摘的裸果，那是

一切果实的居所，那是

　　　　　唇齿间被寒冷掠走的新绿

123

从未感受过寒露在隔夜的阳光中

再次遇见温暖的夏日大地

秋日的困惑不解夏日的欢快

新出炉的馕　香过满是脂粉的脸

所有的脸蛋都红过了苹果

所有的牙齿都甜过了石榴

所有的人都怀抱心经

供养秋收坚果迸裂的浆液

汲取锤炼三尺的灵魂

撕撕扯扯着留有余香的柔情

以及脸面上飘忽不定的星光

是否可以伸手抹掉一样落在发髻上的光

和落在嘴巴上难以启齿的恨爱

而此刻我正怀抱马头琴挂念那一缕秋风

已经被许多岁月的风霜染红了的风情

在眯着的眼睛幻想另一片镶着金边的田野

我以为是在离家不远的地方正喝着咖啡

看着一辆公交车在草原上

瞬间化作一头公牛

我以为我知道悲伤是什么

告诉我，悲伤可不可以是一次天平上的死亡

因为我所热爱的祖国的每一寸土地

都是我在每一个秋天的丰收

是我张开的嘴巴，唇齿间吐露的灵魂

124

那炫耀门第，显赫的权势

一切的财富在荣耀的路上，树起丰碑

我因此，颂歌，赞美扬起风帆的小大调

弹出栩栩如生的诌媚之色

一定要眼看着，诗人的亡灵

是陕北高原上沉睡的心灵

是曾经高贵的灵魂，和高贵的脚印

是手握权柄的

永不使用的

被贫穷，被寒酸，被掩埋，被隐忍的

高贵的结冻了的冰清玉洁的奔流不息的涌泉

告诉我，人间的花儿一定是在吐尽芳香

　　　　才可以化作无人怜赏的乐土吗？

125

一口酒，一夜的壶，瀑布

被淋湿了的牛羊

在天山南北的草原上悠然自得

牧歌的童子，唱一曲秦腔

将黄昏以后的鬼神送走，走在

苍茫的夜色，夜色里弥漫着

肃穆而又庄严的寂静

　　　　远处的羔羊已经入眠

126

拥有真理或拥有真相

都须离开喧嚣的争斗

悄悄地来，快快地走

迈着从容不迫的脚步

以便赤裸尸体搁在人间遭欺凌

一个诗人，恳请化作冰雪

无名，无姓，无氏，一个诗人，会以诗词的格局

给你刻下碑文：生辰和八字不合便归于皇天后土

即使入墓，大自然的风会吹尽黄沙

会把一个诗人的眼泪送到天上

然后，在今夜打湿衣衫的一滴泪

　　　看着太阳升起

我便会沉浸在我的关于人间的无望的挽歌里

写上：这个诗人来过人间以烙印为证

这个诗人以同样的慷慨

把自己的悲伤化作了人间的喜悦

这个诗人看透了人间的峥嵘

会想起一个幼小的心灵

一个村子里的朴实的在此安息的先人

告诉我，雄心勃勃的高贵就可以

鄙夷一棵低矮带着微笑的草？

万物的生长，兴许埋着千年万年亿万年的花儿

是你以人类的慈悲为怀的先人们的眼泪

更是大地创造的属于自己的历史

127

请让我的眼泪掉下来吧！

请把我带回到沙粒的世界

那荒漠里的风放荡，肆虐

可是抹不去一个诗人故地重游的痕迹

我在今夜彷徨的三棵树下

默默地将红石榴的粒籽

搁在了深情的忧愁的节制着的哀伤里
陕北，延安，你那巍巍的山峦啊
是否可以容纳一个诗人激情的泪水
是否可以宽慰一个诗人伤心的泪痕

128
给了我的一束光，刺痛了我的眼，告诉我
为了那一滴眼泪会带来一场滂沱大雨吗？
我滞留在向我直射的光里

129
但，我的眼睛也看不清书本上的汉字
我女儿说她是千里眼，她说：
"我真的能看到地球以外的光芒。"
而我在你的光里只看见一簇一簇的灯和一群一群的人
我在虚幻的光里看见熠熠生辉的葡萄藤蔓，看见
遍地的黄的菊花和香气
我迎着炫目的光与灯光相遇
巨大的高楼已如钢筋的森林海洋
我那么低矮化作沙粒
化作闪烁着光的眼睛
永远睁着，睁大，在醒后，期待另一只眼中的
恋恋不舍地落入延河的笑声
亲亲的延河啊，你滔滔不绝，你款款地流淌
直到风吹过黄土高原又吹拂绿油油的大地
亲亲的延河，亲亲的亲啊！

130
而我，绝不是他们说的一个商人
我只是带着"一带一路"上的瓜果飘香，带着
一袋秋风吹冷晾干的无核的葡萄干
操着一口的乡音不远万里的一个快递小哥

在我进入的城市里让我眼花缭乱
我的那份雄心勃勃的自信搁浅在一杯茶水中
千万的富翁和亿万的富商
酒足饭饱后的一个饱嗝
都令我闻到清香四溢
我独自坐在地坛，在卑微的心灵里踽踽而行
发现一转身便是没有灯光的路
如我在我的村子里摸着黑，那儿的路我熟

131
延河啊！延河，在你款款的流动里
我会想起一面湖和湖面上的画舫
风儿会吹起浪花，也会吹起鼓胀了风的红帆
  画舫在风的波浪里划过江河
  划过彤红的而又闪烁着金光的红旗

132
飘扬吧，飘扬吧，飘扬吧飘扬吧
一切阅读《人民日报》的读者都明白
那是一面满面红光满怀柔情的永不褪色的旗帜
请你停住你的脚步吧！
朋友啊朋友，让我们去赶脚时歇歇脚吧！
在今天的我的国土上
每一个中国人，人人都会随口吟出一诗半句
而今夜，我在诗歌里颂赞呼唤
祖国绚丽灿烂的诗情画意

133
我像一匹天马奔驰在高高的山岗上
如一匹老了的骆驼
在飞沙走石而又坎坷的路上
守望千年的踏破征途的写在

羊皮纸上的明亮的汉字

134

啊，延安！当那明月皓皓当空时
星海携着一曲《黄河大合唱》
在咆哮的浪涛在扬起的风沙烟尘中
当战火纷飞过一块高地
我们将行走在漫漫的无边无际的草原上
将目光投向一片荒原
将我们的目光交付并抵押给 × × 银行
我因此，在一张明目张胆的协议上
签下庄严的以命相抵的条款
请告诉我，难道我们真的是替罪的
而又无辜的羔羊吗?
而又是否是披着晨光出现在大河西岸
的华夏傲然屹立的峰峦
我相信我们的财富
是辛勤劳动的成果
是轻帐里耳旁响起的篝火的声音
而我，一个诗人的夜晚目光
伫立在飒风凌厉的北方

135

延安啊，延安
当你在今夜披上迷蒙绿色的烟雨
诗人相信在挨过漫漫长夜后
我们一定散尽了的黑夜
掀起心潮澎湃的衣裙娇柔妩媚恬静
谁能背诵一首在苍穹里凋谢的诗
一首可歌可泣的诗
如那熊熊燃烧的火焰
灿烂啊! 灿烂的光，如早晨的太阳

将黎明前的短暂的黑暗普照

一个诗人在风华初露，带着欢笑的眼泪

带着可歌可泣的欢乐的哀伤

带着他的慷慨，为今秋

十月，献上一颗怯懦的任性的

荣华富贵后的撩人的烟花

我将在这子夜里化作飞扬的骨灰与

一粒沙粒结伴而行

136

告诉我，我如何才能不背信弃义

才能饱饮奔流不息的延河水

才能流连忘返才能缄口

才能与诗歌的前辈那样

千金散尽还复来

只为和平永光耀

才能慎言寡语才能金口难开

才能不动干戈才能化蛹为蝶

才能山花绚丽才可香美甘甜

才可翻越千山万水才可抵达

今天，日新月异迈开大步向前进的新时代

在今天的时代献上不可战胜的力量

在铭刻在心的哀伤里怀有初心

请告诉我，告诉我，相伴举觞

翩翩起舞

那星是否继续闪耀

沙砾是否存在温暖

137

我从未怀疑过当十月的风吹颂祖国大地时

那苍穹下金色的荣光和胜利的喜悦

我在我的祖国的土地上深深地扎根

至今都未曾离开过国土半步

永远也不会离去

我走过千百年来祖先们开垦了的田地

目睹同样的种子和同样的收获

为乡亲和父老为子子孙孙赐予的果实

土地的甜蜜和意味深长的感叹

唇齿间的雨丝和召唤

我内心打了这么多的愁结　包含对土地

对庄稼对树林以及四面八方的风和

根深蒂固叶茂枝繁千丝万缕

我丝毫不敢松懈舒展一次筋骨

即使大地已经如此美丽风流

我走过陕北高原群山间千百万的绿色眼眶

仿佛走向一双双渴望的眼睛

我感到那里祖先们充满灵性的目光

是在向我传递着光荣的火焰和

埋在土地里更为深层的种子的新生

直到在人类大地上盛开出文明的百合花朵

138

当十月香气馥馥时我依旧在内心的延安

将我内心的忧伤委以千沟万壑的群山

坚定而欣慰地狂饮金色的美酒

以爱和笑语相慰我的忧伤

当秋风在吹送田野累累果实的欢笑

当新编的花篮盛满采摘的果实

当心气儿高到九天揽月

我当亲吻这欢乐般的忧伤

在这洒满阳光的国土上亲吻所有的心灵

让所有的眼泪变成会唱歌的音符

让所有的心底都照进绚丽的阳光

让金银色的山峦越过冰雪在阳光下诞生新的春天

让每一个人都依偎着大地的胸怀

露出天下最笑盈盈的脸容
我将这样的时刻驻留心田
以欢乐的火焰种下神圣的种子
期待我的国土上能生长出自由与安闲
古老的太阳，古老的纺车，古老的磨坊，遍地牛羊
到处都是劳作和美好富裕的欣荣景象

139

炫目的时光高呼着它们的万岁
凭空而跃，越过古老的宫殿和长满芳草的楼台
来自大洋彼岸的惊涛骇浪归于平静
当落日在陡峭山峰上颤动抖落下余晖
染满斑斓秋色的天空笑了
把盛世的光芒投向子孙万代
我在渐渐暗下的光里变得忧郁
节日临近结束，返程会拥堵
我独自沉默无语
谁会在这大好的秋色里想起彻夜不眠的
一个诗人在承受着何等的痛苦？
一个疲惫的诗人整理亦已疲倦的纸张
记载着的众人视而不见的敞开的心扉
就像这漫开了的夜　谁会在意它的到来
就像墨汁落在张开的宣纸上，如烟展开
当所有的声音被夜色包裹进灯影
诗人正在这悄然而至的傍晚将目光投向远处
那个与夜共存的灯火阑珊的世界
诗人在他孤独的额头上汇聚着光
书写着众生百姓和他自己的痛苦与欢乐

140

延安，我在放眼，自由自在地放眼眺望
更加地辽阔更加地耸立更加地清新

我在，在太阳下阅读着充满豪情的激扬文字
何等优美的光芒啊，普照大地！
时光怎样地流逝会使纺车变得沉寂
会被凝视的目光变得湿润
嘹亮闪烁过一个厚厚的胸膜
多少缄默能够引发呼喊
读一卷诗书——雄鸡啼鸣

141
我思忖着走进梁家河村　一个宁静的山村
一种寻觅，内在的情感的某种渴求
一种期待，对阳光的或是雨露的
目光里满含明快的风在山谷里招摇
我不懂得风语，让果实坠落吧！让
在风里摇曳的谷穗也坠落吧！
让灌满风的天空下装满谷物与果实
果实留下的种子才会成为永恒
为了滋养土地和复活

142
延安，我在寻觅。一直在寻找着奉献者的眼睛
流泪的，柔和的，温暖的目光
我在，我在总是深沉的夜晚从睡梦中醒来
千百万双眼睛隐藏在那山脉沟壑上
通过你的绿色眼眶，我看见大片的土地在沉睡
我在你的目光的注视下走过空寂的村庄
洒满阳光的山谷田野也洒满了空旷
从空旷通向多个空旷
我呼吸着种植在我心田里的被入侵了的虚空
再一次沉睡的泥土生长出翅膀，穿戴上绿色羽衣
珠光宝气的山峰闪烁磷火的金光银色
在那里，遇见国家，国土和汉语词汇与河流说话

生出羽毛，穿过我们内心滋养的一片良田
在泥土和沙粒间爬行
在早已成就的山峦烹饪星辰
用时间的眼光数点无数的种子
我将变成种子播撒荒废了的土地
我将亲吻我腹中的土地以果实的声音
延安，我在纪念。那些让我们感到的永恒
永恒的宝塔山，永恒的延河水，永远的枣园
七十年来的奋斗与追求，以及黄河的咆哮和
保卫延安的战斗

143

或许，在通往圣地的道路上
　　当我穿过层层叠叠的群山进入
黄土高原，一道道的沟壑，一脉脉的山峦
　　在河谷，我看不见塬上也看不见远方
圣地之路啊，我是守望你的辽阔的一个诗人
　　是聆听者，是歌唱者
我唯愿就这样走向你，走近你，走进你
在喧嚣迷乱虚空迷惘的时候
在被痛楚围困在哀伤的时刻
在一厢情愿地称自己为诗人的时间
在心知肚明而贫穷地四处漫游时
我渴望我的生命如同夏花
即便是在深深的沉寂的黑夜
也能在你辽阔而温柔的微笑中绽放
以此慰藉微轻的心灵免于哀伤
如一次凤凰涅槃般的分娩与再生
唯愿你是慈祥的根生也是接生
温暖如八月之光下麦穗发出的呼吸
用你光芒的麦粒喂养哺育
让我成为新时代延安的歌颂者
因为圣地之路是一道永远伟大的光……

火·火·火

144

尽管脚步可能不会抵达
曾经被践踏蹂躏过的时光
也无法将手伸向倒下去的身躯
将他们头颅上的血迹抹去
但我的目光却从未迷糊
一直投向倒下去的那个时刻
千千万的声音汇聚交错在寂静里
岁月的雨落在青石板的卢沟桥上
淋湿洗去沾满了的血迹
但它抹不了记忆中火焰中的血
黑暗中，火的声音在发出号令
层林尽染的山峦间
密密匝匝的黑的乌鸦们

145

大炮迸发出震耳的声响
刹那间，火光冲天，太阳泛着血色的红光

146

一团火焰映红了峡谷积雪的山峰
在心底升起了一种火焰的力量
我能感受到血管中流动的血
也明白鲜红的内涵在
黑夜里和黑夜一起展开翅膀
和生命一起穿过、穿透黑暗
继续弥漫着又延伸了的苍灰
成千上万的人在天空下呼喊

147

那些声音回荡在星辰的时间里
我但愿，在纪念的日子里走过，走
到日月辉映下的辽阔草原，走
到蓝天白云下的华北平原，走
到泛着浪花的蔚蓝大海，走啊走……
走过长城，跨过黄河、无尽的岁月
耳边回荡起的七十年前隆隆的炮声
那层林尽染的江山

谁的头颅？谁的热血？谁的火焰
南方的雨，北方的雪，雨雪交加的
都是历史的天空，都已
挂满了峥嵘灿烂的岁月
掠过树上绿叶间的八月之光
恍惚中，在头脑里的眩晕的
被凝固，在脚步里的错乱的
被围困，在过去、现在和未来
战争与和平

148

我但愿，我能有的智慧
以信仰和灵魂对话，不带偏见
以慷慨和生命对话，不带仇恨
因为信仰和慷慨已是时间的全部
包括光明与黑暗也包括时间里的全景
我眺望雾霭迷蒙下的松花江
我跋涉过九曲十八弯的缅甸公路
我蹒跚过层峦叠嶂的平型关
我穿越过太阳照耀下的太行山
我驻足南京墓园腹地九万里
我看得见那一枝滴血的杜鹃还在滴
我听得清一个新生婴儿的啼哭声
我听得见报童在街巷深处的叫喊声

149

这样的一个时刻，不是重温

而是对胜利的一次纪念

为了不能忘却的纪念

华表豪放的异彩

宛如无限延伸的记忆

仰望星空，不绝的、暗红的沙砾

侧耳聆听，雄狮的长啸

我顺着额头上的汗寻找

苍灰天空下，暴风雨中的双眼

踩着自己的光影寻觅

一面破碎了的镜子和破碎了

的岁月和破碎了的旗帜

哪怕只是在瞬间

我便愿意，我但愿：听见

躺在岁月的长河里

在苍茫的夜色里，在

青石板的桥面，意志坚定的誓言，化作

瞬间的火焰沉入梦乡的眼底

我但愿这火焰像血液一样

永远在我们的身体里流淌

我但愿在这火的燃烧过去后

是屹立在火焰之上向着天际的重生，而后让

岁月播下和平与文明的谷物

以芬芳的泥土滋养所有的生命

以眼睛里的火照亮人世间的黑暗

以每一个春天里看到的延续着的

往昔岁月的缕缕思绪和

黯然升起和雨一起的忧伤

如今，当鲜花的赠礼化作

手指间燃烧着的火焰

150

我但愿登万里长城望重峦叠嶂

看那月光洒满江河两岸，播下火种

生长盛秋和迷人的鲜花

以及芬芳的气息，以

不能忘却的心田在纪念碑前

倾听英雄海的声息

以便和永生一起让生命复活

以不能忘却，纪念抗日战争的胜利

因此，我将目光投向长安街

七十年后，在时间的长河里，穿过抗战的烽火

用力量和意志丈量另一种强度

保持沸腾的血和燃烧的火焰

提醒并警告，不屈服的和不忘却的

许许多多的来自人民的声音以及

躲过了指控与审判的死灵魂以及

隐藏在"靖国神社"里的精神分裂的象征

因此，我的目光越过长安街

向前看，向前看，将目光投向大海

或在浪花中看见奏响乐章的辽宁舰

或在声音里将目光

穿越过群山环绕　　投向

卢沟晓月：人类永恒的悲伤和无尽的怀念和

生命复活民族复兴的火焰

永远燃烧的生命

有火的脸庞，火的眼睛，火的语言

宛如熊熊燃烧的炉膛

宛如闪闪耀耀的红星

在心底扎根，生长出复活的石榴花

现在，伫立在纪念的时刻，

纪念胜利，以火纪念火并纪念所有的眼泪

在这里纪念，在这里怀念，在这里守候

在这里献上顶礼膜拜的心灵

在这寂静里燃烧如血　燃烧成
呼吸和火焰的气息
并和全部的纪念融入滔滔不绝的江河
并和血管一起丈量祖国大地
便是怀抱着一颗赤诚的珍珠之心

151

我但愿那血是火，是轰然作响的历史
是和火光一起闪耀的人类
携带着一面时间的镜子
去和过往岁月、和空气交谈
以便懂得倾听谷物生长的声音
在斗转星移后依旧燃烧的火焰
在时间中纪念的这一刻
生命之躯所不能承受的和不能忘却的
硝烟弥漫战火纷飞和泥土里的手指
坑道壕沟和挂满血肉的铁丝网
那里汇集了过去的和现在的时间
以及倒在那些时间里所有的人
那些人的名字已经永远镌刻在了嘴唇上
将和他们以往的岁月和我们活着的生活
　　　　　　　　　一同化作火焰
一起融入我们正在生活的时代
昂首挺胸
沿着雄心壮志的长安街走向胜利
将我们的足迹继续以红色的字与
火镌刻在和田的羊脂玉石一并
与我们的身体交融并
融入血液，生长飞翔的翅膀
我们以胜利，以爱，以正直、正念、正气
以正能量驱赶披着号衣的魔影
那是血与火传承的音符
通过时间被后人记着，才会纪念

那些很久以前埋在土地下的身躯
哺育了谷物的芳香和活着的欢乐
让鲜红的心灵主宰黑暗
每一颗心都是一个太阳
我们心中的太阳
永远在我们的心中

152

我但愿我在这里或在那里
我但愿我在悲伤或欢乐中
都能将土地下的哺育一一拾起
在这个纪念的日子里，风俗和人类的
所有的苦难都已经包括在内
包括全部的味道和所有的记忆
我但愿宇宙下的全人类也都会
不是在战争后抹掉痛苦而是记住
在这个小小的环球上
不再让人类含着眼泪，让
生到死的生命流淌着的血
伸出手，抚摸人类的根茎
我们那一份相亲相爱的本性
蒙娜丽莎般的微笑
有限的生命和永恒的悲伤
海滩上蜷缩的孩子的尸体
　　　　　　沉默的翅膀
我们内心里的人间天堂
花朵，青草，沙滩，和浪花中的蝴蝶起舞
一串葡萄和孩子的目光

153

我但愿所有这些已经遥远了的往事
在我活着的时候写下来，写下：

火的证词，火的记忆，火的纪念
不仅仅是文字与符号
还应该包括对火的祝福
因为火便是生命之种
是严寒黑暗时的火
是岩石中涌动的火
是死去的山口上的思想之火
是悬在天空中的太阳之火

154

我但愿敲响的记忆的钟声，在这一刻响彻
让人类在纪念中感受温暖的曾经和
现在早已相逢相识之地
用眼睛重现时光的寒冷和沉寂，聆听
遥远的钟声和沉闷的枪声
飘洒在阴雨的泥泞的路上的　硝烟
以一次凝视落在自己的心坎
眼中的人民将苦难扛起
眼中的战士将钢枪擦亮
眼中的这块土地从不屈服
侵略者践踏的脚步
　我的眼中已饱含泪水
尽管我的眼睛可能不会抵达
笼罩在一个个鲜活里的生命
些许生命曾是完整的无缺的
曾几何时，化作尘埃建造坟茔
背后是一棵棵坚韧不拔挺立着的青松
目光里始终述说着的声音
为了最后的胜利
以充满勇敢的胆识和至高无上的心灵气节
成就鲜花与颂歌的伟大祖国
我们缅怀英雄先烈
在我们当下的年代

许多往事，那以往的血肉之躯

在内心树起座座丰碑

在这五彩斑斓的纪念日里

我以我的怀念亲吻缺席的气息

幻作一片清新的绿叶随风而去

追逐着梦，追逐着生命之火

追逐战火中，青春的岁月

155

我但愿血管燃烧时手中绽放的花朵

都无法灰烬心灵中藏匿的火焰

就像滚滚黄河顿失滔滔溅起的浪花

就像茫茫草原勿忘我上的露珠

就像人类的天空闪烁的星光

闪闪的五星在延安发出红色之光

照耀驰骋的疆场

和黑暗中相濡以沫的嘴唇和惊恐的眼睛

许多的尸骸，潮湿，阴冷的乱石

咯咯作响的骨头

飒飒吹动的红丝巾

和青菜色的脸庞

雾霾的阴沉色调下

失去了家园，失去了亲人，失去了生计

而到处是流离失所

黑暗与悲伤的泪水

以及背着钢盔的侵略者

在泪水与血水一起流淌的时间里

红星照彻侵略者和卖国贼的嘴脸

没有枪，没有炮

抗争者以身体生长出保卫家园的钢枪

当聂耳、冼星海，手指间弹响的琴弦

像黄河一样咆哮奔流

我愿意是一颗子弹

沿着血与火的躯体沿着黄河
去探寻那一颗古老而不朽的心

156

我但愿我一丝不挂地沿着黄河大步行走
唱着《黄河大合唱》
唱着《义勇军进行曲》
穿过坦克、装甲碾过的村庄和城池
穿过麦田和红红的高粱地，
通过春天带着露水的启明星
轻轻抚摸那不含泪滴的微笑
然后献上一个吻，葡萄美酒和花瓣以及
一片绿叶和蚕丝制的围巾和
一朵百合，一粒熟了的秋粟
我但愿这滴眼泪永远都不落下
即使悲伤的匕首让我的心都碎了

157

我也只看见不含泪的微笑
我也只看见一颗火的心
像一颗子弹一样穿过七十年
穿过所有的时间和空间
我不是口若悬河夸夸其谈
我写下的诗歌不是象征或是某种寓言
是历史的实录，是火与血的身躯
是北方，平原的枪声，是沉默的勋章
是枪林弹雨的色彩涂染的天空
是硝烟弥漫过的苍灰
是舌尖上的耻辱
是一个诗人的愤怒
我不是在满怀恶意或要报仇雪恨

158

我但愿手中的笔能生长出新绿
流淌出洒满人世间的迷迭花香
让其琼浆化作玉液洗净人类
　　　　　　的苦难和被侮辱过的心灵
用这红色的字迹
记录记忆中的色彩
和胸部的沉闷
像一团火，手指间燃烧的火焰
人人都能看得见的光下
　　　　　　　　鲜花盛开

159

我但愿用自己的头颅冲破苍灰
看见灿烂的太阳从东方升起
将心中的愤怒化作奋斗和
对血与火的纪念
然后，从蔚蓝开始
在阳光普照大地的现在开始
东方的贤惠
在成熟的秋日，在她的翅膀上
奏响一个国家对世界的和平乐章
与人民一起纪念曾经发生过的战争
往事如烟
纪念，是为了衔接人类的心灵

160

我但愿这不是盲目的爱国主义情怀
更不是子虚乌有时喝了一杯二锅头
寻找麻醉　在麻醉中找到平安
一个人不能两次踏进同一个死胡同
在挂满青苔的墙壁上折断那一缕阳光

161

我但愿这是不可动摇的忠诚信念和

面向东方太阳的熟悉面

我虽不能摇曳那棵记忆的大树

但我能从一册识字课本里打开历史的天空

流星划过时刻在嘴唇上的微笑

刻录下了震撼心灵的战争和

双手护卫旗帜的姿势和

纪念日仪仗队整齐刚劲有力的步伐

或许我只是一个坐在电视机前的观众

但我确信那灼人的火焰和

同唱的革命歌曲的声音

滑过我的早已剃光了的头，我能感觉到

我的祖国挺拔的头颅和强硬

仍然保存着被战火破碎过的旗帜

以它见证并为时代作证

162

我但愿我已来到了这个地方

带着今天的欢乐和幸福生活

循着先辈的足迹

行走在鲜花盛开阳光洒满的路上

记住火焰，人类绽放的生命就会为

一个老人眼角刻画鱼尾纹

不仅仅是岁月的痕迹

是记录下来的真实历史

不仅仅是为了不能忘记的

千言万语都不能表达的沧桑

不能被掩盖的过去曾经有过的

山峦，河流，农村，城市，广场上空

响起来的警报，防空洞里摇晃的灯盏

被炸裂了的大学图书馆

倒塌在烟尘中的民居房屋

怀抱婴儿，血迹斑斑母亲的脸
亲吻呵护幼小的生命
人类的光，像一颗划过黑暗的流星
在那一刻捍卫生命的权利

163

我但愿记住生命低处注视的目光
和对生命的声声呼唤和
胸膛里一直燃烧的火焰
我将为了我的祖国一直燃烧
我所以燃烧着不灭的火焰
是因为我热爱我的祖国和人民
尽管那些已失的生命不能复活
但其生命之火一直噼啪作响传达着荣光
也会唤起我们的时代精神风貌
　　　　　思想作风和崇高志向
因为我们从来不会忘记，不曾屈服
我们所以从来就没有感到过绝望
我们在这里收获了
胜利的果实比一串串的葡萄还要甜蜜
亘古的风吹响长城内外的号角
不能忘却的记忆在目光中生长火焰
关于对另一个生命的庄严仪式
是对火焰的纪念
只是生生不息的火种
　　　　　是宇宙之火
是中华大地子宫里的又一次复活
是华夏民族对光荣与梦想的复兴之光

164

我但愿那一枚枚散开的礼花炮弹
让我们再次回想起战争的场面和

在耀眼的火焰中看见胜利的笑脸和
那些用鲜血换来的胜利和
那些看得见摸得着的面容
记下来，记住，记住一切记忆中的
还有路，山峦，江河，一切沙粒
和穿过硝烟的奔跑的马群以及
背井离乡的，离家的人们，记住
紧紧相系的血脉，纺棉线的轱辘
山坳里和教堂留着血迹的衣衫，与
火的村庄，爆炸的石榴，惨死在
毒气弹中的鸟儿，遍地荒芜的庄稼
撕裂的山峦，咆哮的黄河
直至太阳升起再次照亮中华的大地和天空
直到祖国蔚蓝的天空中朵朵白云
鹰击长空，向天空飘洒绚丽迷人的彩虹
嘹亮的歌，庄严的进行曲
历史的长河闪烁着时代的波浪
前进、前进、前进、向前进！
走进新时代，走进新纪元，走进新常态
数亿的目光眺望飘扬的思绪
落在苍穹下走过广场身披霞光的正步
无数英雄们，以人民的名义
以血泪浇灌中华大地留住我们的根茎
一直生长并盛开出沁人心脾的花蕊，直到
天安门升起太阳，升起鲜红的旗帜
直到，那个庄严的声音诞生
向世界发出最伟大的声音
我们在红了枫叶的秋天里记忆
纪念，缅怀宛似鲜血的英灵
在祖国母亲的怀抱中
蓝天，阳光，鲜花，鲜红的旗
洪亮的声音，坦荡的胸怀
来自崇尚爱好和平的中华民族

来自正义之光照耀下的人民
不被摧毁的，不朽的，必胜的
信念中的生命之翼

165

我但愿，祖国和人民放飞鸽子的
翅膀搭载着人类的梦想
以检阅，献给伟大的和平——
天安门广场，雄赳赳、气昂昂
依旧沸腾的血和燃烧的火焰
和长安街色彩斑斓的花簇
和身穿节日礼服的人民和人民英雄
挥舞着随风飘扬的五星红旗
人类大地上的盛大节日
那飞过蓝天的五彩缤纷和鸽子
向着一切爱好和平的人们飞翔
变作鲜艳锦簇的人间花园
那天际间朵朵的云彩和
沉入乳香的月色
从万里长城到波光潋滟的太平洋
眼眸中含满幸福和激动的泪光
今天，当五彩缤纷在蔚蓝天空里出现
一面面的红旗在招展
纪念中，记忆找到了那些追寻的光
跳跃的火和母亲的呼唤
在检阅和观礼的人群中
以面带微笑，以人性的声音
让整个世界都听到澄净的心声
为爱，为和平，为友爱的人类
为一切珍爱和平的人民
是世世代代被中华民族珍藏在记忆和
情感中最为激情勃发的
永不凋谢、永不失色的质朴之声

166

我但愿我带着感激，甘心俯首

向所有的英雄们致敬并

和一切相信共产主义理想的人们

以其纯洁的心灵追求至高无上的信仰

以鲜花美酒、以民族风俗祭奠英雄壮士

献给曾经的同胞，兄弟姐妹

献给伟大胜利的时刻

在欢笑与歌声和礼炮声中

理所当然应有礼赞

合 奏

那绝对透明的沉默，那黄土

豪迈的身躯，没有思想的呼啸，迷蒙，或者眩晕

大自然的融合之物，从黄色到肉色，泥沙的游离

用一切言语表达一条河的汹涌的激流

伟大的一架钢琴啊！

演奏着这一块黄土地焦灼的语音

红墙下的舞蹈，翩翩起舞，拂袖

我在天空敲响的雨点里观望漫过膝盖的雨水

蜂拥而来的狂怒的沙砾席卷沉默的大地

被天空打湿的牧群，当然的牛羊猪狗，落汤的鸡

一如披着长发赤裸躯体的一次沐浴

哞哞的牛，汪汪的狗，咩咩的羊，哼哼的猪，振翅的鸡

倾斜的高压线和坠落的果实

石头缝里的风语和一只带电的昆虫

雄壮的《国际歌》，万物的合奏

而我所知道的已成为喧闹春光里唱响的喳喳声

合奏并不缺一个诗人的咏叹
所有的奏章都是岁月的歌，而歌声一如流水
都会被沙漏沉入深深的大地
在不分昼夜的通道上抚摸历历在目的前世
活着没有彼岸的人生，如烟，自知能皈依天空

我同样以为，这合奏是一个人一生的幸运
从美妙而生从美丽而死
阳光的，水性的，喜悦和悲悯的大地
从未拒绝过一朵花朵、一粒果实与谷粒
一个人的人生是大地所赐予的恩赏
是大地万物合奏的乐章

我因此将用血肉之躯拥抱大地
用诗歌赞美这自由的大地，欢乐的大地
将大地赐予我的一切变成欢乐
向寂静的天空颂扬这亘古未荒的丰腴
和一个人蓦然回首时的灯火璀璨

即便通向的道路不知去向，但
我仍然相信它美丽的蜿蜒
尽管通向的道路如今更加寂寞，但
我仍然坚信一路会有相伴的春光
最终会在合奏的诗琴里望见山花烂漫
那时我依旧会讴歌这山峦起伏　我所不舍的大地
仍将本真地呼吸脸上的笑容

当你的眼睛不加掩饰，闪烁着喜悦
充满欢愉，渴望，充满柔情与魅力
当它内在的所蕴含的情愫
装点了你丰富而优雅的面容
那时，我便在起伏的山峦：
一边眺望，一边畅想

缕缕思情如奔涌的黄河
奔向你又远离了你又会重归于你
并从你的优雅中消磨掉一声叹息
与莫名的苦涩的惆怅
会从你的眼中读出嘴唇上的微笑
因为你要知道，时光早已凝固在了你落脚的地方
　　　　　也在你的脚步重新出发的地方
因为你要知道，如梭的时光不会拴住你的脚步
　　　　　你的脚步不会在我们的时代终结

哦，这高高地升起在高原上的风啊！

哦，这高高地升起在高原上的风啊！
请你以力量，以风度将脚下的绊脚石击碎
粉碎一切的僵化　让这块土地从板结转向柔软
这个国家已不再需要粉饰，
拆掉那堵千疮百孔的墙吧！

塬上的风啊！请你以疯狂的风的本色
吹去那布在天空里的雾霾，还原天空的本色
不只是蔚蓝，不只是彩云，不只是雨水
不只是雪花，不只是彩虹
除非我们真的无知到了不去探索宇宙的奥秘
我们只是人类，只是银河系里的有水
有泥巴、有空气、有养分的地球
我们想象当中的吴刚，桂花酒
拂袖散花的嫦娥，UFO
只不过是我们人类过于贪婪的欲望
仿佛蒙太奇，仿佛一次定格
仿佛一张沾着药水的某人的底片
不见得就能见光，不一定非要曝光

我因此渴望，塬上的风啊，
你要吹尽黄沙，掠去浮尘
我渴望你的清风你的亮丽，
你的呼啸你的丝丝沙哑的声调
以便在你吹响的号角里感受到
和煦和平和谐和你自由的飞翔
以你奔涌的飞舞吹掉遗弃在人间的污秽
即使在我穿过大地时在你的风里沾了一身的风尘
我也会在你的大风里像
曾经的一个孩子露出灿烂的笑容

我们在黄帝陵，祭祀我们开天辟地的祖先们
神农架上的葡萄架子火焰山上的芭蕉扇子
黄帝以德治理盛开花朵麦穗飘香的大地
从养育的舜到治理的禹

五千年的尘土　五千年的车轮碾过了
五千年的滚滚红尘
我们在无数的葬礼时刻缅怀所有的先祖列宗
却抹不掉今日令我们难以启齿的
困惑难以承受的哀伤
却继续抹黑我们早已花白了头发和结了冰霜的胡须
却从我们身边我们所在的大地上流过的
黄河那里不识得斗大的一个汉字
五千年的华夏文明一直在黄河两岸的
黄土地上盛开着怒放着
不止五千年不止一万年　也许是上亿年一百亿年一千亿年
始终不改变航道自始至终遵循秉承
滋养的大河应有的本分
我知道这是黄河的本性
是中华民族血脉里骨子里就有的阳刚之气
这黄色的土地这黄皮肤的民族犹如火浴后的

闪光的发出景德镇的中国陶瓷而非纸糊的老虎
更不是被西方劫掠后搁置在博物馆里的文物也非一件摆设
那里闪烁着永远擦不去的时光彰显着
黄种人的面孔善良和仁慈的心智

现在，我们在祖国的怀抱中信马由缰信步闲庭
现在，我们喜欢四处游转去曾经荒芜的小村
那里已是披了新装的流溢清香的小镇
我们无拘无束　和村民一同饮酒作乐，欢歌笑语
打开心扉沉醉在温暖着我们骨骼的黄土地上
我们记得，从塬上升起的风和大河的水　也记得
十七年前我们敞开的那扇门
四十年前我们打开的那扇窗
不论是白人还是黑人
不论是另一片大洋的彼岸还是更远的另一片大草原
都可以在今天闻到来自升起在黄土地上高过
喜马拉雅山峰的风味
都可以见识流过整个中国大地
汹涌澎湃的那条大河的水色
带着对整个人类光复心智的想象大地的光、天空的光

我在这黄土高原上聆听升起的唱响的大风歌
长久凝视着黄黄绿绿山峦重嶂沟壑纵深的陕北大地
胸口隐隐作痛，心头隐隐不安，肠胃隐隐作梗
我的目光所眺望到的不只是天空和天空中的云彩
还有我的呼吸和大地的呼吸
我有含着的泪水　有露出的微笑　有悲情的细语

风啊，请你能够携上我与你同行

风啊，请你能够携上我与你同行

我无能为力——因为过于沉重的心——驻有无助的
灵魂——有失意的灵魂——还有望眼欲穿的黄土高
坡——起伏
我站在这里是因为我想在我的国土上见识——滚滚
麦浪——万家灯火——丰富多彩——阳光普照着
的——我的滋润人间的大地——最亲近，最善良，最
仁义，最心智的灵魂——正在纯洁辽阔的大地上向
上，向前的步伐——我站在这里是因为我想在我的
国土上目睹——万物鲜亮——生机无限——获得解
放后的人民——苦难历程——奋斗的精神——对美
好生活的渴求——以圣洁的心指引的光——向人类
昭示美好——光明——正在矢志不移——以坚定的心
远比大地还要辽阔的向上的初心

我看见这升起的大风，听清这大风里的歌在嘹亮
我期望有更多的人　所有怀抱梦想并努力奋斗的人
都应当担当我们理所当然的担当
灵魂选择了神圣的大多数变得充沛成为力量
愿意为你为我为更多的人穿梭于晨光与夕阳
踏遍丛生的荆棘和漏雨的屋檐，一直在已知的坦途
而我，站在这里，坐在这里，却在闲看浮云不着边际
甚至成了闲言碎语花边新闻八卦的极少数
甚至是白酒二两后的摇摇晃晃招摇过市的醉鬼
变成了懒散拖延着倦意的执迷者——
对白天疑惑对夜晚怀疑的利令智昏者

我渴望啊，这风啊，伟大的风！这凝滞的
沉重的，这固化的、僵硬的、生锈的、麻木的
灵魂裹在带伤留疤的坚硬肮脏的绷带里——
狭路相逢的风啊！你听
有多少的记忆、曾经的活者，能在现在、在过去死去？

我知道路在脚下也在前方

我头顶着麦秆儿编制的草帽在这烈日的干渴时
草帽歌里的向日葵啊昂头向着路通往的方向
我顺着山道向上攀爬
从大山的背面看见遥不可及的千年驿站
正面的沟壑嶙峋的峭壁上无数双深邃的眼眶
如干枯了的一眼眼井水，边缘有限
那一团的黑色或灰色将长长的一条街惊醒
以阳光沐浴下的信仰吹奏引蛇入洞的笛声

我看见那个泛着黑血的绷带正在脱落下来——
鲜艳的雨水下流后延伸到了肮脏的柏油路面
乡村教师站起来抚摸荒芜的空气——
那是他昨夜里的伸手不见五指的校园——
陕北的口音，北方的星斗，如那漫天的星辰——
所包含的术语、言词、巫性——那便是——
活在印刷技术里的风中的风语——被
风侵蚀，被风活化，被风劲吹，被风念颂——
而此刻，我看到的不是江、不是海、不是湖
而此刻，我看到的是听见的黄河……
……是伊犁河，是额尔齐斯河
一个诗人在圣地河谷永恒基因里以诗情画意
颂歌嘈杂的人声鼎沸的一切过往的岁月
诗人会尽最大的努力用嘴唇将噪音消除

沟壑、丘陵、山脉——道路
穿破道路上一切的障碍一切的屏障
把不朽的荣光留给永恒的大河
将一切的死去埋葬在此起彼伏的火焰中

诗人，在秃了头的一刻钟，人类所有
的生命和记忆，以诗歌的方式——将一切的
秘密藏在密集的陕北大地——大风中的信天游
风在吼，马在叫，黄河在咆哮，那呼啸而过的大风啊

101

你能吹响江山湖海的诗琴和森林里瑟瑟的画意

风、水或风水，呼啸的风裹着紫气

如同装满了人间的一滴眼泪，一声口哨

不是是与非，不是对与错

升高的风和强大的高低气压

如果对流——会很沉闷

劲吹的大风没有倒退的余地

如果那便是最危险的对流

那不是河的意志，不是河的念想，更不是河的气息

那可能是一袭的海风企图掀起惊涛骇浪

以令人恐惧的一排鲨鱼的牙齿张开血口

而风和水的大地：有洗礼，有敬畏——才得以安宁

而大西洋的彼岸通过太空的船正在云层以外厮杀——

而这里是风景中的黄河岸边的黄土高坡

而这里是更为宽阔，更为辽阔，更为博大，更为敞开

的东方的大门，而不是关闭在教堂里的黑暗

我彻夜不眠，困倦着，观望夜的天色里的星光

成千上万个念想，如此虚幻，如此遥迢地

从零星的声音里循去，

我的形影进入撂满人类的关于人的命运以及同情

不是一个人相信，是所有人

人人都相信，人是有感情的

人类在情感的交流中将命运紧紧相连

相依相偎着进入相信明天太阳还会升起的夜里

或许在黎明前的黑暗中

灵魂的脚步会踩上某个时钟

梦见天庭的陨石砸在某一个村落

黑暗抖动着睡梦，天动地摇，火光冲天

一座座城池，一个个乡村陷落进百年的回味

变成了碎片的记忆，

仍然巡游于屹立在一片残垣断壁的废墟上

而此时此刻那棵大树结满了金色的苹果

啊，黄河，曾经的大合唱，响彻云霄，唱响黄河

而此时此刻，来自大洋的风暴携带着黑雨

我们村子和村子里的茅草屋，

毛坯房只能以坍塌的方式

将来自大洋的暴风骤雨迎接将一切接纳送往

我感叹一棵树　经历了风雨后的树，

在大地上扎稳了根

哦，在风中放歌高唱吧，

或是另一种吹得响亮的口哨

是从泥土里生长出来的充满清香的另一种气息

是一无所有也无所他求的黄土塬上的大风——

是揉着双眼，看着永恒闪光的风，哭红了的眼睛

从不畏惧困难也不怕受苦受累

沉重的是江堤，沉重的是湖海，而不是大河

精卫填海——

精卫填海——

是为了陆地走向远方——携着草原和——

灿烂的风——温暖的风——

是因为我们会唱——大地的歌

而我，一个诗人，将诗歌的远方置于喧嚣——

在寂静——里

在他人的白天自己的黑夜里看着沉睡的诡异

慢慢地消化一只羔羊胃的梦想——

如何才能将大洋吹绿——让大洋穿戴上红花绿帽

直到他们相信那是花的海洋——不是浮藻

对望时光中的七月，无以言表的七月

夹杂着纷乱的思绪，挟着一丝的飘浮在空

中的，从泥土里上升，掠过麦穗的青涩的欲念
土地正在倾盆大雨里浸泡，凶猛的洪水
混杂着沙砾、乱石、树木、泥土，覆盖大片的农田
损毁公路、桥梁、铁道，侵蚀房屋根基……
急骤的雨，划过云层的雷电，醒目的裸鱼。
继续的雨沿着风的路面制造城池的内涝
天空如洗，大地如洗

滴水的声音，这滴水穿石，这坚如磐石的记忆
我仍然会想起"莫兰蒂"风暴中古田的庄里村
死去的是健忘的雨和烈日暴晒下的
乱石丛里的枯枝败叶
我们砥砺前行，在阳光下继续前进
打捞起干枯在河道所怀着的爱的记忆
用一次次健忘穿过人声嘈杂的街头巷尾绞舌
一次次的大堤巡视后修正既是又非的条律
咖啡加糖或不加糖
直到子夜的钟声响起，
我们便沉入黑夜，昏睡不醒

我内心充满了对七月的无限哀思无尽的相思
那南国的红豆和北国的冰封
那连绵不绝的顿失却在永久的宿命里轮回
我不知道我们会不会是陷入了某种"定律"的进退两难
左倾或是右倾都会招致倾斜
左右为难的我们到底更接近什么？天。地。
一切互联网＋的是正在获得还是正在失去

我们已如一粒尘埃还是殊途同归

我受困于七月，用尽今生发掘折叠的日历中
　　闪烁着灵魂和纪念的
　　　　日子

多么昂贵的八月之光啊！正射向一座座墓碑
低沉嘶哑的风吹醒逝者的耳目
　　　　　　吹进活者的空朗朗的心田
多少的刻骨铭心唯一的特权——怀念或纪念
正在目瞪口呆时被四分五裂或被瓜分
我们可能会违背遗嘱，或，遗忘
刻录在大理石纪念碑上的证词
把不朽变成一座城市的一道风景
用一些闲散的时间瞭望辽远的模糊了的名字
而我，一个诗人正怀着敬畏之情借着八月之光
不为别人，而是为自己书写活者的光明
以便使光穿透黑夜像那条大河一样长流不息

我梦想着，以一个诗人期待梦想成真
我知道这条蜿蜒在大地上流淌的大河，正
承载着天色和地气，把生命的源泉散布在了
四面八方　怀着五行，阴阳，乾坤……
我会在泪眼朦胧里模糊那一片来自彼岸的海藻
凭借一种全新的姿态——打破坚壁，梳理隔阂
以一个诗人的独立思考书写中华民族河流的梦想
因为我们的国土上有溪流，涓涓的长流的溪水，有
《河的旷野》《河的传说》《滔滔北中国》
《水》（三部曲）《祖国》《大河》
《水的元素》《黄河》《龙》《河流》
《传说》《但是水，水》……

我也知道，没有谁能读出一个诗人的眼泪
诗人知道，一首诗并不代表上帝的圣旨
我也知道，没有谁能穿过一个诗人的诗歌与黑夜
诗人现在戴上了老花镜
只能用第三只眼坐在透明状的泪水里
阅读字迹模糊的一些篇章

我知道，现在的我正行走在盲目的盲道上
可能会碰壁，或，撞上一扇大门，正在旋转
我在惊恐万状里怀着敬畏之心
小心翼翼地走在曾经走过的路上，以同样的尺度
将万花筒里的世界摇曳成国王的宫殿
我说：既然你已将卒子推过了楚界，越过了汉河
难道你看清了对面的那匹马？看不见庞大的那只象？
何况河的对面还有一辆木马的车？又有那么多的
仕子们守着田园。胜负并不重要，关键在于棋的格局
比如大西洋彼岸的一只蝴蝶
在暮色里，妖娆地扇动一下翅翼
且沉迷于它的妩媚浪漫于它的色彩
它隔岸观火——龙争虎斗——殃及池鱼……

于是，我在这个炎热而又多雨的凶猛时刻
满怀悲伤地穿过我的河西的走廊
我会回望那条大河，会看见渡口的羊皮筏子
我也会在抵达曾经的那拉提草原后
凝望暮色，凝视无限，凝思黎明的一道光
也如同那条大河，属于天际的大水
见证人类孤独而又群居的星空，既深邃又灿烂
人类的记忆是用来讲述经过后的一次对密码的破译

但是，请你相信我，相信一个为你而歌的诗人

但是，请你相信我，相信一个为你而歌的诗人
　　　假如我带着醉眼蒙眬凝视
　　你所在的所有的初心的魅力
　　　在我的诗歌，在词语间触碰到肺叶
　　或是刺破任何一处，任何染血的地方
甚至因为爱而被危险所爱。

但是，在你充满了温柔与希望的欢畅里
　　　如黄河大合唱，泉涌于我内心而流淌
我知道，我的热情的歌来自于你
　　　美好而圣洁的初心
　　　庄严而神圣的使命
诗人从你那里看到了闪耀的火光
　　　　以火光的力量把你的光芒归还
会在诗歌的光亮中看见越来越美的你
你会撞见，向天空伸出的干瘪的枝丫指尖
　　　那些转向在空旷天穹中寻找十字架的人
　　　那些梦想着成为总统，自诩为预言家的
而又麻木不仁，迷惘在困兽的睡眠中的人
　　　那些周游世界迷失了方向失去了飞翔的人
他们说："大师已死，一切都死了！"
但是，在你如此之大的天地间金黄的沙粒
　　　如土地上的麦穗，如海洋里的浪花
你知道，你眼中的光芒照耀在世界上
为古老而混沌的世界给予了新的时光

伏羲的祭坛上，三尺高的太阳光
但愿沉睡者在这奇异的光彩里醒来
以便摆脱变厚了的变得黏稠了的
被越来越苍白坚硬的水冻僵成冰
但是，请你相信，相信你的永不熄灭的火焰
会在复兴的道路上传达永恒的气息
因为，你要知道，没有人会在永恒的时光里
　　　不在乎也无所谓向世界倾诉吐露真情
但是，请你相信，你神谕般的缄默
　　实质上早已向世界解释了奥林匹斯山雷电之光
或者你就是那个取了火种温暖了孩子们以心灵的光

你是人类自由的思想者，如人类的初衷　唯一的初心
在这万物的生命中大地已珍藏起了你珍贵的心灵

但你，我请你尊重你生命中与生俱来的活跃的精神
和热情洋溢以及你高贵的品德
你的初心所拥有的和所包含的力量是向上而升的自由
但是，请你相信每一朵鲜花都向阳绽放
　　从本质上都是动态的一次粘连
并不是无所谓的更不是不在乎的轻描淡写
你已为大地的丰饶播撒下了众生的种子
　　那是你在来到之前就已孕育积聚起的四季
哦，在我汲取后，将诗歌化作对你与日俱增的思恋
　　我在大河诵唱的涛声中站在潮头浪尖
　　　　在为我们所处的新时代讴歌
　　　在无尽的歌声中获得哺育
　　　　如在红色的襁褓中在庇护下变得纯洁
　　　　请你相信，大河的滔滔之水
　　　　　已是我们梦中蔚蓝的大海
　　　　我们万千的帆船百舸争流
　　　　　　在你无与伦比的东方之光的额堂
　　　　我将在你的怀里啜饮葡萄美酒
　　　　　我因此感谢你让我成了中国的儿子

已然是秋高气爽，蓝天，白云
云端中阳光灿烂，满墙的火红
一道道的光在树木和枝叶中折射出
山清水秀的美丽画卷
红艳艳的光芒带着丰富的波光
像迎风飘扬的五星红旗
像红遍大江南北、长城内外的枫叶
像红色的飘带在我们的国土上

但是，请你相信，这是你柔美的象征

但是，请你相信，这是你柔美的象征，更是足迹
　　　从此，红色就如同初生婴儿身体上的胎记
与血脉，与肤色，与身体的一切
你要知道，无论走多远的路，无论眼睛停留在何方
你要相信哦，你看到的眼睛里只有你的眼睛
正在祖国的任何地方，正在世界的任何地方
怀着温柔的心，带着美好的向往和甜美的笑靥
婴儿吃奶般贪婪地瞻望着
东方红太阳升的梦想与荣耀——
那是你深邃的永恒，东方的王冠！

大河唱曲，欢乐颂歌，这欢欣的奔涌
该是你眼睛里看见的一切
在这高高的群山，在这万马奔腾辽阔的草原
大笑的太阳和万物的欢呼
那是胜利的火光，那是胜利的喜悦
但是，请你相信，相信人民的心灵和意志
你眼里的，是不会屈服、坚韧不拔、坚如磐石的人民
是向前进、向前进、永远向前进的人民！

大河合唱，当一切即将来临或已来临
为美好生活，以柔情似水以智慧
　　　迎接即将来临或已来临的美好生活
诗人当将举杯，饱含着热泪
因为这种美好对他过于珍贵
诗歌作为他对美好的留念和记忆
会在诗歌的盛宴上分享你所赐予的遗产
并永远珍藏保留这个闪耀着欢畅的金杯

但是，请你相信我，相信一个为你而沉醉的诗人

但是，请你相信我，相信一个为你而沉醉的诗人
　　　假如，当他无可挽回他所失去的东西
在你眼里看见的一行行的文字从我的身体上脱落
　　　剃光我的毛发，割裂我的血管
只在尘土中留下浅浅的足迹，淡淡的痕迹
但是，我仍然能看得见你那遥远的火光
　　　会献上，献给你的也献给人类的诗句
会在延安的宝塔山上朗诵月光下的延河
　　　眺望天地间浑然一片的沟壑
成为革命的抒情诗人中的无名英雄
成为你眼中的，好像冬天雪地上的一颗草莓
　　　一个红色的中国诗人
会在诗歌的词语里遇见越来越美的你
在你的注视下，我已走遍了祖国的疆土
也看到了丰收的麦浪，裹着围裙的妇女和
戴着一顶草帽站在麦田里的守望的男人
也闻到了从四面八方飘来的芳香
也看见了来自五湖四海的人们在围着篝火跳舞
跳动的火苗，跃动的青春拨动着一切的睡眠
你要知道，你眼中肥沃的大地哺育了成长的精神
　　　赐予了圣洁的灵魂
也给了人类一个晶莹的黎明——东方旭日
引导人们穿越荒蛮的至暗时刻
但是，人类的气候，天空飞扬着的，河流漂浮着的
无休止的或者徒劳地纳气
因为傲慢，而自食其果
恶果积成因果，许多版本的美国宣言
在帝国恣意地扩张着通货膨胀，输出石油

液岩气和大豆以及知识产权，芯片和云彩
美利坚合众国含糊其词的全球使命
　　你会碰到捆扎在星条旗中的多个条约
在喧闹与嘈杂声中，人们从来就不会接受
一只无头的苍蝇，在空虚与膨胀的头脑里乱飞
把一堆堆的陈词滥调当作家常便饭
把残羹剩饭一股脑儿吐给这个世界
星条旗下的美国，放松或收紧，信仰与自由
偏执与傲慢……
那么，就让他去吧，去打他自己的算盘
拿起或是放下，变更或是修正
你知道，从任何一个遥远方传出的声音
　　　都不会在恫吓、威胁中跌落掉牙齿
如果，有，那会是，荒唐可笑，笑掉门牙
　　　或者像一个掉光了牙的老人的嘴流淌着口水
你知道，你眼中的南湖上的画舫随着时代潮流
　　　　片片红帆彤红又金光灿烂
闪耀着人类需要的光芒

但是，请你相信我，既然我已为你而生

但是，请你相信我，既然我已为你而生
　　假如，当他面对清冷的炉火，贫瘠的岩峦
在你眼里看见的满怀饥渴，浪迹天涯风餐露宿
　　皆是我穿越风暴独自担当的时辰
亦本非是我的沉醉，本非风情万种
在那金戈铿锵狂风呼啸的丝绸之路上
　　也许大漠紫烟，也许汹涌的海浪会将我吞没
但是，我仍然会偕同胞痛饮酒泉之欢欣
　　虽不能惊天地，泣鬼神，也无众生相护
但我心依旧，随我向前，直追人类思维的真知

我是你的儿子，会做好自己的工作
在你眼里的依旧是雄赳赳、气昂昂的初心
理所当然地为你而容光焕发，以诗歌而
为你，为越来越美的你添光增彩

我将一直，直到永远地爱你
爱到灵魂所及的深度
以你极致的美，以及对美好生活的向往
以你纯洁的初心和你选择的正义之路
以我的悲伤和我的欢欣透过泪光而闪耀
以我歌唱过的无尽的赞美颂扬的歌
即使坚硬的时辰弄垮了我的身体，糟蹋了我
但是，我仍然能在光芒的眼睛里映照出
　充满呼吸和细雨中闪耀的青春
从你的眼里跳动起复苏的火焰
让沉沉的黑夜从乌鸦的嘴上纷纷坠落
让我脸上沾满你的泪水
让我看见越变越美的你变成灿烂的光
你知道，我会在你灿烂的光环里
被你的光缓缓染红一切的光焰
如同金秋十月，满山红遍，层林尽染
新鲜得像你眼里升出的东方的一缕光芒
新鲜得像是披照在画舫上的一道红霞
你要知道，这是为你而披挂的青春的初心
　你知道你为这颗温柔无比的心而自豪
　即使这颗心历经沧桑而初心不忘
你便知道，朵朵葵花向阳绽放的敬意
敬仰你海纳百川的胸怀和力量
　仰慕你鲜花铺满了的"一带一路"
　赞美你远大前程的眼光
听，风在诵读，回响。对于从延安出发
如滔滔的，黄河之合唱。
从西柏坡赴京赶考

到十月的花坛，曾经流淌过的歌曲

英雄的声音和古老的韵律

构成了我们时代的交响乐章

所有的歌，都是我们所熟悉的

是一首又一首母亲教会过我们的歌谣

长江的号子，雅鲁藏布江的浪花

黄土高坡上的信天游，松花江畔的歌声

希望的田野上穿过麦穗的歌声……

哦，所有流淌过我们生命的歌

在时光的头颅里回响，在血流里涌动

一百年，两百年，两个一百年

一百年，两百年，两个一百年

将呼喊与细雨化成富有韵律的词语

茅草屋，泥巴墙，插着天线的收音机，黑白电视

天眼，运载火箭，宇宙探测器，"蛟龙号"，"复兴号"

耸入云端的摩天大厦

粤港澳大湾区，浦东新区，雄安新区

铺了沥青锃亮的大道，故宫的艺术品

5G，未来的智慧城市，超级都市或新农村

一切来自力量，核心的力量，人的力量，自我的力量

力量的源泉向中国的年轻一代传递着

国家，新时代的文明格局——东方文明

时代的，充满美好的精神

连接着世界的事业

物质文明与精神文明的崇高事业

沿着古老的自然和永恒的人类之路

这是清新而自然的东方之光

是气势磅礴的慷慨和辽阔

正在向人类放射出休戚与共的勃勃气象

关于西方文明、东方文明以及人类的其他文明
经过时间的延伸，小小环球，不同的习俗
民族的服饰，货币和贮藏的黄金岁月
肉眼可见的和隔海相望，渔家的灯火
灵魂的灯塔，潮起潮落时的"老人与海"
麻雀与乌鸦，"麦田里的守望者"，基督的竞技场
"傲慢与偏见"，无私的奉献精神
无论是东方或是西方，"为人民服务"都是壮丽神圣的
为和平而斗争也同样是壮丽的事业

井井有条，一切都应遵循自然规律
一起迷恋时光和空气，迷恋交融和欢乐
迷恋友谊和共同成长　　相同的信念
迷恋我们共同的地球　　相通的命运
一如迷恋我们顶礼膜拜的某种信仰
一如迷恋我们的所爱
世界那么地大，又那么地小
无论我们去哪里转转，去寻找龙舟，美人鱼及贝壳
或者用我们呼吸的翅膀拍打浪花
或者我们驻足在大漠紫烟瞭望长河落日
当彼岸的一次海啸，飓风横扫草木
东洋的锯齿正把鲸鱼截为餐桌上的美味
西洋的天际一道闪电里凸露出傲慢的眼睛
传教士，牧师，通往一座大教堂，撒满迷迭
活跃的一只耗子和已死去的修女，西洋乐器里
的交响乐曲在东方的黎明中唤醒翩翩起舞
伴着琵琶随风而歌，鲜花撒满人间

为节日披上盛装，为面包和果酱，为一碗面条
为美酒和咖啡，为一杯清香四溢的龙井茶
为一声驼铃，风直线，九万里，贯通东西
在对峙、僵局、死棋的沉默时刻

114

在一次意想不到的地震来临之前
在又一次狂风骤雨掀起浪潮之前
在铁树开花之前
在走向一条死胡同之前
在极端分子和恐怖之夜
在子弹射向鲜花之前
让我们一起怀抱鲜花，以对人类，对爱，对共同的
梦想和信仰，抛弃掉纠缠不清的威胁

因为从高高的天空上
仍然会有芬芳的鲜花飘落在大地上
因为高高的天空里
仍然会闪烁着亮晶晶的星星会繁星满天
因为在高高的天空上仍然有可爱的鸽子掠过

让我们高高举起无比轻柔的旗帜
"天涯若比邻，四海皆兄弟"
新时代美好生活的愿望将为我们带回
喜马拉雅之巅上空高原之上的繁星璀璨
会把人类至暗时刻我们心中的黑暗化作光源
把欢乐还给人间
因为在高高的天空中只有一个灿烂的太阳
照耀着大地

无论我们在东方还是在西方，是否太远太久
无论是在长江源头还是在波罗的海的海岸
是在黄河壶口还是在亚马孙的河谷
从长安街的故宫到塞纳河北岸的卢浮宫
是在敦煌莫高窟还是在埃及或希腊与罗马
从飞天的嫦娥奔月到断臂维纳斯以及流芳的微笑
绵延的盘旋在险山恶水里的茶马古道上的"马帮"
以及穿越死亡腹地唤醒沙棘的驼铃
椰树下的亚龙湾和棕榈树丛中的夏威夷

从雅鲁藏布江到北非大草原以及黄沙吹过的撒哈拉
从中国的万里长城到圣彼得堡以及洲际之城伊斯坦布尔
从《西游记》到《一千零一夜》
秦淮河畔，桨声灯影。多瑙河畔，圆舞曲悠。

告诉我，说大不小，说远不近的

告诉我，说大不小，说远不近的
一只蝴蝶都能扇动的
一块冰雪都能动摇的天空与大地
因为什么连带起了我们共同的命运
为什么会是今天我们向世界宣布中国梦
为什么会在中国梦里找到世界梦
因为这个世界不大也不小，不远也不近
没有哪一座山能挡得住任何一条溪水流畅
没有谁的舌头长满苔藓如生锈的磨盘转动
没有哪一朵葵花会动摇对太阳的忠诚
哪怕是小小的云雀也会在清晨与花草对话

一如往昔，这小小寰球
太阳照常升起
会普照在有人已经修建的那一堵墙上
相信，相信一抹阳光便可穿破这一堵墙
残垣或是废墟，飞蛾扑火，幻想的翅膀
自负或是傲慢，黯然失色的一次掩盖
而我们的声音已传向辽阔的远方
如我的诗，连带起对美好生活的向往
一个新的时代，比别的时代更与生活紧紧相连
因为那是我们这个时代的特征
我心中充满了新时代光荣的、庄严的美色
一个诗人，将用诗歌为这个新时代作证

   关切这个别样的时代

唯有热爱

在这时代之光里记录，国与国，家与家与

这个世界的亲情爱缘

  当另一些俯首帖耳，另一些声音回响在江湖的荒原

你会看见沙漏时的沙，声音会因沙漏与沙磨损殆尽

  沙漏留存不住荒原的叫声

或许的"骚动与喧哗"，"伪币制造者"与沙漏

  那些试图捏住沙粒的人

他们肯定两手空空，因为沙漏

早已泄露了他们所使出的所有力量

如同一幅沙画，涂鸦的副本，仿佛流布的云层

   或者沉溺在侏罗纪时代就有的波浪谷

"不知来路，不知归途"

  或者潜入冰河时代就有的大蓝洞

或是钻进沟堑作为屏障的伦敦塔

滞留在了人畜尚未分离的结晶物里

"既不知来处，也不知去处"

我心中已为这新时代建立了一座丰碑

高高耸立在我充满灵魂的诗歌中

   赞美这个别样的时代

唯有光荣

在这个时代的光荣与梦想里，唤起民众的精神和欢乐

聆听民众的怨诉和生离死别时的呼喊

你会看见劳动人民把自己的光荣献给了世界和

  连着世界的时代居住的这片国土

善良勤劳地过着劳动人民自己的生活

他们身体力行，耕田锄草，浇水施肥

  料理果蔬花卉，开办"果蔬网""青稞网"

三亿多的民工劳动者是各行各业的建设大军

活跃在辽阔的国土，奉献在辽阔的国家

他们是可敬可爱的新时代的兄弟姐妹

  是当今和现实中唱响雄壮豪迈人生的歌者

更是新时代主旋律的响应者和拥戴的力量
他们正在建设着美好生活的时代大厦
　　　已唱响了新时代的歌——
一首见证时代的永恒之歌

杂音，喧嚣，闹腾，或有的背叛
而我，我们当然会站在这片国土上，不是别处
　　　在这里向里向外向着一切的同志欢歌
因为，当今现实的现在的在这里的人民
含风含水含着微笑
　　　大声歌唱我们伟大的祖国
歌唱伟大的心灵，人民的声音，共和国的声音
歌唱这个新时代的人民
尽管有不干净的声音，也有恐吓的声音
尽管一个诗人也无法充耳不闻不屑一顾地傲慢
尽管一个诗人也不能回答新时代史无前例的
　　　更为艰巨，更大使命，更长、更伟大的斗争
尽管一个诗人正在或必然要经历变幻莫测的命运
　　　但是，我有信心，更有意志和信仰
　　　　　为生命而歌，为人民而歌
因为诗人信仰那些弘扬初心的共产主义战士
　　　为中国，为人民谋幸福，为民族谋复兴

诗人颂歌，古老的民族，古老的事业
　　　伟大的祖国，美好的事业
　　　　　为永恒而歌！

有人说，他们让诗人和他的诗远离政治
　　　他们说政治是有风险的，他们说
当今的现实的现在的中国，广大的中国人
全民向钱看，匆忙的脚步，眼花缭乱的生意
　　　缺失或已丧失了传统的美德

有人说，那些美好的东西已经消失
　　　　他们说只剩下记忆和夸夸其谈的回味
在茫然不知所措中演绎着遐想的结局
甚至在翘首期望大洋彼岸能推波逐浪
　　　　产销魂时刻，销洋洋得意的时辰
西洋镜里的万花筒里的幻想
无穷尽的幻象，把现实的中国置入无穷尽的幻象
　　　　他们自觉饱满浑圆的幻想
他们把历史放进历史的长河
　　　　借此说明历史也不过如此
只能是默默接受，或是随波逐流
　　　　历史的总和就是在那里退缩在那里进步
庄严或是黯淡都是斗争的成果
　　　　或都是长河里逐浪的泡沫

关于信仰，我们从心灵的一片沙漠

关于信仰，我们从心灵的一片沙漠
　　　　让沙砾医治，治疗出内心的涌泉
昨日的血汗，积劳成疾，体内生长的毒素
用商业性质的眼光目测丈量太阳下自己的阴影
　　在一杯酒水里估量保险业务的实际意义
　　　　在一株檀香和堵塞的车轮里估值一只股票
在新一轮的宴席上把酒言欢
许多的声音发自心眼儿和肺叶
越过沉睡的平原，不义的土壤，漂洋过海
一个英雄的意外死亡是航海桅杆帆幕垂落
坚定不移地制造了白夜之前恐怖的生命
吃西瓜的群众，跑堂的酒馆伙计和博士流浪者
就在三江河流交错的高原上
奉献上意志奋发，豪言壮语

一个中国作家的"生死疲劳"，在"欢乐"的时刻和
　　　　　大地的"丰乳肥臀"
在偏僻的弹丸小岛上和"怀抱鲜花的女人"
呼吸原子辐射中的尘埃粒子
用鱼子酱、芥末、生鱼片或是鲸鱼的嘴唇
或是用中国中药"苍辛气雾剂"的气息
治疗未知，调整呼吸，清醒意识
可能会有哀怨，叹息，但不是"诺贝尔"的桂冠
只剩下"与大师会面"，不再东张西望或求宽恕

关于信仰，我相信人们总是有的

关于信仰，我相信人们总是有的
　　清楚信仰在每个人心中的地位，痛苦或欢乐
深知扶老携幼，虔诚善良，总会好心有个好报
中国人知道，"不是不报，时辰未到"
无论你是今日在怎样的林中遵循"丛林法则"
　　在怎样的交易所里和掮客们像野兽般咆哮
在怎样的时光囚室里忏悔昔日的猖狂
又以怎样的方式转送移交自以为是的安全
你的开始也是你的结束
你的感觉欺骗了你的意志，你被你洗劫了也叛变了
并在迥异的良心法典下受到惩罚
岁月的槛狱里集合了贪腐和不孝不忠
　　还有不纯的动机和更为复杂的动机
　　　还有自我欺骗和更坏的自欺欺人
曾经的那一缕缕灿烂的自由的阳光
从未允许过精神和信仰的花朵在雾霜中开放
可贵的精神和信仰总是站在雪域高原
　　接受着太阳永远的洗礼

是的，这些声音总会在黑暗中传出，充斥着黑夜
即使在梦里，我好像也能听得见
但，不是那样的，而是迎面而来的战旗
在硝烟和枪雨中发出的声音
有旗帜撕裂、旗杆折断、骨肉分离的声音
有母亲痛苦的、妻子抽泣的、孩子们思念的声音
历史经历了漫长的、苦难的、上下求索的历程
饱经了雪雨风霜的峥嵘岁月
饱受了饥寒交迫黯然又踟蹰的时代
生命如歌，血液如歌，钢铁般的炼造
　　　忠诚和坚贞
因为生命的血泪中饱含着一个不驯服的梦
　　如奔腾不息的黄河

这个民族，经历了太多太多的苦难
能让星辰悲伤，太阳哭泣
如今，这个民族紧握住自己的命运为之珍惜
为那些挚爱着这个民族而献身的死者
为了我们新时代人民的美好生活和国家的强大
我将在年年岁岁的金秋十月赞美我们的祖国

一个民族，一个政党，一个国家和她的人民
从她的诞生就固有她的特色
并且在她生存壮大的过程中以自己的方式
接受、容纳来自不同方位的声音
泰若自然地矗立在世界之林，保持了本色
没有什么不可以结束，没有什么不可以开始
新时代的思想以它最合适的方式产生
就是它最合适的时代
我相信，这是一个前程远大的时代
因为，我们有一位深受人民爱戴的领袖
他以宽大的胸怀，人民所需的仁爱之手

　　　　带领着他的人民走向美好生活
愿我们能修正关于劣质油料和煤炭的观点
并能在新时代改变一些多余的欲望
有时间能为家人书写一封家书
在美德的高铁干线上建树展翅高飞的信念
鼓起勇气割掉身体上的毒瘤以新鲜的力量
完成未竟的壮丽事业

可贵的是，立党建国就有的初心里

可贵的是，立党建国就有的初心里
　　　一直涌动着永不忘记、永不变色的鲜红的
"为人民服务"的血液和为之奋斗的精神
初心源自"吃水不忘挖井人"的常青之泉
迸发出泉水之音"幸福不忘共产党"的人民之声
那里流淌记载着信仰的力量
那里创造着人民的幸福
那里缔造着民族气节，国家之魂
那里产生着受人民爱戴的拥护的真正伟大的领袖
那里涌现着为壮丽事业而毕生战斗的人民英雄
那里激荡着顶风冒雪、跋山涉水、排除万难的精神
那里展现着艰苦奋斗自力更生战天斗地的勇气
那里凸现着"野火烧不尽，春风吹又生"的精气
那里闪烁着"春天的故事"和动人的沉醉的春风
那里彻响着"中欧班列"呼啸而过的汽笛
那里有乘风破浪泰然自若的大海航行
那里有百灵鸟在晨光中欢欣的美丽乡村
那里有金色阳光照耀下的青山绿水
那里有带着微笑送来的甜蜜果实
那里依旧闪烁着青春岁月的火花
那里继续着辽阔而富于时代意义的伟大构想

那里的那一支歌唱响沧海复苏万物

信仰是什么？信仰的源泉和根基在哪里？

信仰是什么？信仰的源泉和根基在哪里？
　　一切信仰的源泉和根基是每一个人
　　一切的根基是我们自己的祖国
　　一切信仰自由，是信仰的土壤
　　信仰是相信自己内心的
　　　　　仰慕
为曾经那些坦荡胸襟里的温暖
那些伟大的孕育，人丁兴旺的民族
无须费什么口舌之争
　　我们的肤色和我们的信仰已结为一体
那里会接纳坚定信念和信仰的人们
每一个家庭，每一颗善良的心都受到应当的洗礼
　　每一粒稻谷都在滋养着坚定的信仰
　　从未丧失过对信仰的忠诚
或有的，可能是早已过期的视而不见。
但是，那里是塔克拉玛干沙漠上的鲜花
在离海最远的乌鲁木齐，那是
在塔里木河养育的秋收硕果
　　是人类周而复始的斗转星移
不是，虚空的一张巨大的馅饼
　　我们是奉献者，也是受难者
或可能是某种一无所存的遗产
　　或者别让我们活在焦虑和苦难中。

"虚空"抑或是"空虚"，也就是我们"空"了
　　我们的内心空落落的
"空心的人"，虚空到捏住拳头，只剩下汗渍

123

且行，且珍惜，且欲望着"荷尔蒙"大量产生
缺乏理性，缺乏了爱的爱意
而我们的信仰在哪里，从哪里滋养
从院士的嘴里生长出只有百分之二十的营养物质
剩下的，或是其余的统统躲在背后的残羹
坦诚相待，笑里藏刀
悲伤逆流成河，但是我们没有眼泪
天空雷电交加，倾盆的大雨湿了我们的心田
淋透了也洗刷着掏空了的信仰
我们每一个人都知道，我们是有信仰的
信仰的种子在我们租住的蜗居里
躺在讨价还价的床榻上
也会使我们感知到居无定所哀怨彼此分离
近在咫尺却如相隔天涯
也会使我们在孩童般天真无邪的目光里
看见深不见底的谎言
也会使我们在一次真实的商业活动里
看见捉摸不定的虚空
也会使我们在热诚的勤勉尽责里让废寝忘食化为徒劳
如同一个乡村妇女栽种的西瓜
伤痕累累又触目惊心
一个赶考的学生和望眼欲穿又望子成龙的家长

清晨，倾盆的大雨降临在中国大地

清晨，倾盆的大雨降临在中国大地
辽阔天空下的南方和北方，陆地和海洋
山峦和荒漠，城市和农村
辽阔的中国，被雨水淋湿了的信仰
大多数的人都浸泡在信仰的危机里
大多数的人都能听得见雨的声音

　　　大多数的人都迫切需要滋润干枯心田的雨
调理、弥合被弄得支离破碎的身心
　　　以便在祖国母亲丰沛的情感里升华信仰
并在满怀激情的信仰的力量中
　　　获得追求美好生活的快乐
　　　　在快乐的生活中拥有信仰的身心
　　　　　直到信仰和国家和民族一致
　　　　　　便是人民有信仰
　　　　　　　民族有希望
　　　　　　　　国家有力量的时刻

关于信仰，我们还能够说些什么？或者
　　我们的信仰，是信仰什么？
　财富是什么？物质的和精神的
先有蛋还是先有鸡，鸡蛋或是蛋鸡是什么
从高空坠落的鸡蛋，击破蛋壳，血染蛋清、蛋黄
　　还有被打着马赛克猥亵儿童的一张脸
　　　还有黎明
现在，我们有哀，怨声载道。我们埋怨
　　我们在荒凉的恐惧里在黎明的路途上丧失敬畏
捂着胸口，遮挡起谛视心扉的眼睛
　　　蒙住没有爱的脸面
救救孩子！救救孩子！救救孩子吧！
　　他们的胀肿的脸，深陷的眼窝
"抖音"是什么，我们的悲伤就像夜晚一样
落在了童年的欢笑和青春的岁月上
对那些沉溺于"网络游戏"，失去了亲情的孩子
我们的希望是什么？那些孩子的未来在哪里
醒醒吧！醒醒吧！醒来吧！

在黎明时刻，我们醒来吧！

在黎明时刻，我们醒来吧！
我们没有上帝，不相信上帝，不信仰上帝
那些居住着恶徒的纸牌屋理应烧毁
沉坐于醉生梦死花里胡哨的幻想理应摒弃
在这个新时代，危险促使中华民族、人民共和国
   抵御外敌治理内忧，化解仇恨，除恶扬善
以史无前例的承受力和意志力
   建设着繁荣富强蓬勃发展的新社会新气象
沿着人类命运共同的大道
   引领着那些挣扎在贫困中的人和谋求幸福的人
行走、奔跑在真正的大道上
   因为人类共同的命运而结为一体
千山和万水的世界啊！这个时代的种子已播下
需要我们的呵护，浇灌，带着友爱和真诚
无论是忧心忡忡的富人还是举步维艰的穷人
无论是夸夸其谈者还是默默无闻者
这个时代正向人类世界发出一个简单的声音：
"共商，共建，共享"人类就能和谐统一
就能在"创新，协调，绿色，开放，共享"的理念里
   有共同的意志，共同的利益，共同的美好
就能孕育出关切人类命运的信仰
如风，如水，如空气，如自然界的交融
        我们人类的人与人的交融与完善。

于是我们出发，一起出发，我们

于是我们出发，一起出发，我们
义无反顾地踏上这个时代的征途
饱经风霜或胸有积怨或有的黯然
我是站在你将要穿过的被蹂躏过的天空下的诗人
用我的诗歌为这个时代做个见证
用我的眼睛为这个时代做个记录
显赫者，无名者，逃逸者，躲藏者……
我们这个时代里被五花八门包围着
而雄鸡正在啼鸣，正在走向辽阔，正在产生诗和远方
我们这个时代里被过期的泪水浸泡
而不计其数的劳动者，正在用胜过宿命的劳作闪烁汗珠
我们这个时代充满梦想，充满回忆，充满隐秘
如丝的情感无声地穿过正在降临的白昼
诗人战栗着的感官在下垂着的天空转向大地

哦，让我们出发吧，我们彼此相依着
让我们一同走向渴望已久的心与家的时刻
我们这个时代里涌动着不间断的情感
让它穿过我们熟悉的大地，我们培育的沃土
在盈溢着的泪水里看见茂盛的田野，看见成熟的庄稼
在生根发芽繁花似锦的民族之林
在降临的嘹亮而又嘹亮的心灵里
呼吸这个时代带来的充满了果实味道的气息
哦，这个生机勃勃的新时代怎样地嬗变啊！
化干戈为玉帛，化腐朽为神奇，枯木发新芽生嫩枝
你，你们啊，在穿过这些熙熙攘攘、热热闹闹的
许许多多个落叶般的日子里成为
这个时代的富翁，知情者，见证者

并用一颗时代的炽热的心，理解，学习，领会
我们这个时代的使命，为这个时代列队
并走在时代的前列，为进入世界的一次进步
为缔结友谊，彼此音调相谐
保持心灵相通，有着骄傲与忍耐的工作精神
忠诚的思想和崇高的志向
一起穿过我们的时代，手持燃烧的火把
在古老的大地上唱起那支歌
为我们的深爱的、为我们所渴望的、流淌着泪水的
国土，献上我们炽热的火焰
这个时代，我们会得到一个无限好的风景
哦，这伟大的时代……

道路上的村庄

更多的人都走了，像远逝的风筝
在模糊了的天际　在模糊了的视野
从心灵放飞却在五指的琴弦弹唱着死去
如同我在村庄的道路上看见荒芜的土地
在刺眼的日光下正在生长的盐碱
有谁会在汗流浃背时想到舌尖上的咸涩
又有谁知道如同血液一样的汗水流向何方？

所有人的眼球都一如玻璃球体
折射出刺眼的光展开飞翔的翅膀
我行走的脚步难以丈量太多的翱翔
我伸张的手臂无法穿破笼罩着蓝天的云层
他们已行走远方，留下一个人的守候
化作风中无尽的思念
领略任凭风浪拍打的真相
怅望丢落在乡村道路上的麦穗

当脚步无法停下来，如同人已离开了站台
只有前进，当一列高铁疾驰而去
奔驰于山峦，隐约于青幽、刹那的河间
我的言词碎落在失重的身体上
没有一块是完整的
一切尚且迢遥，一切尚不明确
一个隧道把一切的思绪纷纷扫光
一次豁然开朗收复岁月密织的绿色经文
谱写大片大片的金色光芒
普照着道路上沿途的所有村庄

倘若你能停住脚步
请你在道路上的村庄农舍里住上一夜
如果你的感受就像是住在北京的某个夜晚
即使是大山深处或是沙漠戈壁
你依然会看见黄浦江畔的东方明珠
会成为一个国家的记忆
　　　　一个村庄的记忆
一个人一生的刻骨铭心——
不会忘怀的辽阔而富饶的国土上的村庄

此刻的夜色从地表升起，光也升起
我在北京三里河路在一切都在沉默的时刻
透过八月之光，远眺沉没的延安，远方的
风会吹走一些沉闷——放松一些吧
呼吸另一种清新
不确定的不要去苦想
不要有任何心灰意冷，且让这夜肆意漫开
让它在这绽放的灯光中绝地而生
在纷乱的水火交融里看见天色
然后，把我记在你智慧的眼底

八月之光下，镰刀和碌碡，麦芒和光润的麦粒

丰泽的光啊！普照河西走廊最大的内陆河——黑河
两岸，金色的麦田，麦穗，颗颗麦粒胀满晶莹的果浆
我穿过麻雀早已安静下来的走廊
在黎明清晰的紫光中，雨落如滴泪
甘泉如泪泉，酒泉如夜光沉醉于三危山的光泽
星星峡星罗棋布，苍茫戈壁上的暮色，胡杨，红柳
和长满芦苇的鱼塘，金戈铁马，一声驼铃风直线
九万里的晕眩，孔雀河里的呼吸，天鹅的翅膀
挟着一袭的风，尼雅遗址上的紧箍咒
火焰山下的苏公塔和塔底的运河
葡萄、葡萄，无核的甜心，吹拂起一个草原
生长着心旷神怡的薰衣草，唤醒
那拉提乳酪的孩子，捡拾茂盛的野草莓
山峦河川，沙漠绿洲，千里为疆

一路向东，蜿蜒疆土的飘带——额尔齐斯河
水中的密语浇灌着肥沃的耕地
我居住在雪花一样、云彩一样的棉田
生活在水草茂盛的草原和溪涧
会转场到夏牧场也会转场去冬窝子
在乌鲁木齐的清晨，用嘴唇和呼吸写作诗歌
品味八月之光，瓜果飘香
我把所有的思和想，写在葡萄和哈密瓜上
遥寄给东方明珠塔下
以便我在到达时会想起美丽的草原我的家
在离家如此遥远的远方不会迷途在
这繁华而又拥挤，闪烁红绿灯的　都市
仍然会像是站在高高的山冈上，会向
天山南北祝福我的羔羊们挥手致意

昨天，我来了又走了
明天，我会回来
兰花花，那说不尽的相思话儿

我缄口，但仍然体会到她从黄土高坡上
从我的眼睛里活在我的肉体里
我憋在胸口的压在舌头下的一句话
就如塬上沟壑的风打着转转
离不开那连绵的山峦

我来了又去了是因为如此迷恋着
是因为胸口隐隐作痛　肠胃时而梗阻
是因为你流淌的延河失去昔日的欢畅
我希望再看见巍巍宝塔山　滔滔延河水

一个人的歌

1

我歌唱你，用我的灵魂
我用我的身体为你写下新时代的延安颂歌
因为我先是在你的躯体里
我的诗便是你孕育的我可以永远欣慰地唱下去的歌

我歌唱泥土的芬芳，秋分时节的丰收
我歌唱起伏的山峦，春分时节的青黛

我歌唱曾经峥嵘的岁月
我歌唱现在中国梦的新时代

烟雨楼台下的画舫，疾驰向前的浪花

我听见每一个人都在唱《延安颂》

2

我从高楼林立繁花似锦的城市

我从浩渺寂寞的戈壁到穷乡僻壤的乡村
到处都在歌唱着一个新的时代

在寂寞时，冥想时，在悲伤或在快乐和幸福的时刻
当一次次的台风泛滥的洪水淹没庄稼和房屋
当一轮轮的烈日烘烤着大地酷热延至深夜
多少的痛楚的痉挛咽下肆虐的灼燥
在这块大地上涌现了无数的声音

神圣的土地啊，在这里
我看见月亮染成了雄鸡放声歌唱时的鸡冠
无论我走到哪里，都有歌声传来
那些歌声让我青春旺盛叫我心力交瘁
使我无法抵御空中飞翔的翅膀
叫我无力挥去脸颊上留下的皱纹
就在这个陕北延安的村子里
就在这炎热气候里唯一的细雨的滋润下
我正等待着来去时那黎明的曙光

3

我赞美，我颂歌
这个世界正被蔑视的对人类的赞美之歌
正在被酷热蹂躏，正在被残雪践踏
我并不是在口干舌燥，我的腹部、胸口胀满了
被我吞咽被我消化和消化不良的淤泥
我不是一个伤感而又悲观主义者，或近，或远
我都是一个理想而又浪漫主义者，或近，或远
我都会有梦想，会在未来遇到自己
我知道，许多的未来都会在耕耘过的土地上生长
而我现在却什么也看不见，在我走过那些土地
我试图想在回想中用眼睛翻阅年迈的典籍
在无字的天空里写出焚烧时麦穗的含意
在长满荒草的田埂上分辨瓜秧的根蒂

4

麻雀们含混不清地说着天下粮仓的寓言
而我的诗歌却不能排除难以预测的风向
坚信风释放后土地上的果实会丰盈饱满
我用诗赞美，用诗颂歌，我
将诗歌视同血液，我的生命，或噪或静
或困兽，或困窘，都将从这孤独的夜晚流淌
一切都在这黑暗里生长
一切失聪者都在一切深渊里

我是在我的黑夜里狂歌一个新时代的呼号
希望以此超越巨大的令人恐惧窒息的沉默
以此表达那一道光刺激那满是脓疮的身体

5

我因此而歌，对苍苍大地而歌
否则，叫我如何承受那些无人知晓的沉默
以及一切沉默后的疑惑
和疑惑后一切的悬空的翅翼
大地啊！从这杂草丛生的间隙里
是否能使你的力量全胜那些谋划遗弃者
然后会在被践踏被蹂躏后让那些人变得虔诚

6

我彻夜不眠如你从不入眠
因此，除了看着那些疯长的野草
我还要从这漫长的瘫痪了的夜里看见复苏到来
我将这诗歌的种子埋进大地和大地融为一体
如我的诗歌融入我的身体
便可以在清新的空气里自由呼吸
以清新的诗篇颂歌大地
以诗歌

为一个新时代
谱写华美的乐章

从一个人的梦想到许多人的梦想

大地重放光彩，绿水青山
托起了我们头颅上曾经雾霾的天空
明亮幽静的月光静卧在闪着露水的花蕾上
犹如童话世界里的光景
我想在这样的夜晚大声呼喊
缥缈在细雨里的天空花园
重现双彩虹的景象，一种新的气象
对着穿梭而来的清风向着荷塘的蒲扇
携着新时代新的节奏
即便道路在我面前有乌檀般的黑暗
我仍然会寻觅沙砾和繁星
当所有的风盛满沟壑的饥渴
我知道一切的寻觅正在黑暗中挽救无谓的搏杀
一切大地的泥土不是黑暗后的坟冢
而是心中装满着芸芸众生百姓的清泉
而是心中汇聚着款款浪花共存的情谊
我在时光里流逝，在斗转星移里回望
那个与苦难相伴的圣地
伟大而又辉煌的印记
那个洒满金色阳光的圣地
光荣而又梦想的灵魂

噢，延安，我踏着轻盈的步伐踩着明快的色彩
我来自辽远的沙漠和无边的荒漠
风沙埋葬过我自己的梦想迷惘过我的眼睛
我迷失在睁眼瞎的那个国度里

单靠一架古老的留声机和一张旧的唱片
走过嫩绿的草原，穿过红柳丛枝
即便，我左看右，右看左，左左右右
如没有你的定力，我又如何能够坚守到
一粒雪花滚着滚着就滚成雪球
即便，你是如此
我仍然会回到起始之处，如初心
你先于我，现在你仍然先于我
我知道你的纯洁是一种分量
我也知道我的纯洁是一次错失或丧失贞洁
于是，我在我的可亲可爱的人间
习惯亵渎唯命是从的童贞
一如你是最终将我埋葬的取我性命的命运。

因为，我在疾病中赞美，颂歌
因此，我愿意是永远的为圣地而歌的歌者
所以，我相信我最终的归宿定是圣地
那里是东方太阳升起的地方　是东方的黎明
是隐含着通往蓝色的港湾的仙境
圣地啊！延安，我心中早在我出生之前已与你相遇
我因此要用诗歌为你布道
好让我们再看见一个民族站起来了
我因此一定要将赞美的诗献上
献给你，献给爱你的以及你所爱的一切众人
　　　　　　而我会以一个心灵
选择在今夜最适宜的时间以火自焚

当你富饶后，通过你将一切的贫穷赐予富贵
所以，我从高高的山峦上走进了学习书院
而后，我会以不绝的无穷尽
为你奏响先知的音符，并以
大国诗韵的律法
摆脱一切的死亡而复活

既然我已爱你，已把你捧在掌心
我便会以有益于人民健康的思想
保持永恒的一颗悲悯的心灵
高举起明亮的火炬，用鲜血标明路径
好让我们四处游玩且能找到回家的路
圣地啊，请你接受一个诗人
的颂歌和赞美的花冠
以及他的永恒的忠诚，一个诗人
期望着你的一滴鲜血，以便滋润干枯的心灵

那里，有我手指间颤抖的音符
在我们的这个时代诗歌的生命正在萎缩
那些靠记忆活着的诗篇
只剩下一具供爱人享受的躯壳
诗人已将灵魂抽干，把自己变成骨骸
我在自己的诗集里将荣耀放弃
是缘于可以避免无病呻吟
我无数次地阅读自己的诗歌
流着泪的我感谢我汲取的信仰
赐予了祖国最大的恩典

在我的诗节里，可以看见政客，看见
一切识文断字的蚂蚁
挡住一片腮一片唇，乌鸦
口中含着材质优良的一块墨玉
如果一张嘴就口是心非
并乐于挖空心机，我不知
那是出于谦恭还是处在谦卑？
我这样招摇地走过这个浓妆艳抹的世界
自诩神圣的使命而激励心智
在人间仍然争论治愈一切病重铸一新时
我的灵魂正在河流的源头消除着脸面上的憔悴

如同在消除战地黄花时一场怪诞的疟疾

圣地啊！我渴望借助你曾经闪耀的光芒
在你创建的国，为家里的众生，为我们
创造别有洞天，并能以你的法律治理你的国
请把我滋生的脓疮铲除，我已损毁的容颜
把我已堕落的狂哭的心灵慰藉
期许将游离的灵魂许配与我的肉体
好让我看见绿水青山时消除一切邪恶的污染
如凤凰涅槃摆脱死亡而复生
如让我脱皮剥蚀时重泛你的火焰
以力量、以热爱、以信仰，像智慧的蛇
望我辈正确理解已经来临的新时代
望我辈在这古老的大地上滋长应有的品德
以诫勉自以为是，以提示相互平等的义务
以解放我们受困的身心
好以青春的容颜接纳圣地的光泽与恩赐的富饶。

那一年的这一天，顶顶的山尖尖上
空中响起了刺耳的轰鸣声
尘土飞扬的飘泊风中的雨滴
把我沉重的眼泪从睡梦中拭干了
　　　　　　今夜
幻想，梦想，世界以你为荣
啊！我们的时代，再也没有，再不可能有别样的时代
你有那样的胸怀和情感将自己撕成碎片后
我自己在光头上绽放山花的浪漫
草原向着森林延伸
就层林尽染
那一波又一波的圆舞曲
吹送滚滚而来的延安的云彩
黑夜的浓墨翻滚着将村庄尽噬
直到黎明的到来

星星从坡坡上爬上来　带着露水般的温顺
亲切的绿野仙踪在月光下闪现
就在今夜，以及今后的每一个夜晚
就在黎明，以及今后的每一个黎明
甘露和太阳会在泥土里生长盛开万物
一切的欢歌笑语都会在坚果的躯壳里回响

一个行吟诗人，独自跪在圣地——山峦起伏
纷飞流逝的时光里，聆听苍老而悠久的大地之声
请听吧，看吧，这充满诗意的美好乡村

我在赞美，颂歌这个伟大的时代
我不能在诗歌里写出你的名字
你的思想流淌在祖国的大地上
你的恢宏的光芒令我眩晕
你的思想照进我的梦想
你的意志解放着我的困惑
你的初心呈现着光芒
在这个伟大的时代
在这个人类有些迷惘或……
你为人类的命运的健康开出了智慧的处方

一切的使命不只是落在你一个人的身上
知道什么是恶，什么是善的人也不只有你
不知道缺失了什么又在寻觅光芒的人不在少数
如果有你在身旁哪怕是多漆黑的夜
都将会让我们淌过全部的孤独
直到增加足够的胆识和勇气

哦，我要歌唱，怀抱我的诗琴

不是所有的眼泪都能养肥一块沃土
不是所有的海洋都能席卷大地
不是所有的钟情都能维系惦念
我知道我的孤独正踩着我的灵魂
正在撕去裹着面纱的神经
我知道我的生命尚且能够承受生命的一块碎片
并能笑脸相迎
我知道我是在履行自己的诺言
在约定的誓言里继续向前
生命继续，生活照常，一如平素
商业继续，资本和实体，贸易和争端，一如平素
如果秋风已送来玫瑰和石榴
我呢呢喃喃的嘴唇定会沾满蜜糖
将会助长更加崇高的颂歌
那通红的金黄的黄土地上将会生长出新的花蕾
那奄奄一息的枯枝败叶将遗留在土地下面
我因此而信，我们的生命就像神圣的延安
在她的瞩目中以青春向远方极目——

延安！你如此的巨大
永远的情怀！
延安，你在空气中凝视大地
亚洲那虚弱的心脏，或鲜血鲜红
延安，你在震天动地，人流如水
我是跟着你蜿蜒而行的一条小蛇
延安，你在这个亮丽的新时代
我就看见了你展开的金色的翅膀
就这样我沿着这条沉静的而又充满生灵的河

细细地、认真地思索，是一条什么样的河
才能让我们共同担负起一个充满梦想的过去？
我的确无法理解，对此也一无所知
我，一个人走过已是深秋的今夜
我的诗歌里注定了有一个人的谱曲
注定他内心有一个最初的乐
他把这个梦变成了现实
我感谢这个梦
由无数生机，有因有果而落成的神圣的殿堂
为万物而生的殿堂
造就了为梦想而追求而永不止步的梦想
彰显了一幅人类最为动人的蓝图
为了一个民族和国家，为了光辉的梦想
众人的生命将会在今年，明净的月光下
将我们自己的心灵置放在自己的肉体里
把所有的梦想留在拥有底色的光芒里
然后，让我们一起走过祖国大地上的一个个村庄

我在今夜变成了一个你无所谓的人
我将自己的灵魂推向天空的漆黑
我在一切的漆黑里呼吸翅翼的扇动
在时光的钟表上擦拭荡来荡去的风尘
我在今夜里追忆我那流连忘返的故乡里的
站在黄土高坡上裹着毛巾扯着嗓门粗犷唱着
信天游的一个歌声
唱吧，唱吧，唱出
那浸润着泪光的饱受煎熬的心肝
获取那颗蜜糖般的甜心
就在今夜以及不眠的梦想的信仰里耕耘
将会在黎明时开出爱的花朵
我因此，在今夜用花的、水的话语
丈量一粒沙子的繁衍
熔炼成金

在延安，极目远眺，放眼
雨中苍茫葱郁的山峦，挡不住
轻轻落在心坎上悄然无息的寂寥
潺潺流淌延河旁的是一座红色的书店
入眼的光芒，让我心花怒放
我的食指翻动着圣洁的书页
在二楼的殿堂里，一个个的少男少女
　　　　一张张青春的脸
我所以来来往往于延安，
我需要延安的情怀来填补空虚的心。
所以，我要更近地贴着这块黄土地
我撸起袖子，捧起清凉山下的延河水
洗去脸颊上已被风尘弄脏的污垢
也洗涤我内心长满的愁结干净我的忧伤。
这么多的昂贵的红尘，在迷失着我们
我爱自己的声音，我爱自己的脚步
去过这块高贵而神圣的国土
在学习马列主义毛泽东思想的社会主义辩证学后
我因此，再次回到延安

如今，和曾经的历史，以及渴望的激情
我，不是臆想，更不是异想天开
我相信，我在圣地的一切沉思冥想
都是安顿我心灵的地方。
一切真实，一切俭朴，一切真实而平凡

我以勇气越过了陕北的一切山峦
在那里我看见了童年时代的启明星
我会想起儿时的记忆与梦想
我自己的心灵
如果，我在今夜没有了自己的灵魂
我会有更多更多的悲伤
我自知，我是人间的宠儿，是一次赐予

更是我在人间后的一次盛大的赦免
因此，我便是一首人间的诗
拥有大的爱恨情仇
对我而言，大地哺育了我的心灵
我便在今夜拥有了大地上的某一个村庄
我将推开这一扇门，轻轻地走进庭院
欢乐就在此沉默里像火一样颤抖
我相信城市，也相信，乡村，已无城乡差别
相对于贫穷或富有，没有太大的区别
只有优雅的存在

就在我双眼里含满泪水的时候

就在我双眼里含满泪水的时候
我以为你已经理解到，我心中对你怀着的爱
　　　　是多么地深刻，是多么地炙热
那么，就让咱们席地而坐，相拥相依
就让咱们翻越过层层叠叠的山峦
看衣衫褴褛，看器宇轩昂，看万山红遍
那么，就让它红艳艳的色彩永远闪烁世间
让咱们去吧，再一次地出发，咱们面向未来

许多人都在高谈阔论信仰或者关于信仰的争议
在缺失信仰的时代里沉沦
在沉沦后的错失里亵渎着信仰
荒凉而虚空的内心陷入黑暗的深渊
许多人已经忘记了自己的光明
伟大的互联网，信贷危机，资本，食欲
情欲，贪婪和权力的欲望，不负众望地宣讲真经
阅读历史，掀翻岁月，在历史之中省略光明
他们撇开信仰谈论自由、民主，激情高昂

地明辨是非曲直，在忘却光的暗箱里崇尚种种
高尚的情操，以各式各样的方式，绞尽脑汁
盲目而深刻，徒劳又伤悲地背书，痛苦地煎熬
他们并不认同现在的光明，
相信共同的信仰即是光明

一如既往地鞭策无异于困兽
一如既往地贪婪权贵
一如既往地图谋私利

以退步宣写不朽的历史的伟大的时刻
以及规律和必然，金钱和权力
他们使用"民主""自由"和"权力"这些名词
并非基于这些词语的本身含义
而是愉快地分布合乎阶层等级的自由、民主、公正
是以他们所猎取的学问，感官上的乐趣而愉悦地
讲述自由、民主，与现代文明的真正含义
他们总会谈及历史的长河永恒的时间
无数的英雄豪杰丰沛的思想与智慧

强盛与衰败，退步与进步
各民族人民的声音和政治家的语言
世界的潮流，王朝的没落以及治国理念
时而面色阴沉，时而神情焦虑，时而神清气爽
然后独自沿黑夜而行，
徒步伤悲隐藏秘密的一座房子

或空，或实，抑或是他走进了自己意识的监狱
假如他的显赫的举止言行不是一己私见
也不是西挪东用　而是出于对家国的仁爱与情怀

我踩着今夜的雨点走过凌晨三点半的长安街
走过无人跟着我而我又追逐一个人的街

我知道道路即是脚下的声音，沿着这条街
广场上的纪念碑被雨淋湿字迹模糊
是我的眼里吹进了风雨一片汪洋
硬化了的路面硬化了水
一座城市涌现出无数的小瀑布
一座城市的排水系统不如故宫下水
我在今夜的脚步落于硬化的水
如落在干枯沉默的沙漠中
落在一张书桌上被打湿了的诗稿上
我抬起模糊的双眼看见一个清新的黎明
胜过夜晚我写下的支离破碎的词语
我看见黎明里的那一叶孤舟已在切开黑夜
穿过我内心眼睛里的一片天空

那一叶轻舟帆片丰满、翼桨有力地迎接日出
我起身离开一夜独卧的书桌
听着这黎明里千万的声音
感受活在这个黎明里的幸福与欣喜
站起来吧，丢下正在书写的诗篇
走进湿润柔情的青山绿水的辽阔田野
去感受晨光中百灵鸟、金丝雀甜美的鸣叫
再听画眉的欢歌听流露的健康的心智
走出去吧，那阴郁的心灵
只顾怀着一颗赤子之心
去看农田里茂盛的庄稼
朝阳光辉浸润着的山峦，岩谷，琼楼
去看沐浴在没有烟尘的乡村
便会看见横卧大地、面对天下的良风美德
便会找回失落的内心的快乐
就这样随意地走吧，让清风随意地吹拂吧
吹过愉快的信念，带去幸福的时光
在青山绿水的时代里
带着满心的欢喜建筑信仰的大厦

用清澈的溪流来养育崇高品德

让心灵为我们当家做主

1

从湖面带有画舫的船舱或叫一叶孤舟
穿过乌云翻卷，惊涛骇浪，或有的无边无际
天空笼罩着的苍茫，纤夫的脊梁，绳索的曲调
千里冰封，万里雪飘，望长城内外，分外妖娆……

2

这乘风破浪的船，或在风雪迷茫中，或在滂沱大雨中
　　或在烈日炎炎下，或在繁星闪烁里
无论怎样地波动起伏，无论是否潮涨潮落
也无论是怎样地暗流涌动抑或呼啸而来
这只乘风破浪的船啊！总是充满力量，满怀信念
憧憬美好抑或是梦的最初的记忆
是从黑暗里张开的巨大而恢宏的梦想
这个梦想属于曾经也属于今天更属于未来
这个梦想属于他，属于你，也属于我
从陷入茫然和沉思到启迪

3

那干枯的树枝上挂满染红鲜血的布衣
到雪光照亮的钢枪和勇士及战马的嘶鸣
那激昂的进行曲震天动地地回荡在华夏大地
唤醒了阴霾密布的黎明
这只饱经沧桑、饱受苦难的船只已汲取活力
正从陆地驶向更为广阔的蔚蓝的大海

4

而诗人，驻足静谧的湖泊
带着梦想还有眼角的泪水走过所爱的土地
繁星闪烁的山峦和黄沙弥漫的瀚海
破旧立新，我们可以永远走下去，还有朋友
在去往青山绿水的路途上
以及有远方的风帆和岛屿
我也只是诗　另一场风景和另一次苦涩
倘若我只是孤身一人
我会找到我自己的寂寞
我也会找到我自己的灵魂
今夜，请你把我带走吧！

5

请你把我的亡灵的魂送回家里
然后，青山像水
　　　　青春常在
后来，可怕的消息传回了祖国
消息，最终落在了每一个中国人的心坎上
对这些丧失了生命的士兵，或是滴滴顺风车上的
　　　　女人们，我们又能说什么呢？
我们的今天，大家都在说，我们没有了信仰
　　　　　或者
我们是否可以信仰人间一切的信仰
　　　　　　而
我们的几代人已从信仰走到了失去信仰
我们还有什么信仰？
他们说：大师早已远去
她们说：我们的青春早已荡然无存
他们说：《诗经》《楚辞》的世界
老庄孔孟的思想，李白、杜甫的辞章是消磨
时光时最激荡的青春
也是唇齿间的浪漫与绚丽……

6

他们对贫穷的记忆是豪情万丈

他们对富裕的感觉是麻木不仁

可是，我真的无知啊，我们活在当下

当不再有月光悄悄蒙上眼睛

当青春的容颜尚未凋零

当一切的烦恼一笑而过

为何，鲜艳的花朵结出的果实令人心酸？

当一粒雪花落下的冬日的凛冽大地

当走过康桥的身影徘徊不归

当一膛的炉火熊熊燃烧

7

为何，上了发条的钟表会停滞嗒嗒的声响？

要不就是一场秋雨淋湿了温暖

要不就是一阵风吹走了葱郁的绿苗

或远或近都变成了回忆？

或近或远都被撕成了碎片？

远远近近都被卷到了深深的黑夜？

莫非我们仍将在黑夜里来回奔跑

我在迅捷的时光里修复破败的门窗

在荒芜的国土上耕种万千世界

用古代的泪水洗刷浇灌远在古代的江山

传达一个民族长久渴望正在实现的梦想

复兴的伟大宏业

就是用我的诗歌播撒信仰的种子

自由的、民主的、平等的、公正的属于人民的

神圣的祖国的

8

我，一个诗人，我为你而来为你而去

我将不会停止我自己的脚步

并永记这里是我们出发的地方
也是我们认识这片土地的地方
我便因此从这里出发走遍了祖国的国土
带着许许多多的问题、迷惘和冗长的争执
观望这个充满灯光秀的和喧嚣浮躁的城市
来到有些黑的、冷的或是暖和的乡村
一个人走在过去　曾经的现在的乡村
打开心扉拔出刺痛的针抑或是刺
从固有的记忆中恢复娴静
自己的一膛炉火，自己的村子，自知冷暖，自己说话
穿过暮色的炊烟唇齿间的食物满溢可掬的笑容
我突然明白，一个人的村庄便是遮风挡雨的家
是泥土的气息和身体的热量
是不被遗忘的大笑和大哭
是闭上眼睛都知道的一个瓦罐和一次火化。

9

一个诗人就在这片国土上在这片绿荫下长大
他吟诗抒情，尽管他的父亲说：
儿啊，这个不能当饭吃。
但是，我在我的国土上感受到了无穷无尽的欢乐
那些个贫穷的日子是其乐无穷
穷到了将我的满天飞舞的绢绸长在了麦穗上
于是一个诗人站在高高的山岗上
眺望他那层层叠叠的井然有序的人间
大地啊！我愿意是你的奴仆
　　　　　我愿意是你池塘里的青蛙
这样的夜色，更高的苍穹，撒下人间的帷幕
遮住你碧波荡漾的清澈
旧忧，新患，一个诗人满心的酸梦
长夜啊！你何时才是一个诗人的黎明
长夜啊！你的繁星满天是山顶上的宝塔吗？

10

一座旧的房屋在我到来之前正在倒塌
一座新的特色小镇正在建成
城市的扩张将古老的房屋化作瓦砾
被扩张了的环线正在摧残郊外的大片农田
从棚户区到阳光新城悬挂着大理石的新楼
高过了树木和大片的玉米地
异地搬迁，迁出空旷的工厂遗址，正待开发
阳光照耀着从前的窑洞晒着现在的田地
日新月异的变化会使人迷路
而对于行走，我们有定位，有导航
我们只有在张口问路时才能抵达
差点擦肩而过的一座房屋，笨了的脚
开出欺骗的一张路线图，而脚步
总是跟不上时刻都在变化的路径
停不住脚是因为没有立足之处
所有的脚步都显得匆匆，在智慧或愚昧里
带着不安和恐惧　怀揣忐忑
和着快生活的节奏
把我们简单的生活弄得难以忍受
追逐，追逐，追逐着脚下的骚动
睿智地寻找着乡愁和泥土的气息

11

一列旧的绿皮火车在我到来之前正在疾驰
一列列鱼状的动车和高铁将季节变换
一条条大河一座座大山一个个的小山村
正在呼啸而过的时光里远去
无论是一等座还是二等三等的车厢里
没有了拥挤不堪没有了玩纸牌的小商小贩
出行者的目光盯着牌面一样的手机
除了呼啸而过只有呼啸而过　而欢笑和喧闹
已在划破长空的疾驰中宣告结束

我们可能会追忆那些似水年华的愁结

走向现代和文明的痛苦不亚于落后和愚昧

我们唯有接受，唯有哀叹着

从一个时代走进另一个时代

我们会发出那么强烈的怀念之声

带着无能为力的惜别之情

在汽笛声中告别自己遇见另一个风尘仆仆的自己

且宽慰自己安慰自己

对于漂泊不定的灵魂可以视而不见

除非我们把灵魂留给遥远的远方

以便在抵达后说出一句关心的话

于是，我是歌者，我是舞者，我来自新疆

来自我的祖国西北边陲的草原

我以塔克拉玛干沙漠滚烫的沙粒

贴近我所热爱的国土

12

所以，在这块国土上会生长出三棵树的无花果

从土地到空中枝条彼此缠着根须彼此纠着

其次是和田的石榴，一粒粒的石榴籽

以古老的甜蜜一任鲜血染红的心扉

成为国土的过去国土的现在更是国土的将来

更加地在自己的国土上盛开出爱与疯狂

便是分外妖娆姹紫嫣红

便是同村同城同一个祖先耕种的花朵

同属于中华民族大家庭的成员

尽管村里城里尚有无事生非者，游手好闲者

或者一些精心策划望着异都的徒劳者

但，我们是邻居，是亲戚

我们相亲相爱居住在祖先的家园

我们深知恶有恶报善有善报

所以我们在爱的实践中诚心诚意地交往

一切的损坏和诋毁都抵不上邻里间彼此

分享幸福分担忧患
世世代代，祖祖辈辈说我们听懂的话
做明白的事儿，挑我们共同的担子
跳我们共同的舞　唱我们共同的歌

13

在高高的天空有发红的声音　一张汗涔涔的脸
从时间的碎片跌落水和咆哮
当村庄里只留下夜半的露气清晨的寒霜
当时间倒叙昨夜爬进楼宇的光
在遥远的群山之巅会有曙光照耀
在漫长的沙砾之路会有星光闪烁
在这遥远而又漫长的一片寂寥的黑夜
刺耳的汽笛声正穿墙而响
倘若我听不见别的声音
倘若只有声音
乌禾尔甘孜的或是松花江畔的一片雪花
假如落下的是一滴汗水或是一颗眼泪
但这里只有拥堵的远离人寰的寂静
我不知道我是坐着站着或是仰面朝天
穿梭者的声音进入我的耳膜
乌黑的长发丝丝缕缕布满乌鸦般黑的夜
楼宇上的光纷纷溃逃留下黑沉
我在这群山沟壑间的寂静的窑洞里
仰望闪烁星光的夜空，银河沉落
一堆堆的碎片一片片的寂静
盘曲在我胸口的蛇结透不过气来
嘘一口气，吹向天底下我的祖国

14

五年前，我用诗歌颂扬过光芒的初心
在那辽阔、丰饶、团结一心的国土上心怀哀伤

在陕北的窑洞里朗诵我的诗歌

让梦想的翅膀上搭载朴实的情感

让我的颂歌在辽阔的群山唱响

我那样地纵情歌唱，吐露心曲

并非安于享乐并非沉溺是非并非惆怅并非哀伤

那里的塬上有红玉般闪烁的苹果

那里有赶脚人劈开山路嘹亮的信天游

那里有群山环抱的忧思与喜悦

那里有一颗跳动的创造美好的心灵

如那里的沼气在沉沉的黑夜里熊熊燃烧

在那样的火焰中锻造了一颗信念坚定的红心

我因此热爱那火焰

因为那火焰吞噬黑暗中的恐惧

因为那火焰能带来光明和温暖

因为那火焰能丈量纯洁和正义

因为那火焰是祖国人民的希望之火焰

因为那火焰是中华民族生生不息之火焰

恰似祖国博大胸怀中对人民的赤诚之火焰

15

在高高的云天有彩云和微笑，温柔而纯洁

风和透明的海给了天空一饮而尽的颜色

穿过一条街需要亿万的眼睛

去感受秋风轻拂林木花果的气息

我愿意看见这样一条熙熙攘攘的长安街

在自由的风和自由的土地上行走着自由的民众

我愿意感受这样一条洪福齐天花枝招展的长安街

住着勤劳朴实可以衣食无忧安居乐业的人民

我愿意品味这美丽幸福金色果实

送来的芳馨闪烁的长安街

人民合力向着美好生活鲜花更艳的广场合唱颂歌

我们伟大的祖国欢乐的红旗在灿烂的阳光下飘扬

欢乐啊！欢欣啊！

请举起这快乐的酒杯，让欢笑和眼泪一起飞扬
我们伟大善良的人民要把贫穷和愁苦解放
在金灿灿的太阳下畅饮金色的葡萄美酒
凭借众志成城万众一心向人类起誓
我们已经发出的誓言有勇气，有担当，有坚守
那是阳光的信仰里所蕴蓄的初心
是投身事业而为人民全心全意创造崇高创造伟大
使每一个家庭都感到幸福，每一个人都气爽神悦
我愿意在这样一条燃烧着思想
充满意志和奋斗的长安街上
以一个诗人的情怀颂歌新时代
既然已经是一个红色的诗人，手中的笔
就必须完成我自己和这个时代的思想
以纯真质朴，以自由的心声
面对我这个时代的各种声音，各种气味
对贫穷，对苦难，对难以割舍的亲情、恋情
对难以回避的困局与绝望，对子虚乌有的编排
对空虚时喝醉的一瓶二锅头和涨价的茅台
对仍然怀抱鲜花淫艳如梦，对冷嘲热讽
对失信、背德，对夸夸其谈，对成见、偏见、固执己见
对不怀好意，对盲从，对害怕黑夜，对怕见光
对市场里的小摊小贩，对时光里的互联网，对绿茶红茶
对城市、乡村，对并不死心的人民，对别墅，对原罪和
某个地方的狂犬病，对无情的冷漠和先知的沉默
对昏睡的罪恶和欢乐，对移动的信息和居无定所
对雾霾的天空和被蹂躏的大地
对一切的声音一切的气息
对一切的道路和辽阔的远方……

一个时代有一个时代的声音

我们的声音已不是呐喊

于是我们不断重返旧地轻轻敲响饱经风霜的大门

打开心口的纠结敞开胸怀

在五星红旗下不忘初心

仍然保存着旧时光里瑟瑟发抖时的温暖

我们在这块土地上生活，没有其他，只有热爱

因为生活，我们又都四处奔波，也不敢偷懒

所以我们成了这个世界上最忙碌的人民

所以我们不知道时间去了哪里

现在的我们变得怀旧

那些过去的回不去的时光里

记忆只剩下舌尖上舔舐的伤感

悄然隐藏着半声苦笑与一声叹息

从"快手"和"抖音"的屏幕上

寄出一封发黄的信

希望能被远方的一个亲吻安慰

以便能存放自己的眼泪

以便成全唯有的流血的梦想

能与天长和地久

在喧哗的都市久望回声四起的乡村

在闪烁着红绿灯的喇叭声中醒来

将匆匆的时光与青春融入沙漏

已知沙漏并不贮存沙的声音

我有许多的夜晚都像在今夜

在彻夜不眠的时间里眺望远方的家

一切都很沉默，或者半梦半醒

有夜的黑暗所装饰的，不确切的，不可测的

用耳朵听的，用眼睛看的，搁在心坎上

闪烁不定的光行走在空荡的大街上

似是而非的思想以及被胡搅过的脑浆
会被忙忙碌碌的日常生活弄得四不像
光和黑夜折叠在人的灵魂里，献上花坛
在花的海洋里与一切生命的眼睛对视
从含苞待放的花蕊里抚摸心灵自由的意义
最为富有的最宝贵的温情的幸福
在今夜里，在皓月当空的不朽宇宙
诗词，属于记忆，属于赞美，是原始的宇宙的信息
我所创作的诗歌，在今夜，在所爱的祖国
倘若我曾经走过的这块土地能听见足音
那个使我流连忘返的所热爱的圣地
定会在今夜，在群山之巅为鼓腹而游，奋力而进的
我震响一声心跳，并给予我一片璀璨的温情
如我来时满怀同样的信仰的渴望

延安啊！我只呼喊，我的灵魂的所在地
诗人的时光在乎灵魂中迸发的自由诗歌
在今夜，在相隔遥遥的远方
在夜的呼吸丝丝浸入花之心底
楚天破晓——在我们共同的星河璀璨，
月色皎洁的天空之下，让我们点燃圣地之水
让我们把这一切的情怀投入熊熊的火焰中
在江湖善良而快乐，在庙堂虔诚而忠心

今夜，在秋风时节里的秋色里

今夜，在秋风时节里的秋色里
祖国大地如画的风景勾去我的眼泪
成熟了的颜色，成熟了的果实在今夜沉醉
在秋风的歌声中上升为不朽
我用眼泪割断今夜羁绊自己的绳索

以忠诚的缄默守望永恒沙漏流淌的时光
直到大地被阳光所充实
金色的光照耀青山绿水
当清晨的太阳从东方的黄土地上升起
当清晨的清风从延安的塬上升起
当清晨的炊烟披上绚丽的彩霞
心灵自由的花朵便在深爱的国土盛开
总会在深沉的夜半，打更者或是鸡鸣声中
醒来像是在梦游，胸膛里灌满风
将大片的云朵沉入抹黑了的灵魂
胃肠蠕动着鼓胀了的脏器
我在震荡的风中从大连的海景里
看秋风中金色的稻谷，通红的鲤鱼，丰收的葡萄
熟了的苹果，将我也染成了红了的秋色
在大海的深处总能看得见沉静的沙漠
遥远的喀什噶尔和田的石榴阿克苏的苹果
回味无穷的香梨以及与冰雪做伴的金色阿勒泰
我在诸多遥远的遐想在人群的欢乐中
眼中生长出秋收的硕果累累和一串串珍珠般的眼泪
我将这群星闪烁的黎明揽入怀中
将果实的海洋贮存在半山坡的一方城堡
继续眼望将来临的黎明曙光和未来的岁月

告诉我

告诉我，从我的未来中你是否看见香甜的伽师瓜
在灌满风的胸膛里挖掘着泥土的芬芳
将一点一滴的泪水洒在我爱的国土上？
我将双眼融入奔涌的大海洗涤抹黑了的灵魂
鼓胀的脏器喷发出海啸的声音
如风起钱塘海宁的潮头飞向我的浪花

告诉我，从我的未来中你是否看见疯狂的石榴
在灌满风的胸膛里撒落一粒粒晶莹的石榴籽
带着高地上的阳光展示她的鲜血般的忠诚与
带着灿烂笑容的胜利的光彩？
我想在这秋风沉醉的夜晚走进孔雀河畔
为赤裸身体的少女披上大海的薄纱
在半城梨花半城水的孔雀之歌中点亮天鹅的翅膀
使她们的名气从祖国的大地上飞向祖国的天空

告诉我，从我的未来中你是否看见天鹅的翅膀
热血沸腾的汗血宝马在我灌满风的胸膛里飞翔
我将在这个秋风颂扬的秋收喜悦时光走进你的时代
会看见战栗的累累果实在古老的星辰下颤抖
会看见梦想的光彩照进深埋在国土上的种子
大声地赞美颂歌神圣延安基石的颜色
颂歌赞美祥云下的汉白玉雕像和
竖立的高高飘扬的五星红旗、雄壮的国歌

告诉我，从我的未来你是否看见高高耸立的花
坛上长满了正在展露新时代的希望之花？
那些裹着、掖着的叹息将从敞开的胸膛发出
精神抖擞的健康与美德的风暴
在十月，秋色宜人载着丰收喜悦的荣耀的国度
我将露出我的胸膛张大嘴巴呼吸果实的快乐
将我全部的灵魂灌满绿色面对祖国大地
带着往昔的记忆携着颂歌献上不忘初心的诗行

那一双硕大的脚板

在我无可倚仗时，祖先们的亡灵

保护了我黯然失色的西域
我走过先祖们的烙印
那一双硕大的脚板
由此，我获得了一双可以飞翔的翅膀
我飞过天空，望着大地上的欣欣向荣
正好为人间大地披上了神秘的色彩
如雪，如棉花，如一只羔羊
高昂头颅挺胸阔步
行走在飘飞着翅膀的天空花园
花园里充满了欢歌和笑语
在我所热爱流连忘返的人间
在我所看到的夜色里的纸醉金迷
在我所听见的轻歌曼舞的长袖
我便已知那吹落大地的玫瑰花瓣
便是在人间飘来飞去的一片雪花
如果南方有一次冻雨落下
便会在春节滞留在遥远的远方或
只差一步半步的家

但，在这漆黑寒冷的夜晚
我仍然会看见模糊不清的你
为我们端上一碗热气腾腾的方便面
落在了长江沿岸的大地上
落下那连绵不绝的柔情将
一切的冰封融为春光

这一夜我看见相依相拥的美好
其实美好的生活就是内心怀有无限的希望
在曲终人散时我们守候闪过黎明的光芒
丰收节的庆典、狂欢、乡间的宴席
来自国家大剧院演出的剧幕
乡村的恬静，热烈，欢乐的海鲜，欢欣
将郁闷抛向不复存在的某个时辰

将笼罩着的黑夜一一点亮
乡村里的光，一道道的光，慷慨的大地
谷物，面团，揉进光的果浆，或一双灵巧的手
乡村主妇端上桌子的花红叶绿的白面馍馍
心中有爱自然而然就香甜得很
或在心里忽然生出一颗涌泉般的泪
漫过心堤，浸润干枯，喂养忧伤
然后打开虚掩的门
跟着心灵的目光看望月光下沉静的窑洞
复苏心田里已久未曾到来的一次激情
来吧，一切都将来到这里，当
山丹丹花开得红艳艳了，我们抵达后
在震耳欲聋的大风中合唱和声叠嶂的群山
就让山峰上的宝塔成为光影成为弦音
弹尽古老的贫穷与忧伤
奏出新绿的金色银色
擦亮这片大地上的每一颗星星
好让我们再次出发
从圣地延安走向更加辽阔的大地辽阔的海洋
在这尚未复苏尚且吱哇乱响的世界的前夜
点亮东方的火种，让人类的面具
在这可以解忧的火焰中找回自由的心灵

来吧，我们一起出发

来吧，我们一起出发
从这生长着香气的黄土地
带上稠酒的醇香带上沉醉的金色
穿行锦绣山河，穿过世界，走进去
加入到欢乐的行列里
让我们可以不因贫富而卑贱而高贵

包括我们内心的那种自卑和人人平等公正自由
让我们来到夜晚最温暖的一座沼气池旁
感受一个从不戴面具的真实的脸面
确信那光火里有我们的信仰
让我们相信那是一颗足够强大的心灵
让我们在所有抵达的乡乡村村
如我们的期待
因为太阳
万物生长，枝繁叶茂，美好无比，幸福
那么，可否称之为初心

今夜，要在安然入睡的梦境里

今夜，要在安然入睡的梦境里
　　要在所生活的这片土地上
为冰凉的炉膛添把柴火
在熊熊的炉火旁成为一个善良的母亲
让孩子们知道回家有晚饭吃
让孩子在临睡前有童话故事
还有令孩子安然入睡的亲吻
而你，莫要伤心
　　莫让泪水模糊你的智慧
　　莫让牙齿打架遭人吐槽
　　今夜，只是十五的明月
在天山脚下的乌鲁木齐
在拥挤的二道桥心愿祥风
便可在风前月下如画如花怒放
自知有着慈母的容颜并慈悲为怀
假如心中忽生了一丝惆怅
便会看见冬日积雪的博格达雪峰
便知雪莲花的心思

自会明了花儿为什么那么鲜
人间是非，人间的家长或里短，以言不由衷
和小心翼翼的明争暗斗
只是想迈开从容的步伐
即使听不到远去的脚步声
纵然看不清道路的远方
至少，会少许琐碎少了愚妄之念想
穿过我的三千万只的羊群和马匹飞驰的草原
诵读一个无名诗人的诗篇

今夜星光灿烂
我会和我的心灵安睡在微笑的夜晚
立在那里的猫头鹰和一匹孤狼
在听到梦中的话语也会落下一滴
即便出于怜悯的泪水
也当兽面人心
便可在梦中醒来
看见升起的太阳格外灿烂
便沉浸在无限的爱里

我无意并非仅仅只是颂歌或是赞美
更无意炫耀诗歌可能赐予的荣耀
但，如果入睡的那一刻正被风吹醒
一首诗对一个夜晚从未想过伤害某一个人
夜的天籁点燃的风漫过咏叹的河岸
我便是风水里，拖着影子的海浪之花
穿过夜，穿过旷野到达嘴边的咸鱼
将看见抵达后离别时的苍茫
托起坠落在草原上的星光和
我那三千万只羔羊的蓦然回首
更加辽阔苍茫的景色
渐渐抹去本色的颜值
空了的寂静沉了的夜色

在绿了眼的猫头鹰的注视下

催眠我也催眠三千万羊群安然入睡

我漫游在远处的群山

听见爬满珍珠葡萄藤蔓坎儿井的幽怨

鼓起的大地上左公柳的长须

闪烁着古远的灵魂

会在轻风杨柳的吹拂下

唤醒昨日屋檐下呢呢喃喃的小燕子

却再也无法将沉睡在沙村的楼兰少女唤醒

也不可重蹈先辈的覆辙

烈焰般闪光的丝绸

柔软的情丝

拭去忧伤带去惬意

莫让心田里盛开了的花儿

和我那三千万只羔羊碰上狼群

虽有卑微，虽有辛苦，但却朴实且无比快乐

我愿这唯美的时光不是怀念

如果怀念，未能获得荣耀的诗歌

那么我将在漫漫长夜里

大声地朗读这炫耀的诗歌

以钢的线条颂扬高过夜色的曲调

栩栩如生的天女将向人间洒下花雨

将会落入国王的宫殿复活沉睡的亡灵

将权贵的手指化作火种

或将孕育出新的财富

尘封或冻结隐忍已久的贫穷与苦寒

将获得所愿的美好生活

祖国，为你

祖国，为你

我吹着口哨或一枝竹竿做的牧笛
欢欣鼓舞犹如云端里的一朵花
为你，我吹出一只羔羊的咩咩的声调
我便在自己的吹嘘中活得如痴如醉
我就吹啊，吹啊，就吹着　就吹出了自己的眼泪
我把笛声化作泥的香气
我把那一滴眼泪里倒进一滴中华墨汁
你啊，祖国便是我心花怒放的色彩
我在染了墨汁的黑夜里
活到了一丝不挂活到了无法无天
我在北方的天空下遥望南方的星光
一颗善良的心听到了欢腾的羔羊的咩咩声
我如此地眷恋你的人间
是因为：夜半的人间会有啼哭或号啕大哭
我因此将头发剃光
是因为我得让你的眼泪流向大地
不想看见你的头发被板结被弄脏
也不被他们弄醒你的发梢上的月光
月光下的你像一朵微笑的花
一朵鲜艳的太阳花
在你的花蕊里深藏着伟大的思想
你的光辉的思想会照耀温暖人间花园
这块神圣的庄严的土地！

我沿着被万物点亮的人间，一直
走到大地的复苏人类的复兴
会在古老的村子里翻腾出另一个世界的钱币
或者是一张印着呐喊声的旧报纸
光和明如光阴充满那一张张的笑脸
如阳光如灿烂如一本烫金的时代画册
听一声雄鸡的啼鸣穿透农民伯伯的清晨
回响在闪烁露珠的集结了黎明之光的沉默中

163

我在臣服的正道上弹奏新时代的旋律

在广阔的国土上吹亮人类的火焰

我在写满汉字的天空结交和月光一起颤动的风

是秋风的落叶

还是蝴蝶纷飞

在大地上翩翩起舞?

直到长袖抹去今夜的醉酒与失忆

和群星闪烁的奔跑的天空

我在旷野在山谷里跑过大地

在旷日持久的火红的激情里

手捧着梁家河塬上的苹果

在忧伤的底处觅食甘甜

眼瞅着镶在镜框里的细碎的又被黏合了的时光

将在梦已逼近真实的黎明

亲吻翻身时触碰到的温柔

几分爱怜几分赤诚

国土啊！我是一个无法离开你的土地的你的人

无论颂歌还是恋歌

都是对你一览无余的痴狂

是埋在土地底下渴望繁殖的种子

是对你给予的一切庇护的忠贞

是关于一直埋藏在心底的饥肠与涂满生灵的期待

是我回来又出发的地方

是每一寸土地上的明亮的记忆

你给了我水与火焰的力量

诗人和大地鼓满自由的风

风水的言语爬满山河孕育火种

就请让每一粒种子都带着响亮的乳名

在如诗如画的大地上健壮生长

聆听《国风》《诗经》埋下的水声

听《国风》《诗经》埋下的水声
在河的两岸响起母亲唤儿乳名的声音
已是黎明，清晨的鸽子披满霞光的羽翼
敲响了离别的钟声，北京南站的汽笛声
把远去的脚步声留给了回眸的时光与我
晨光中的北京鼓足十月的风
朗朗晴空下忙忙碌碌的人们穿梭而行
诗人的眼睛在踩碎的时光中凝视
车水马龙，熙熙攘攘
自由的风隐没在没有形体的时间里
光怀有欲望梦想　人蕴含憧憬
只需一个念想，就让脚步响亮
人啊！人，我们生来就是为欲念而生
就是在时间的长河里像水一样动荡
或者被浸没在无可名状的"心海"
多少晶莹剔透的珍珠般的泪珠
洒落在脚步之后的青青原野
如果回眸，时光中铺满鲜花的荣耀之路
鲜活、生动、栩栩如生。如果想起，会些许
有宿命之怨从心底吐露
听天由命的只声片语
肩负重托不懈担当
在望乡的时辰，心怀愁绪

我们，无力停住自己的脚步
不单是挣扎，不仅是奔跑
还有淡忘了的情怀
从咿咿呀呀 1234 到唐诗宋词

十年寒窗，满目书卷，书生意气

膜拜先人的土地沿着前辈的足迹

雄心勃勃英勇无畏豪情壮志

在知识的海洋里探寻真知

赏心良田悦目果实倾吐实情

审视关于命运中的人生之路

带着对自己的嘲笑和天真的笑脸

继续穿越喧嚣穿越寒冷穿越缥缈的欢娱

穿越铁面无私的焦虑

用一颗寒战的心灵卑微的灵魂从人间走过

在单薄的诗篇上落下虔诚的泪水

用渴望的目光追逐扬长而去的时光

《我爱你中国》

一群年轻的大学生合唱着《我爱你中国》

随时随地的和声，那么朝气，那么舒坦

我的国家，一代代一群群的热血青年

总会满怀激情梦想未来渴望美好

那就让这歌声直抵所爱的国土

以合唱应和声

直到新时代美好的愿望生长出翅膀

一个获得复兴的民族站立于大地。

这里是我们出生的地方，这大地的光

春的柔软夏的灿烂秋的肥硕冬的凛冽

广阔的大地随处都是我们的家园

起伏的山峦会割断臂弯上头枕着的那丝哀怨

滔滔的大河会浸润眉眼间黏稠的那粒酸涩

歌声飘向远方将所有的记忆回放在

这块出生后又养育了我们的大地上

然后灿烂流溢青春

将一颗初心的信仰根植在这片大地
抵达一个美好富足的国度
到那时，我们可以放声大哭可以放声大笑
在我们自己的国土上
我在视频里看着一张张灿烂的脸
惊喜于这片土地上已花果艳盛
清新舒畅洪亮就着欢快的节拍
那样的泪光里闪着美妙与喜悦
那样的泪水也是幸福生活的组成部分
是信仰的力量源泉

唱吧，歌吧，歌唱吧

歌唱我们伟大的祖国
新时代新太阳普照下的中国大地
让这青春的歌声和欢笑的言语里
溢满我们热爱这块土地时双眼里的泪水
或让山峦的丰胸大海的肥臀合为初始的
让这片大地红花绿叶披金挂银

这里是我们常常站立的地方
一如一棵树一棵草
一如生长的庄稼
永远自如地呼吸着自由的空气
直到天荒地老
我们依旧颂唱着这片古老大地的爱之歌曲
在每次呼吸的双眼里爱得更深

这是一个晴朗的日子。
棉花一样的云朵在空了的天上飘移
风和树木绕着多褶的光

折射到了一个农家院落

合成的光里一个灰白了头发的农家妇女

如一尊闪烁在光里的仁慈的母亲的雕像

如果，你片刻地张望

耳畔便会响起欢乐的歌

或者，你还会听见说话的声音

抑或，是儿时磕碰牙齿时的梦呓

你会有响亮的记忆

悄然穿透过一个世纪的呼吸

陈述圆润的果实和一次麦垛的燃烧

那些稠密的往事集结成轻盈的词

让我们欢歌笑语吧！

可是，你用谦卑的目光看到了什么？

告诉我，会是跪下双膝的童年面对铁锅里的
　　　　猪肉炖白菜粉条吗？

嘴角上缠着抑郁还有被疯狂的梦呓缠绕

我们灵魂闪烁的清晨是否鲜活？

落下眼帘，垂下目光

我们将与灵魂交谈什么？

一个诗人摇摇晃晃的词语枉自夸大的赞美

挂满了湿漉的雪花

不眠的屁孩儿和失眠的呼吸

我们是谁？

为什么心灵被赋予挥之不去的乡愁

手捧一粒雪花翻阅打湿了的童话书

一层一层一叠一叠堆积沙地上的城堡

扮演着信以为真又不知去向的角色

就像歌词唱的那样

你和我一起慢慢地变老

就像童话中的王子和公主那样老去。

今天，我再次来到延安

我又一次登上巍巍的宝塔山

面对嵌在青翠的连绵的群山间的古老城池
延河的水从涨满风雨的千百年的城池
灌满沉默载着烟或雨流过
往昔的滔滔河水和远逝的浪花
如果可以，我愿意流下一颗硕大的泪
如果可以，我愿意流淌出大动脉的血管里的血
为你灌满连绵不绝和迎面而来的诗
如那首穿过枪林弹雨炮火连天的歌
响彻南方崇山峻岭茫茫荒芜草原皑皑冷雪
响彻在祖国的陕北高原汇黄河之水
发出大地的声音

我的目光伸向无数脚步走过时的遥远
无数的手指挖掘过的山峦沟壑
我思想的深处想要挖掘视野里
你在大地上耕耘下的红色基因的种子
以便在我心灵的诗田生长
在唇齿间散发樱桃的气味
在我的孤独和悲伤来临之前
或许一切的悲伤都是徒劳或
是平添莫名一时的疲惫与沉重
有昏昏欲睡的厌倦有吵吵闹闹的喧哗
每一天的"抖音"生出听觉和视觉里
或卑微或无形的影
用着令人费解的手指点击失眠
以"拼多多"的链条喜悦漫长的黑夜
在"快闪"的寒冷中吐咽"饿了么"的无用的饥饿
在清晨呼吸范丞 × 腋下的铜臭

如果，你忽略滔滔的波涛
我将如泥沙或泥沙将堵塞喉咙
我的隐隐作响的舌尖像沙粒一样
充满渴望

我愿意成为你的河
不再是流着泪水的而是春风满面秋韵荡漾的
繁星满天的河
在你的光芒里洗涤心灵的守着你的河
是闪烁着水的语言的河流一样的河
直到为大地披上硕果繁花
直到你溢满芳香

前进，前进，前进！

昂起你的头，挺起你的胸，迈开你的步
祖国在召唤你，这是一个光荣而伟大的时刻
一个必然在长达数千年将要闪耀光芒的时间
是宝塔山之巅宛如星辰永远照耀闪烁的
红星，照耀中国，照耀世界，一个极其不同的
新时代，一个永载史册的时刻。

前进，前进，前进！

你不要指望别人，你要去完成你梦寐以求的事业
你的勇气会鼓舞别人加入到不朽的事业中
你的意志会坚定别人在严峻考验时的决心
你的心智会在令人窒息、虚脱、贫穷、疲惫、徒劳时
拥有不畏艰险战胜困难的献身精神
能够为不朽的事业做出最壮丽的英雄业绩

前进，前进，前进！

这是一种真正称得上划时代历史使命的崇高意识
仍然登上那众心所敬仰的宝塔山
就能放眼远眺无尽山峦，大地，海天

人类的天空又会响起希望田野上的欢歌笑语
就会给所有的梦想插上飞翔的翅膀
就像太阳，孕育万物，普照大地，而今
红日中天，大地又会响起太阳的赞歌
前进，前进，前进！
伟大祖国的伟大儿女
在灿烂阳光的引导下，拥抱阳光
等你振动的翅膀为梦想长出新的羽毛
伟大的时代已呼啸而来
你梦想的光芒在你思想的光辉里闪耀
还有亿万华夏儿女永恒的眼睛永恒的梦
而今，红日中天，大地已披上绿衣青衫

前进，前进，前进！

从红色的湖一条条的大河一个民族的血脉
民族之河啊，流淌在由黄土造就的祖国母亲的怀里
每一滴水、每一朵浪花都是你要听进的心声
你要给予水永恒缓缓流淌的语言
要冲开堵塞河道的堰塞丈量险恶
要用鲜红的血液讲述河的故事
将河流汇集的水引入辽阔的蔚蓝的大海
将深似大海的情谊给予河流

前进，前进，前进！

唱着嘹亮的歌，胸怀美德，心怀无畏
当一条条的河，当一条条的路延伸
祖国母亲的身躯连接了所有的血管
鲜红的梦在母亲那里孕育出翅翼的乐章
泛起的翠绿向人间呈现母语中最初的心语
你聆听到"我爱你，中国！"的歌声
响彻头顶上空渗透大地森林

前进，前进，前进！

在这个梦想的时代怀抱自由的光
在肥沃的土地上耕耘信仰的种子
而今，红日中天，正是奋斗的时代
大地的梦想将载满粮仓的金色浸满荷塘的月色
新时代的铁锤，透明的力量
打造铸就红色的船驶向远方
向人类的海洋传颂中国的太阳
只会温暖照亮人类的居所

前进，前进，前进！

向着人类进步的无穷无尽的长河行进
向着人类追逐梦想的自由的心灵之地前进
虽然，前进的道路上晃动着幽灵似的黑影
虽然尚有许多不清楚、不确定的影影绰绰
仍然有恐惧、战争、饥饿、贫穷，有眼睛看不清的虚空
有西方社会万圣节南瓜灯下的黑暗
还有特朗普的"墙"……

前进，前进，前进！

这是时代的车轮，是新时代的光

这是时代的车轮，是新时代的光
是以人类命运共同体而产生的创造的
是人类永远追求的永恒的
有限生命中所包含的无限的生命之光
而今，红日中天，阳光正在照进梦想

全世界的人类以自由、和平，以善良、仁爱
当全世界大团结起来的时候
人类的脸面将映出神般的光芒
世界将充满爱

中国，是我的祖国，自我在田字本上学会写你的名字
我把你叫作母亲，让我高兴，让我伤心
我为你流泪，泪光里含满了你
身体里填满了你，双臂紧紧地拥抱着你
有时候，特别是夜晚，当你沉睡
我会很孤独地坐在灯下
从胸口掏出一朵玫瑰
瞭望水晶般透明夜色里的你
也会品尝和田的石榴汁或是吐鲁番的葡萄酒
会在拉萨来的牛皮纸上誊写我的祖国
就像我多年来一直行走在祖国的版图
你的谜样的色彩四季都着有分明的盛装

当我们歌唱伟大祖国
五星红旗迎风飘扬
你知道，再远的远方都会传来歌声
心灵便会打开所有的愁结
如同打开祖国版图上一卷卷由灿烂地貌誊写的书籍
我说：这是祖国母亲所孕育的万紫千红
　　　这是我心中永远飘扬的旗帜

假如我学会写你的名字，将你的名字渗入内心
当我走过国中之中国一道道沟壑一座座山峦
走过以黄土地命名的祖国大地
我会相信你在我的内心底处已是山花烂漫
已是北方的麦穗南方的稻谷

假如我是诗人

我在牛皮纸上书写我的爱，一首诗
词语便是"一带一路"上的一粒金色沙粒一滴蓝色的浪花
便是青山绿水
便是通往复兴之路的通行证
因为我们都是生长在红旗下长在新中国的子孙
生命中都有同一首歌在心中飘扬
怀有时刻准备着奔向前方的志向
有为我们的幸福生活准备的
献出一切包括献上生命的担当和勇气
因而一个诗人将为史诗的英雄的中华儿女
献上玫瑰和鸽子翅翼上空永恒的星辰
将忧伤与欢乐的哀歌抑或颂歌献上
期望能抹去为家国情怀洒落的泪水
这片国土上，牧童遥指杏花村
那芳香四溢便会沉入乳色月光下的土地
我请你喝酒，然后端上盛满月光的夜光杯
放逐心灵弥合一次微创手术的伤痕
即便是一个痴情人、孤独者、抑郁者、迷惘者
或者一个迷路的人，抑或是一个未竟事业的人
或因生活而四处奔波的人，因期待而患病的人

我请你喝酒不是借酒消愁
只需一杯，便吹干眼泪便点亮夜晚
如同坐在花园簇拥的昭苏草原
就会看见一颗露珠滑过
就有一只雄鹰飞向天空
曾经的昨日的将来的遥远的明天的一切年华
只一杯酒在泪水中开出梦中的花

化作诗，还有远方……
那一粒粒的沙子堆积的沙丘
宛如乳房，蜿蜒起伏，交汇着
神秘的梦，焦渴的欲望
那一只雄鹰飞翔在深蓝的天穹里
飞过草原部落，飞过马群的草原

如果我们抽刀断水
假如记忆的河干枯
村庄流逝，房屋空旷，田野荒芜
多少碎石、碎片、花岗岩、大理石
一切华彩缀饰一堵墙一幢楼一座大厦
那双眸平添负重刺伤眼的光
掠过上交所深交所绿了的红了的
红红绿绿交替的色彩
眼角加深的皱纹褶裸出曲线的强度
只一杯酒，便随意地盛满霜降

我是一个请你喝酒的诗人

我是一个请你喝酒的诗人
在这一杯薄酒当中有所有的爱的诗篇
以欢乐和渐逝的青春
在无法用脚步丈量的沙漠里凿空崖壁
阅读三危山下一盏油灯霉变后的文字
识别被"天猫"和"爪子"咬碎撕破了的残缺经文
一切都会在诗人的一杯酒水里诠释
请你喝下这一杯痴迷疯狂的碎成光芒的语言
请你的心扉也展开痉挛扭曲的面孔
以便让爱不会离开一张笑脸

如果谁违背了良心又玷污了良心
但愿他能饮下诗人健康的这一杯酒
你是炎黄的子孙
如果你能看见南湖上的红船
但愿你能想起那颗不担忧不畏惧不绝望的心
你要乘风破浪心向远方

即使有沉寂有险情有不计其数的创伤
即使天有不测风云，人有旦夕祸福
突然会有不和谐的声音变得粗鲁
冠以各种名义举着大棒
且听且说且谈着时过境迁
告诉他们说："当今的时代谁都不是门外汉"
要像亲朋好友一样地建立友谊
就像一年四季转换平静的气候
树有天高，与沉默的天空，一起
抖落一片树叶一片雪花
只需只言片语，便可温暖你寒了的心
沿着我们来时的路确认去时的归途
来的，去的，来来去去的岁月已如荣耀的滚滚红尘
我们可以怀揣梦想
也可以失去
我们能够饮尽天际来的一壶浊酒
以充满魅力的秋色
把一切的微笑挂在嘴角
尽管我们并不喜欢
遮着面纱的蒙娜丽莎
所以，我在谎言当中，相信她的纯洁
尽管她至死都以欺骗和谎言腐蚀了灵魂
让眼泪蒙骗了无辜的一滴泪水

我不知，信仰的泪水
会不会在一道斜阳一米光里哈哈大笑

犹如初始的礼仪

化悲伤为一切的美好　学会摆平天平

我想称量你是因为

我不知你是轻是重

我将用整整一个 21 世纪的新时代

托起当我怀念时但丁的天堂

我会仰起头颅仰望星空喝着牛奶安然入睡

多么罕见的人类的花朵

贴在窗户上的黄花

别自己裁剪布衣去缝补饥饿的花棉袄

或许在你一声长叹时

一江春水已向着东方呼吸一只鸟儿的翅膀

天高任鸟飞，海阔凭鱼跃

自由，风，吹来的田野里的麦穗

一只小老鼠穿过麦茬地

那一粒种子就会变成黄土

只要我们懂得！锄禾日当午，粒粒皆汗水

挂在嘴唇上的就是我们心中的歌儿

如我写下的自由体的诗语

与自己的灵魂长谈

我会是掉落在时间酒吧里飞翔的挂毯

我愿意携着你飞向没有死亡的天际

与天空里的你和你入睡后的呼吸

为你——粲然一笑

其实，那笑，宛如沙粒闪烁

时光越来越金色无限

滑过我的五指间缝在掌心里焙炒

关于时间的影子

关于时间的影子
是否仍然在沙枣树下荡着晃动的秋千
据说：那是人间的快乐时光
是小时候看不懂的一行古体诗
于是便把诗人挂在一棵歪脖子树上
一次冰冷的断头台上的血光
融化在天山雪莲的纯洁与赤诚
我将为你藏下冰天雪地的爱怜
为此，我愿散尽千金
手捧雪莲花的鲜艳
禁锢自己随心所欲的无边无际的梦幻
在家乡的盐碱滩擦拭悲伤，藏匿幸福
你的，也是他的，更是我们共同的祖国
会旗帜飘扬　歌声四起　会繁花似锦

一切已打开，一切已开放
我的国家的国土为天下而生
没有一丝一毫的虚情假意
今天的祖国已是放眼天下
在人类凝视的目光下，逐风追月
为人类守护心灵，以天使绝唱到
旷野里的空气无忧无虑
在雪花将至唤醒一切沉睡
献上大地深刻的温暖
如同忘怀已久曾经的冰天雪地
解密一粒雪花的恨被大地融化为水
那甜甜的甜过冰糖的水
流过嘴巴，如飞驰而去的一列光复梦想的

时代列车
如果我们不穿过滚滚而来的时光隧道
何谈交流，交融？

如果，请告诉我

1

有多少人类能够像星辰
有多少稀薄的空气掠过喜马拉雅
有多少沙漠穿过亚洲的中心
有多少颗星辰泯灭在源泉
沙与沫，汐与潮
谁能在被羊蹄子踩过的草地上化为苔藓
谁会在清晨里用薄荷擦拭眼角黏稠的眼屎
谁会是挺身而起的一首挽歌
我因此，在斗转星移的时光中
尽情地描绘祖国的山水　人类的风光
要让我的祖国透明宽广的胸怀
在这个摇摇晃晃的人世间
闪烁起火焰融化雪花飘飘
让火焰的光和色照亮暂时的黑暗
东方升起新的太阳会更好、更亮、更暖、更加缤纷
直到人类命运需要灵魂
那一粒忠诚于大地的种子
播撒在人间直到大地闪耀金光
在人类自然而然地感知冷暖燃烧一颗心脏
即便有悲哀有惆怅有苦闷也会相信人间美好
春光无限——对人类而言——与大地融合一致
一起生死归于泥土
大地苍茫大地闪光都已成为我们的身体
进入我们的灵魂

我们活着，并永远记住人类的大地！

2

我祈祷，一切美好的事物、美好的人更加美好
先于道德而后培育善良
本有的实实在在的成长，是健康的
是一个个的好人，实在人，而不忐忑不安或怀有伤感
或事后忏悔因被诱惑变成堕落的玷污了的良知
我期待，在这个四季分明的世界上
在丰富多样的生活里
我们之间的交流与沟通不缺失真实坦诚
不必猜测细枝末节，心有余悸
正如我们始终相信正义的能力
在彼此间或对世界已有深切的回应与关切
我们能看到的一切已成为"一带一路"上的分量和意义
在我们所知的人类存在的命运共同体
在恢宏绚丽的展望中
狭窄会继续枯竭会萎缩下去
以及黑暗的天空中会有人类沉睡的夜

我记得大地的模样，播下的种子和
甜甜的和田石榴，一粒粒闪耀着
我用五指一粒、一粒地剥下
沉默木已成舟的痛苦

穿梭于诗歌的隧道

1

许多的人彻夜不眠，仰望寒冷的群星
或者被麻醉，被某一种定律的概念弄残
窘于另一种困局或冥想矛盾的由来

扮演解决冲突双方的智者

从已死的记者身上挖掘可怕的成因

又转向口是心非的争执与和解

把戏或是杂耍，多数人在吆喝声中

看见彗星拖着红色尾巴流向倒挂旗帜的旗杆

汇入少数人睡梦中寻找失去自我的路径

梦游在荒废了的工厂和城堡

长长的手指伸向沉默中移动的信号

所有宇宙中的天体都载着各方的音讯

形成巨大的人工天网以此拦截

无可名状已被天体碰撞撕碎的云朵

所有的睡意携着泥土沙尘穿过耳朵眼睛和喉咙

干咳呻吟捂住嘴巴，霾的气味

滚滚而来的雾霭，眩晕的头顶

昭示着我们新的远方新的家乡

正在已被毁坏的田地已是废墟的垃圾场新建

我们将在满目碎片的凌乱里沿着蜿蜒崎岖

拖着疲惫的双腿走进黎明仰起皱纹成缕的脸面

2

至于一个诗人的一首诗是否会引人关注

他只是独自坐在一切都在沉默的子夜

互不相见互不接触互不相识

他只是独自地寂寞地游走在紫色的月光里

也会轻盈地展开预言的翅

这银色的大地上像繁星闪耀诉说衷情

吸吮一串串流过云层的忧伤

在诗歌的大地上种植自由

这个光头诗人走过打烊的餐馆

带着一份遥远的外卖的孤独

走过紫色的夜　相信有一家水晶般的水果店里

静静躺着一颗无花果

相信不会被遗忘被任何一种命运劫走

诗人与自己列队，与时代为伍

在黎明的号声中向清晨进军

走向没有硝烟的战场

只是在和平年代闻到了战争的烟火

只是看见了被黑色遮挡住的囚徒和

长着红毛的怪兽像人类仰起的嘴脸

发白的眼圈抖落出荒谬的战争

张开血口吞下干瘪的果实

3

诗歌的语言行走在诗人的诗行里

成群的人和成群的战士将生命交付给

雾霭弥漫的大地

诗人在和平的枪声中吟唱自己的歌

任凭子弹飞过诗人的光头

且把他当作是一个疯子或是站在杀戮之上的酒鬼

任他脚步踉跄神志不清

让他在自己的诗歌中活下去

在没有硝烟的战争中汲取力量

留下诗歌本身的美好

哺育滋养他的生命，否则他靠什么活？

难道是水泥的森林淫乐的迷醉

抑或是曾经赤脚跑过的收割过的

满是麦茬的田野空空张望的守望者

或者是在他看见人类的发丝令人发指的烧燎

　　　　听见人间的发丝苍老的声音

这子夜的诗篇涩了眼灼了心何其悲伤

如一粒雪花从冷风中落在光头上

将在他炙热的头顶消融成焰火

在阳光普照人类大地之前，照亮人间

4

没有来临的明天和

今天差得不多，像一条传送带一样
又被输送到另一个昨天
在今夜雨与昨夜直到天亮
肉体和精神是分裂的
祖父死在那里，父亲死在那里
自己会死在那里

诗的日子，一直在海洋上漂或泊

1

诗的日子，一直在海洋上漂或泊
在浪花闪烁时
以假面跳着人间的舞蹈
阿勒泰的小木屋，一片雪花，照耀着一盏灯
才可以看见星辰和羊群，于是将自己播进土地
也拔不出来，失去嘴唇寂寞的花朵
只能隔着衣衫，隔着，隔着
卖掉一张蛇皮
纷纷坠落，为什么？
丝绸上的花儿啊！平添绣花
为什么可以单飞
看着自己的碎了的影子
穿过一抹黑的手心比穿过一堵墙还要难
所以，一个新时代的诗人
代表无数的生灵爱怜，抚摸人间的黄金
如同舔食红色的血液　一个闪烁蜡烛的苹果灯
又一个诗人的蛇皮，拉琴，弹唱，瞎了眼的月亮
会看见火焰闪烁
一个诗人，把古老树根扎进热火朝天的
灌了蜂蜜水的大地上。

2

落在脖子上的一滴泪

如架在脖子上的一把刀。

一朵朵的花儿

纷纷凋谢！

掠过发梢的黑风，一面旗帜

留下了自食其果的胚胎

没有必要那么伤心

没有必要一定要记住他们

看，看哪，东方的麦田，红色的山岗

让远大前程让大川变成河流

布满了淹没人类的琥珀

一样会布满荒芜的心田

因此，汉语的文字，写得艰难

如中华民族的岁月在漫长的时光里

记住吧，请记住儿女们书写一本会说话的书

洗净双手，在发蓝的大江大河上

在一个黄土地上的传说中想起最初的离别时刻

月亮明媚，月光空荡，

留下沾满春风的头发绕过嘴角露出笑容

一只蝴蝶飞过天山

1

一只蝴蝶飞过天山

掌心里的一个梦

庄子的水，一片寂静

一滴一滴穿透人间的石

庄子的蝴蝶自寻烦恼。

在祖先的灯下，活着，死去

君住长江头，我住长江尾

一只蛇的翅翼，农耕的梦，渔民的翼
告诉我，五指间还有多少流沙会
生长出朴实的又闪亮又闪变的儿女
离合器，离与合

2
一片长着草的拖鞋沾上的水
脚丫子生了锈，一种鱼腥的气味
一条蛇，在繁殖的季节
繁殖过无数美丽的条条花蛇
如，美丽的美蛇娘
天平上的秤砣，好的姻嫁
半点，半心，半离，半土，半水……
人类的那一点点的私心在养家糊口
在水色的人间以水
浇灌干枯的大地
耕植像植物人一样的幸福和快乐
人间的赤脚医生忘记了戴上听诊器
心跳，心乱，如麻
在一切的忘情的水里
漂泊在一团焚烧的目光里
将自己挂在树梢上
如果看见的柿子
霜打后的悲欢离合
"一带一路"上的一匹骆驼，和一只鸵鸟
一日就行千里

3
我们曾经小米加步枪
高粱红了，一位架着眼镜的皇帝
招摇过市
他坐在黄昏的地球的东北

盯着自己的国家，一扇扇的窗，一扇扇的门
一堵堵的墙被侵略者放火烧光
他的人民，他的国土，他的居所
如同蜗居或是鸟巢
炊烟之下，千舟万帆的河流养育着一声猿啼
诗人李白的心碎了
唐诗宋词的心也破了
文天祥的国破江河碎了
月亮，遍地的尸首
落入大地的怀中

4
于是，东方的沉默在开口之前
将落满大地的落叶遥寄给城里的月光
自然，风很嗓，月很柔，果很美，乳房也很美
人间的说话声很好听
风中的声音，绿了海洋，青了沙漠
贫瘠的大地，青山绿水，花朵的亲情
在今夜落在了月光碎了的大地和大地的诗歌上
落在五谷丰登的形同流云的永恒的乡愁里
碗口大的脑袋，一腔热血的麦浪
摆在秋收后的餐桌上，一个白面馍馍
如同一块月饼，在月光下
穷人和富人，北京或东京，纽约或上海
包括人类的大地，相安无恙
如我，喝醉，很开心，很飘逸，也很安全
我一直行走在丝绸之路上
却忘却了沙漠的声音
我的耳朵里灌满了藏红花的战栗
和饱经风浪的忧愁
人们说路边的野花你莫要采
一朵野花只是一夜的露水夫妻
一夜的恩怨一夜的路人

踏碎了我

5

一个人在我之上，还在我之上
而我却在下沉
如一座房舍塌陷，将我沉没
在晴空万里的云彩中
在迢迢千里的沃土上
海市蜃楼的城池
我看见的是一个疯子裸着身体
驮载着一个诗人埋入黄土的半个身子
深深地陷入泥土
一粒种子的方式为贫瘠的土地
种下叮当作响的万两黄金

6

我在三棵树下念想着北方的狼族和一只狐狸
心目中的一只羔羊
在鲜花盛开的草原上是否会迷了路
当南方的雨落在北方宛如雪花的声音
我会站在高高的黄土坡上
向着我的妹妹招一招手
告诉妹妹哥哥自然会走自己的路
要把妹妹的手牵住放在哥的心坎
为妹妹唱一曲一亩三分地上的欢歌
为妹妹凿开冻僵了的土地结痂的泥巴
在春回大地的时刻耕犁沉睡的泥团
在遍地水声的空旷里兑现承诺的耕植
纷纷落下的种子掉进非凡的土地
在沉醉春风里分娩呼吸的新生
生长出梦想中的一匹小红马
像伊犁的天马

向着天际飞翔

7

我掌心的痣在岁月的磨损下隐匿于

盘根错节的被犁铧翻耕的土地甚至小溪

我顺着五指间的沟壑听见布满的风声

我抚摸掌中凸起的或是凹低的平坦

心头的一些疙瘩滞留在路途上

拳拳之心下的诀别，暮色和遍地牛羊

穷人消瘦的干巴巴的爬满皱纹的一张脸

风风雨雨后挂在墙壁上的一幅油画

罗布泊干涸的黄沙下的鸡蛋

沙土抱着头顶上炎热的太阳

一棵树上会结满苹果

一颗鸟蛋在蜗居中识破爬上肠胃的痉挛

许多的蛋清蛋黄在变成羽毛之前

就在剧痛的正午成了挤满沙粒空了的陶罐

没有人知道老不死的胡杨与沙砾抱头沉睡的梦

向大地上赤阳的光圈泄露了什么？

他又如何把岁月熬成了一座座年轮头颅的丰碑

没有人知道逃离残食泪水的蜥蜴在无处藏身的沙村

将圣洁之水灌满空了的陶罐

繁殖出大片的绿洲河流和岁月铺满的丝绸之路

扛着亚细亚的太阳和长安的月亮来到海边

解读水的秘语，关于流汗与负重的水牛

在一头老牛将死之前的耳语

无数的眼泪像雨点一样洒在劳动的田野

老农的手和老牛的嘴

在抚摸中作别于依依不舍

老伴儿无端地想哭

无言的眼泪打湿了她的衣襟

不肯吃草饮水的老牛含满眼角的悲哀

在响彻公鸡啼叫的山谷里瞅着乏味的暮色

8

滔滔黄河如花盛开
汹涌的波涛淹没堤岸的红枣
我在胃的痉挛中复活，身披盔甲的蛐虫
从五指的风掌心的纹路上召唤涂抹着灵魂的生命
却怎样也抹不去抚平额头上乌鸦的足迹

人啊，人，作为爱人的人啊！

生活本来就是这样的，无怨无悔的花朵
名不虚传的百日红叶，无须悲悯地
好好地活在被世人颂歌的大地上
在微笑中活出心的养分谷物的血液
为人类大地孕育分娩一切天使的花朵

我在我的国土上，寻觅那颗明亮的初心
探索河道载舟覆舟

在圣地延安的火焰中点燃心灵的大脑
久久凝望吞噬孤寂的火光
悠久文明的国土上，起伏的山峦飘荡着快乐的歌

我在一片圣歌的国土上仰望祖国的蓝天
可以听到泪光的荣耀
即便掺杂着贪婪的声音和远处的吵吵闹闹
我知道，唯有祖国的蓝天蓝得令人想哭
当人类地球的嘈杂惊起海浪
我知道，我的国土山川悠悠河水慢慢
有北京唱响的颂歌传向边疆
欢乐的爱人的眼里含满喜悦的眼泪
只因贫穷颓废的家园

只因尘埃掩埋的田野
我们身体力行以天地仁爱击碎所有的岩石
唤醒丝绸般柔和松软的情意
抚慰蓝天下的劳动人民
打开心灵的水闸灌溉贫困
将贫困消亡。
我流连忘返于我的国土，奔跑在梦中的田野
在我驰骋的大地上，请相信
至高无上的圣地埋着的鲜血
已成为美丽乡村誓言里的新鲜血液
正在贯通辽阔祖国的每一寸土地
为大地披上盛装，红红火火的时代
清风飒爽地诵唱着大地的颂歌
带着从圣地走出的不变的初心和信仰
那是一个盲人也会在君临天下的光明里
目睹到灿烂的阳光和万舟载满的欢乐
所有的乡村都是流淌鲜血的脉管
环绕世代相传的国土
传承心灵最初的音符

请相信，这鲜血喷涌的种子依旧播撒着原初
棱角分明的温暖的爱和养分

请相信，祖国——伟大的中国正值最金色的时光
是亿万人民共享幸福的时代

请相信，无论何地，国土上的每一个角落
都有醉人的景色，喜悦善意的人民群众并肩向前
堂堂正正行走在实现伟大复兴的道路上建树丰碑
欢乐与颂歌的大地，交织着诗人的绝唱
这诗篇灌满了心血，注满了隐忍
我知道隐忍也是一种美德
我欣赏那些并不逃避的隐忍精神

厉害了，我的国。思想的旗帜

在饱满的劲风里飘扬漫卷

祖国啊，你众多的英雄儿女们聚集一切的力量

才在人民的国家昂首挺胸

在当今的新时代为人类未来的时代担当引领

这不只是一个民族，而是全世界各个民族的

多姿多彩、丰富美丽的展望

一个诞生伟大的时代

一个诞生伟大的时代，我所颂歌的时代

与诗人的灵魂之歌合拍在一起

发出这个时代和一切人民的美好声音

诗人的抒情诗篇如唱响的歌

飘过起伏的山峦、乡村和田野和辽阔的草原蔚蓝的大海

在充斥着滔滔不绝的嘈杂声中努力地歌唱

为了生命和欢乐，为了生命和离合的悲伤

为了张灯结彩的人间盛宴

为了开满鲜花的不朽大地

我踏过圣地延安的山峦和诞生伟人的陕北高原

我在平凡的黄土地上吸吮精神的养分

从陕北民歌中汲取荣耀的生灵

在写满往事的大地上缅怀光荣的岁月

这新时代的征途上聆听千变万幻的赞歌

为我们的新时代献上新的颂歌

赞美这个更加伟大的时代

赞美这个时代的伟大领袖

赞美这个时代的伟大人民

赞美一个个美好的心灵点亮智慧的人生

赞美每一个劳动者创造的英雄业绩

赞美这个时代全部的忧伤和欢乐

从一切人民的中间出发
追随获取成功必需的信仰
成为一个对祖国对人民忠诚的诗人
一个为祖国和人民而唱赞歌的诗人
将颂歌留给相亲相爱的人类
留给永远怀念的人永恒的人
留在人类大地的居所。

我歌咏，歌唱，咏唱……

在咏唱大地、颂赞人类的诗篇中
融进了被筛子滤过的光和夜晚的
一张苍白浮肿的喘着粗气的脸
那薄如纸片的皮肤抽搐着墙壁一样的沉默
或像苍老的一棵老榆树
遥远的光正穿过云层打亮虚空的夜色
而宙宇，只是自己在奥秘中捕捉人间的胭脂
令人类欣喜若狂地仰望一切的星辰
在窘迫而又短暂的睡眠中
遥想当年的志向和梦想以及刚刚的悲伤
一次提心吊胆的交易和明争暗斗
如此虚假空洞如冰封缄默
看上去，这一呼一吸都流露着含糊不清
或者把未实现的愿望错乱成齿轮
而我，我这个没有一根头发的诗人
头上落满了滚滚红尘，沉闷的胸，滴血的心
每天都在人类的大地上写作欢乐般的诗歌
将生命之光抛向四面八方的大地
偿还着对大地的亏欠
我不知，面对大地，多少诗歌才能还清债务

我在颂歌，为何哀伤？

我在颂歌，为何哀伤？
为何没有一颗星体会我悲悯的孤独
即使那火光已穿透了被风暴撕裂的云层
我为何仍然陷入深深的痛楚
仍在子夜的风里瑟瑟发抖
我渴望那光穿透我的身体
我渴望一次荣耀的浴火重生
在我的光头上生长出新绿
快乐地走进田野
收割成熟的饱满的麦穗
让许许多多的飞鸟飞过我的头顶
让所有飞翔的翅膀发出嘹亮的笑声
不被莫测的风云所操纵
不再让驮负的背部满是沉重负债累累
如果，声音挂在新坟的枝条上
我将一直在孤独中焚烧挂了的人骨
直到哀伤的嘴唇露出笑容
直到所有的哀歌变成颂歌
直到世上一切都被赞美
永远的明媚壮丽的诗歌在大地上盛开
我开始写下的抒情诗，我的灵魂所在
身体上驮负着众多的身体
众多的适或不适的症状抑或无症状
已如一粒粒雪花降落在了那里
我的书桌上爬满了被睡眠遗弃的灵魂
我的诗篇中充满了欢乐的
大地载满了不知去向的灵魂
在咯咯作响的天空下，每寸土地上都依偎着

通向幸福的梦想

我愿我已写下的诗篇是一处休憩之地

或许能让你有一次大口地深深地呼吸

呼出你胸中的愁闷，舒展

身躯，血液，缓解疲惫

面对如此汹涌澎湃的波涛

和如此眼花缭乱的变幻莫测

和滚滚而来又呼啸而去

撩动心扉回到熟悉的自然界

无须探究一支燃烧的蜡烛的灰烬

不再计较失去了什么，得到了什么，还保留了什么

不会再有他人的窥视和自己的挖空心思

做回忠诚的质朴的诚实的充满快乐的自己

打开心灵之门，让忠诚的灵魂得以自由

穿过天空的黑夜也穿过黑夜中的大地

我愿我已经完成的诗篇

能看到光，看到大地，看到圣地的宝塔山

希望的光，风中的宝塔，在大地坚如磐石

或许那渴望已久的怀抱着的梦想

就会有东方升起的太阳的光芒照耀

脚步将会变得轻盈

清新的时代之风和阳光正在普照吹拂大地

伴着嘹亮声一起歌唱一同呼吸绚丽的世界

我愿风能从诗篇中读出天宇送来的欢乐

读到大地含在冰霜雪雨中的喜悦和祝福

能够卸去并非一定要背负的沉重

拥有欣悦的情怀和宝贵的自由

都将充满活力，在激励我们的新时代

让我们精神振奋

从人类命运共同体的神韵中汲取对未来的信念

并在这种信念的意志中忠诚于理想信仰

我愿这诗篇的诗意合你的意

并得到你的朗读你的赏识

诗人用尽他全部的心血
在无穷无尽的寂寞与孤独中
在喧哗与骚动的平静中
在可爱的祖国全国上下奔小康的时代
为他的国家和人民写下：
我们从哪里来？
我们往哪里去？
我们是谁？

我们应当到哪里去寻根问祖找到自己？

我们应当到哪里去寻根问祖找到自己？
古老的大地上的被命名为黄河的河
是否仍将灌溉大地上基本的农田？
遥远的家乡可有致富的佳音传来？
匆忙的脚步是不是放缓了？
蜗居的生命是否在生存的环境里开始舒展了？
理想和信念的"三观"是否获得了重视？
经济作物的生产是不是和土壤气候更加相宜了？
在我们身逢的时代
除了夸耀、忧患、焦虑、抑郁、高血压、糖尿病
心病、肝病、肺病、胃病、从来都医治不好的慢性病
我们还缺失了什么？比如现代社会的文明，有益于
身心心智健康的信仰，对于衣食住行的基本生活需求
以及生活必需的底线
是否更加简单更加朴素？
是否继续带着怀念洒洒洋洋诉说艰苦岁月的乐趣
和对过往岁月叫苦连天的追忆
怎样的生活才能称作美好？

如果我们的房子住得昂贵

感情会不会变得更加纯真？

灵魂会不会得到翅翼？

诗人在自己的沉默中，垒起自己的堡垒

在始祖先皇安息的千年松柏下

顶礼膜拜早已长满青苔的祭坛

诗人沉默与沉默的大地

各领风骚的人类的棋盘阵营和

免于空谈的设计

诗人在沉默寡言的简约辞令中写道：

我们为何集体发声？

发什么声？

我们为何群体沉默

沉默什么？

我们曾经懂得空谈误国殃及于民

我们曾经懂得空谈误国殃及于民

我们现在明白沉默是金实干兴邦

我们的美德是否仍像忙碌的蜜蜂

是否仍将我们的美德贮藏在蜜罐里？

诗人的前辈是死于爆发还是死于沉默

我们滔滔不绝夸夸其谈时

是否错过了或是遗弃了抑或是充耳不闻地

目睹过另一个不得不保持缄默的灵魂？

我们当然不会相信一个人会第二次走进同一个死胡同

就如同我们醒来就不可能回到丢失的梦里一样

就如同我们知道的蝴蝶效应

难道我们真的不懂某一个人张口就会有另一个人闭嘴

人类的天性告诉我们：言多必失

也警示我们话不投机半句多

而我们的生活一旦失去语言的交流与沟通
请问我们还能想到来时的路找到去时的路？
我们是否怀疑自己的话语是否相信？
我们相信自己的沉默的真实？
一次虚幻的沉默或是不怀好意的沉默
判断的不确定的沉默会是沉默的本质吗？
我们真的会寻找到一块没有沉默或
不被沉默统治的土地？
那些与我们擦肩而过的沉默
那些沉睡了的沉默
那些揣摩来又揣摩去的沉默
那些带着泪光的沉默
那些戴着袖套的沉默
那些不幸落入水中的沉默
那些高贵的沉默
那些自省的沉默
那些背叛了灵魂的沉默和一个诗人
不得不说的沉默……

夜和幽暗，诗人的孤独和寂寞

夜和幽暗，诗人的孤独和寂寞
从虚空的沉寂走向黎明的曙光
也穿过了深邃的黑夜
我们从沉睡中醒来
我们将走向可以张嘴可以自由自在呼吸的清晨
灵魂、心灵以及肉体的进入尘埃
可能会在可心的交谈与欢笑中吸入一粒细微的尘埃
会突然看见这平凡的微不足道的尘埃
将我们灵魂的眼睛迷蒙
那里的眼泪会迅速流淌下来

我们开始埋怨天气
我们由此怀疑天空的贞洁
如诗人的前辈所言：有一片乌云飘过
就会有雷电交加，我们会怀疑太阳没了吗？
天边传来满天飞舞的沙尘暴的巨响
除了涌进我们的嘴巴、鼻孔、耳朵、眼睛
有没有涌进我们美丽的灵魂？
肺叶会不会关闭呼吸的门扇
声音里会不会掺杂进啼哭
我们的利益，穷怕的思想和致富的愿望
牵着扯着我们的灵魂做出正确的选择
我们是什么样子我们的祖国就是什么样子
如我们祖先所说："善有善报，恶有恶报。"
我们应该感恩祖先，感谢这个时代的伟人
感谢右玉和她的县委书记们
感谢塞罕坝六十年来的呼哟声

站起来，富起来，强起来……

如果我们从被压迫中获得解放站起来了
如果我们从贫穷和饥饿中获得了温饱富起来了
如果我们强起来是一次面对精神的文明建设
如果我们的美好生活的佳肴来自美丽的灵魂
如果我们听到灵魂高贵而骄傲的声音
如果我们看到灵魂光辉而灿烂的亮丽
诗人相信，即使生活过得拮据
　　　　即便活得有些卑微
　　　　即使尚有许多没有改善
　　　　还有眼泪会迷失在大地的深处
　　　　星星也会在黑夜里丢失掉一束光线
诗人坚定地相信，美好心灵正在叩响大门

并将我们带到一个超乎寻常超然的
更加美丽的生活，一切美好的门已打开
一切都无须等待，需要我们看见这闪光的
美好的种子，我们耕耘这些美的种子
然后幸福地活着　活在美好灵魂的庇护下

诗人仍然在他自己的黑夜里守候
守候他所思所想，守候他所爱恋
守候他汲取的也守候他将摒弃的
诗人只在他自己的黑夜里变得沉默
一次次地面对他无言以对的
山谷里的人群和城市里的喧嚣
思考一些丑陋而又平庸的躲避生活的问题
痛苦着无法用诗歌来表达的难言之隐
给酸疼干涩的双眼滴上几滴眼药水
他希望之后有润润的光在眼中出现
变成仁慈、爱、美好和真理
诗人相信，除了他的双眼
许许多多的人都需要眼里有鲜花的大地明亮的天空
即使是一个卑微的人一个贫穷的人
一个突然遭遇不幸的人
拥有这样的一双眼睛
就能勇敢地面对黑暗中的意想不到的果实
包括看清铺满鲜花的纯洁的爱情道路
当然，拥有这样的一双眼睛
就会知道什么是幸福
　　　　　什么是正义
　　　　　什么是爱
　　　　　什么是灵魂，什么是道德
就像人们常说的眼睛是心灵的窗户
有了这样一双眼睛
就会不停地提供给我们善行和良知
我们的内心就能充满阳光

宁静和喜悦

信心和力量

活力和希望

然后我们敞开心扉

    我们跋山涉水

    我们耕种大地

    我们期待美好

    我们奋斗幸福

即使光线微暗看不清脚下的路

有了这样的一双眼睛就不会有错

因为是来自我们灵魂深处的星辰之路

像我们先辈们那样

在灵魂的引领下走向光明

走在了一条永垂不朽的康庄大道上

为子孙后代们创建了美丽中国

也为诗人的颂歌提供了无限肥沃的土地

而今，我已经走过了那么多大片的辽阔的田野

祖国处处都可以看得见青山绿水

看得见甘美的气息新鲜的水果

到处都流淌着秋天金色的欢畅

    澎湃着与贫困诀别的誓言

在祖先走过的道路上

在祖先走过的道路上：中国道路的自信

在祖先耕种的土地上：中国生活的美好

我要向祖先鞠躬，向大地鞠躬

向实现小康走向富足的人民鞠躬

向美好生活中闪烁的幸福时光鞠躬

向感动世界的美丽心灵鞠躬

向一切奉献的人和奉献了一切的人鞠躬

我很高兴走过这样一个繁星满天的共享时代

和祖先的脚步一起填补道路上的裂缝

纯洁的流淌的圣洁的眼泪

大地，处处感动，大地，处处见证

贫穷的时间，困苦的生活

窘迫的日子已经过去已经结束

世界已经张开双臂热情拥抱中国

东方明珠满天星斗的璀璨

一个轮廓分明、青春亮丽的地方

飞溅着对夜的火花

我愿意像那昭苏的天马一样飞过赤焰

为了这个时刻的到来，已久期待的时代

献上灌注着灵魂的生命

在黄浦江岸的东方明珠塔下

默诵昆仑冰雪原始的百年苍茫的驰舞

含泪迎接东方升起的新的太阳

我愿沐浴这染红灵魂的阳光

在孤独寂静的天山脚下

怀着一颗战栗不寐的兴奋的心

遥想昆仑上空云朵下的平波微动的大海

矗立在黄浦江岸的　上海的舒适的呼吸

虽在边疆，在雪花飞舞的翅翼上有

天山南北光荣民族的歌舞在欢腾

从草原到大海，哦，东方之城，上海

同样地辽阔，壮丽，恢宏，开放，包容

吸引了全世界各个国度、各个民族的人们

从海洋，从陆地，在一片和平的声浪里

奔向东方欣欣向荣的

中国

在陕北的高原上，飞翔的灵魂变轻

在陕北的高原上，飞翔的灵魂变轻
轻于鸿毛的我，飞不了那么高
因为延安的存在，黄土坡的厚土
一个农民的鞋子上沾满了泥土
一个农民在大太阳下
一直说着古老的话
一直对自己说话
没完没了地说着背叛的话
他说要背叛土地
　　　　背叛粮食
他说他要背叛养育他的人间
他穿过黑色的大地
汲取着苦荞的甘甜
他把诗歌写在了天空和大地之间的
人间。一次坠落的浪漫史
如同一片羽毛
失去了翅膀
回望新时代的泪水
他的笑脸
他的诗，自由的心灵
一串用眼泪灼热的爱
他将诗和自己献给了他自己的祖国和人民
黄土高坡啊！黄土地！
诗人吟唱，诗人高歌，诗人
穿过他的祖国母亲的怀抱
告诉我，为什么穿不透他的影子
告诉我，为什么会陷入最初的陷阱
那个吃水不忘挖井的人会成为岩石

或是炙热大地上的烈士与他的遗孀

我看见一个守寡的女人

自己缩蜷成为一只冷静的猫

隐忍或是隐秘的一次爱

献上了白液里的鱼儿

只留下呼呼大睡的呼吸

在睡梦中看着他的身影渐渐远去

她知道，那是他的古旧的大宅

命中注定的唯一的去向

她更知道，她没有这样的资格

她仰起很烦恼的被眼泪

模糊了的心灵

在她的绝望中寻找

  四处帮忙的人

这片神奇的土地，献上了身体

献上了血液，献上了黏稠的精液

抚慰灵魂，守护自尊，省吃俭用

  为我们披上梦的衣衫

让我们在云层中寻找悲戚的

  忽然的云朵里的泪珠

   多情的风多情的云彩

   多情的故乡

流过诗人唇齿间的口哨

  云的歌，风的雨

   毕摩的启示录

陕北的大地啊！守望后的一座纪念碑

  诗人除了留下大地的诗

告诉我，大地的子宫是否是精神的网膜

  是情人的眼泪闪烁的心碎之语

   是否是一只小猫，在大地的胸脯上

    与鼹鼠一起梦见

   微妙的气味红色的泪痕

   在身体里燃烧成诗人的赞美诗

在没有战争和硝烟的和平年代
我们丧失了一切的爱国诗篇

巴黎·成都·乌鲁木齐·冬至

我在巴黎和成都目睹的诗歌的盛会
一些古老的冲动汇入一锅麻辣鸡汤
欣喜若狂的主旨演讲
一次次地满足游离的灵魂
而诗歌，一个饱满的意象，或一个幻想

在上海的一次国际诗歌节前夕
诗歌委员会的丁携着穿黑裙子的女人
乘着夜色拖曳着一身的疲惫
带着抑郁的眼神和
正在变老的声音，困兽般地嘶鸣着
成为万国博览会的出口转内销的赝品
某国的特使，可能是成都的幺妹
我在乌鲁木齐的新华北路
听见中原大地上一个女子在朗读诗歌
为七十年前的少年和今日的老友聚会
害得我泪眼汪汪。
现在，我在视频中和远在南方的喧嚣对视
为恪守传统的贞女辩护一场遥遥无期的婚姻
所谓走着看着的且行且珍惜
带着古老的一声叹息，时代的精神
站在遗弃或是背叛的废墟上
构建爱情的信仰，或
根植更加伟大的爱情的良田播撒信仰的种子
将另一种可信的生命以隐秘的方式献给大地
现在，已是子夜，我在诗歌的器官里探究深奥

宣泄人世的罪恶浸入我的身体
我在意念中排泄盛产凡胎的精液
怀揣遏制不住的渴望酝酿新的处女地
嗅着古老的繁殖穿过克拉玛依的黑色沥青
穿过古老的繁殖生命的乳房
为了我的新时代的国土与我的灵魂和肉体
我该献上诗歌献上芬芳
和我所处的大地在一起我会幸福得忧伤起来
将快乐的种子埋进我深爱的国土上

今日，是二十四节气的"冬至"日
我的腹腔像是被一团火灼烧在寒风里
胸口喘着从四面八方吹来的风
但却无法舒展嘘寒的气息
紧闭着窗也关上了门，窗缝里仍有声音钻进
树叶沉静，我将怎样地郁闷，战栗。

浦江的夜空颤动着璀璨的光

浦江的夜空颤动着璀璨的光
美酒、美食、美眉，涌动着目不暇接
滚滚的江水映照着古老的建筑和新的时光
花团锦簇硕果累累金光闪烁
漂洋过海不远万里送来了诱人的芳香
罕见的一次西风吹拂着挂在树上的叶子
当西风掠过沉静的塔尖掠过江岸的灯火
告诉我是挂在树梢红了的柿子
在风雪中闪烁着与片片雪花絮语和相拥中
化作一身的水雾跌落在荒野的落果的笑声？
当落霜的大白菜还留在僵硬的泥土里，那些
缩蜷了的叶片是否仍然带着新鲜的泥土的芳香？

高原之顶异样空灵的幡场悬挂的符咒是那烈烈的秘语
在皑皑白雪中融入黄土地上的春梦

告诉我，当五彩缤纷的灯带化为黑夜的彩虹
悄悄地为通往会展中心二层的连廊蒙上霓虹，是
那大鹏鸟展翅欲飞丰满的呼吸的羽毛
当夜幕下小鹿港、横沥港两岸的灯光带着火树银花
展示五光十色的醉人美景，告诉我，炫目的迷人的风景线
是那通向美好生活的光明的道路洋溢怎样的暗香？
告诉我，沧海变桑田需要多少帆船，穿过惊涛骇浪
迟疑的胸膛才能宛如沉睡的大地呼吸一夜的沉静
著名的尊贵的脚镶着钻石踩在心灵的沃土
这新的时代的语言穿过大海来到我们当中

告诉我，新鲜的果实正舔着发黄的树叶，在大海的夜莺
含着玫瑰凯旋，金山银山的风连根拔起一棵枣树
清晨里高声叫喊着正在路旁售卖十元三斤的丑橘
当大海再一次暴风骤雨惊涛骇浪
千年的枣树还剩几棵？
我在这彻夜不眠的灯火的光芒里眼睛迷茫
胸口伫愁着游走在自由、明亮、洋溢着芳香的海上
悲伤地亲吻着大世界心驰神往欢乐里
忧伤地倾听着大上海夜莺的啼声在欢唱
大地沉默，大海起伏
我在这沉默的大地上被狂暴的波涛席卷着
在九天飞荡，在七上八下地歌唱这欢乐的海洋
一直到昭苏草原上的花儿在泥土里芳香无比

有人怀抱故乡的云寻找一片枯萎的花朵

有人怀抱故乡的云寻找一片枯萎的花朵

用历经繁华与沧桑的气力，以全副武装的姿态
望眼欲穿的大海，海浪卷走了韶光，抛下花瓣
仿佛时隐时现的海市蜃楼在日光下飘忽不定
灼热的水银般的气流让眼前变得模糊
突然的眩晕，白森森的黑暗的深井吞噬着汗涔涔的脸容
心口和胸口都掠过一浪高过一浪的灼热
我跟一只大汗淋漓的蜥蜴的目光相遇
在柔嫩滚烫的沙子上
沙沙地写下迷离的文字
用絮絮的舌尖传递超凡脱俗的密语
洞察彼此都很枉然的没有遮掩的沙粒
呼出吸入心肺的掺杂着沙子的热流
直到声音嘶哑口腔吐血

有人吞下沙砾，灼灼焰焰烈烈，胸中炉膛
穿膛而过一袭寒气掠过心头
没有触及心灵的火焰也唤不醒心的焰火
宛如划过星空的陨石带着火星落进雪地
醒了的心怎样从一张脸面上凋谢笑容
将怎样书写呕心沥血的象形汉字
我自诩是一个站在红墙下写作的伟大诗人
为所有站在红墙下的人们写诗
忠贞不渝地讴歌这块大地上的祖国
为祖国人民即将来临或已来临的美好生活而歌
为落在这块大地上的梦和吹拂大地清新的风而歌
为始终不忘的初心而歌
为一切向往美好的心灵而欢歌
而我，却在这飘荡的歌声中继续流淌出新的泪水
当远方的雪花冰封大河的汹涌
当远方的草原燃烧起一处篝火
当赤贫的房屋冒出缕缕青烟
我的忧伤的眼泪也会熄灭心灵的火焰
但是啊，我仍然会眺望迷人的远方迷人的花朵

永恒信仰中闪着金光的真谛
相信幸福的花儿会绽放在蔚蓝色的梦想的怀抱
在苏生的大地上开放
东方的天空，像太阳一样红彤彤的花朵
红彤彤的喜悦
到处都会看见美丽的乡村，建设舒适的居所
让每一朵盛开的花儿都能与诗歌相遇
怀着幸福向花儿诉说幸福像花儿一样

那娱乐至死的欢娱

豪华的影视剧，那娱乐至死的欢娱
打开电视看纯真的放浪和被流言蜚语
及绯闻缠身的明星脸
有人在单枪匹马对抗上流，各流社会，承受
着最后的晚餐后，天才的孤独的磨难
大梨花凋零了，如一次逃亡或是遁失
虚情假意，或花言巧语，笑里藏刀
窃窃私语，或沾沾自喜，握手言欢
空怀满腔活着的遗憾，奔走他乡
所有的希望隐落于一声长叹的健忘里
谁还会想起阿诗玛故乡的曲调
他怎能知道栖身之所有血腥的味道
殊不知这帮以下流、厚颜、无耻、卑鄙著称的
爷们儿会用奴才的嘴脸恣意奉承扼杀正义
即使他们手脚利落不沾一滴血痕
也无法洗净他们被金钱污染了的身心
而，我们为那些把心之智耗尽在伟大事业里
和那些有着崇高理想的人记忆了什么？
为那些困苦的贫穷的焦虑的人干了些什么？
在这个消费娱乐的时代里，豪华的娱乐盛宴

正在新时代的开明和自由的曙光下
盛宴将变得暗淡无光
在理性之光、智慧之光、永恒信仰之光下
有如一时昙花一现的幻影结束浮华终结芳华
他将重新燃起我们正直的工作热情
激发我们对祖国滔滔不绝的爱
在我们的国土上爱我们广阔的绿野山峦
在我们辛勤的劳动中获得富足的快乐
在我们自由的心灵中懂得人生的真谛

同志啊！朋友啊！

是时候了，大地上飘扬着新时代的新气象
我们已经走出了黎明前的黑暗
一切、一切、一切的丘冢已化为云烟
一切都已经过去了
相信我们为之奋斗的神圣事业总会成功
不朽的幸福的巨厦终将造起
英雄的中华儿女将快乐地走向胜利

建设一个繁荣、富强、民主、自由的国家
需要善良、诚实、平等
既然我们是自己人，是建设者、奋斗者、继承者
我们创造，当然就有收获的热切，期望
当然，欲望会令很多人利令智昏，或者会被利欲熏心
当然会有沮丧、失落、矛盾、冲突，甚至产生斗争
关于穷人和富人，权贵与屌丝，中产阶级和草根民众
城里人和乡下人，小县城和大都市，小人物和大人物
贪图享乐和精神文明
群居斗殴，黑恶势力，保护伞
上访者和高高在上的人

南方和北方，发达与落后

资本运作与空手套白狼

高尚的品德与无耻的小人

个体工商户，小规模纳税人

合伙人，企业家，资本家，工商巨无霸

联盟，合作社，互联网，电商，微信与微信支付

外卖，共享单车，网约打车

大健康服务，私有财产和养老

实体经济和贸易往来

艺术品，3D 打印，5G 宽带

电子书，机器人，智能与无人驾驶

原子，电子，分子，管子，支架和游离的胶囊

还有疯子……佛，哲学与诗歌

诗人笔尖下的网络，纵横交错，荆棘满途

中国之大，之辽阔，之宽宏，天一样宽广

中国之自由，来自于一个民族的梦想，一个

世世代代都在勇敢追寻的至今都如此强烈的

真实的耕织在土地上的梦想

是河流的山峦的原野的草原的海洋与荒漠和绿洲

是和人类世界一样古老比人类血管中血脉更加古老的

不绝的东方自由。

"……经历了五千年的艰难困苦，中国依旧在那儿！

面向未来，中国将永远在这里！"

中国，是一块自由的沃土，不是"帝国"

中国，从她自由的宽广里向世界发出自由的光

中国，开放的大门向着渴望自由的人类敞开着

中国，欢迎一切崇尚自由、尊重自由的人们

在这片伟大的国土上，在充满自由的风尚中放声歌唱

中国，在她的行动中，像天一样宽广，明净地

　　迎接着四大洋、五大洲渴望自由的人们

这就是，当东方明珠自由之光，黄浦江岸璀璨

　　的带给人类的幸福的光芒的自由之光

这就是从热爱自己的国家到热爱人类地球
　　　到人类命运共同体的生命之光的普惠之光
中国，以她宽大为怀与人为善的心灵之光
　　　不会使一切向往自由的人们失望
　　　将在这块自由高升的大地上的
　　　自由光芒里获得成功

我知道，人民是谁，人民是什么
我在其中，人民当中的一员，所有我眼里的人民
就生活在这个渗透了全部所爱的国家的国土上
当我们具体热爱，具体拥抱在一起
即使我们融为一体，即使血肉相连
才会在眼眶里还能含满泪水
才会那样地依恋，那样地失之心痛
才会如此地真正赤裸相拥到锦绣
才会赢得大地丰硕果实的甜蜜
当我走过这块大地任一个季节，当我回首
再回首，我以爱的历程赞美颂歌
我已获得了这块大地的未央的快乐的基因
已在诗歌的大地上借助着自由的种子
承载起我们时代里土地的和人类的所有创伤
为了这自由的大地，自由的种子充满阳光
我愿诗歌的翅翼背负太阳之光
哪怕在阳光中融化，在寂静里哀鸣
　　　哪怕我将死去，我愿只争朝夕的灵魂
　　　汇入重新翻耕的泥土
倘若动荡的秋风，倘若雾霾与雪与冰
我仍然会待在这孤冷的未央夜的中央
在夜之顶峰飘扬聚合大地的欢乐大地的微笑
聆听大地跳动心脏的声音
我毫不怀疑，坚信这块大地上埋藏着的富饶
深藏着的火一般的灵性与良心
喜悦的泪水与欢乐的灵魂

饱满圆熟的果实和醇香的美酒

我亲吻这满含欢乐的大地

我亲吻这满含欢乐的大地，为什么
仍然会落下眼泪，许多的风声流过疆土
裹挟着不同的调调，夹杂着各种的方言
不同纬度的寒暑，细语或是粗言
喋喋不休磕碰所有的门牙划伤所有的红唇
我无法接受自以为神的话语
那些困兽或困惑于迷失于黑夜的闷罐车里的声音
那些忧心忡忡穿着与黑夜一样黑衣的舞者
七十年或是四十年过去
我们在这儿得到了解放获得了光明拥有了财富
我在这儿的土地上跟着心灵的眼睛
收集月光留给土地的露水
从细碎的泥土里悉数梦的种子
亲吻生动的大地正在复苏的芳香
我知道，贫瘠、贫困正在远离以及悲愁正在消亡
我，站在这儿，在我站着的这片土地上
我以我生命中所能产生的诗歌的元素
以我可能的倾城之恋献上峰顶之歌
是的，经过崎岖，经过荆棘，有风雪
　　有沙尘，有沼泽，有暴风骤雨惊涛骇浪
也有时常雾霾的天气……
但是，我能从我伸展的眼睛里看到
生活在这块土地上的人民
正在从青山绿水的大地上获得幸福
我的国家开启了全面实现小康的宏伟计划
在共同努力奋斗摆脱贫困的道路上大步向前
等荒漠化的山峦绿了，当通往乡村的道路亮了

当打着寒战的房舍变成一幢幢温暖的房屋
当泥泞的山路变成沥青路面
当旱厕和苍蝇蛆虫消失，环境、生态美了的时候
即便是一个烂醉如泥的醉鬼也能哼着小曲
环境美了，风景如画，每个乡村都如油画般
语言美，心里美滋滋的，会在无穷的寂静中
听见小麦拔节的声音，糖稀一样扯出丝丝的甜音
来自塔克拉玛干沙漠的月亮，光光亮亮堂堂
照亮喀什昆玉河畔新建的纺织城
风中飘荡着艾德莱斯欢唱的石榴歌
各个民族欢聚一堂的大家庭里
人们已经感受到了这一膛炉火的温暖
共同享受着美轮美奂的时光
农家庭院里气息像是长了翅膀一样
将接了地气的芳香吹送到城市
来自大自然的灵气、恬静的蜜糖
这块土地把她所孕育的一切
也包括广大人民所蕴含的对土地的热爱
以自由之光解放束缚，释放新的活力
自由的大地，播撒新的种子，焕发新的生机
自由的大地，自由的种子，奋斗的种子
来自大地固有的大地的梦想
来自中国梦的畅想

这是一个新的时代

这是一个新的时代
我们染红了鲜血的土地，流尽了汗水的土地
　　用过了化肥和农药的土地
　　　　僵化和板结了的土地
在这个新时代的梦想和崇高信仰的意志中

这块肥沃的土地需要翻耕
这是我们这个时代的创伤，新的使命
会有痛苦，会有困惑，也会有成长的烦恼
新的时代，中国故事，不再是鲜血汗水泥泞和泪水。

尽管，还有喀斯特岩石，硝石，熔岩
　　　盐碱地，荒漠，不毛之地，高高踞于
云贵高原之巅，也有鸟不拉屎的人迹罕至的荒原
尽管我们周围仍有可怜的生灵在煽风点火
　　　还有贪婪享乐的人在花天酒地
还有谣言，有妄议，有祸国殃民的乔装着
仇视的人，制造凶机，打着宗教的幌子
激化民族间的矛盾，图谋分裂国家
带着恐惧与心怀叵测在遗忘的角落里
野性地孵化着缀满欲望的羽毛
环绕在点亮着篝火的村庄
筹备谋划着掩藏在心底的踌躇
"内部发行"的消息上爆料过时的"新闻"
在自由思辨的逻辑舞台上虚蹈舞姿
充当智者的角色，谈春秋，说战国
如狼似虎地寻找着话语的黑森林
杯酒就将自己灌醉，胡言乱语，并忘记
如一列曾经喘着粗气的绿皮火车
在长长的嘶鸣声中突然停在寂静的货场
无以言表的悲悯挂在闪着寒风的信号灯上
独自背叛淘金汲银迷光无限的高贵灵魂
以肃穆、庄严，凭吊悲哀和圣洁
在秋天的金灿灿的银杏树下低首沉思
感叹人生不过如此一片残叶而已
时光不过如此，严寒和风雪不过如此
时间的长河里载走的一切也不过如此……
而我，一个写颂歌的诗人却唱出哀歌
有穷苦贫困的哀歌，有英雄献身的哀歌

有明星陨落的哀歌，有一片浮云的哀歌

有模糊了又模糊的哀歌

和意想不到的哀歌

比如彗星的哀歌

焚烧的哀歌

无名的哀歌

唤醒的哀歌

倘若我在哀号中，谁将是我哀号的听者？
我突然的那一滴硕大的泪水如何才能在
盈满长风的天空里被风消损，或者让那
一滴泪在微笑中汲回眼眶
我当然明白，对美好生活的追求，幸福的进步
总会伴随着成长的烦恼和我们些许的哀伤

但愿我们能够找到一种最简单的

但愿我们能够找到一种最简单的
直接通往幸福花园的道路，走出喧嚣
但愿能像孔雀河畔的杨柳轻柔地飘
但愿能像轻薄雾气中一次轻悄悄的愿望
在向水亲吻，在向风里的晨曦招摇
我们渐行渐远的异方的脚步
并将雪山之巅的红葡萄酒倒进月里的夜光杯中
将那轻悄悄爬满枝头的乡愁灌入梦乡的花园
又从那布满雀巢的枝丫汲取纯净的力量
如果路途遥远，目的也很缥缈
且停住脚步，歇息歇息，爬上岸来喘口气
把存在心里的、沉浸在无益中的痛苦释放出来
把敛在眼眶里的、隐忍的、咸味的泪流淌出来
或者，让我们变成钢铁战士
让我们用钢铁般的意志，做变形金刚的形象

215

以便不再损耗我们漂泊的桃心

金刚的我们，怀有人的情感与梦想

将所有的漂泊无助嵌入螺骨

所有的泪水注入光电的心脏

生长出蕴含人类的一切心花怒放的纯洁和爱

在大金刚般的腾跃中饮下鲜血

来吧，让我们一起融入这个新的时代

愉快地，充满生机地，在自由的大地上自由行动

尽管这个时代有变幻莫测的前进或是倒退

无穷无尽的潮涨潮落

来吧，让我们在这个新时代的旋律中

遗弃那些鸡零狗碎的东西

抛开那些鸡窝鸭窝的东西

遗忘那些七上八下的纳闷的时辰

让我们乘上新时代先于一切的复兴的列车

携着祖先和我们共同的梦想

扫荡今日之雾霾，今日化合，今日之迷蒙

将洗涤过的心灵融入新时代的精神

来吧，让我们在这个新时代的兴旺之光里

活得自由而精彩，自由得意而成形

　　　　　　自由的真实可信的

　　　　　　　我们自己的圆满的形象

　　　　　我们新时代的形象

一个开放的，进步的，乐于学习和进取的

　　　　　自然的，有根的，适合的

　　　　　慷慨的，泰然自若的

一个古老而又伟大的民族展开宽大的胸怀

　　　　　展开所有的风帆的红船，向着

新时代蔚蓝的或平静或浪涛蜂拥簇拥着浪花

　　　　　向前，向前进！

我在这儿，在中国这块古老的大地上

我在这儿，在中国这块古老的大地上，我在歌唱
我在这儿，在中国这块永恒的大地上，我在沉思
我在这儿，在中国这块肥沃的大地上，我在颂赞
　　　这儿流淌着浩瀚的、不休不止的不朽诗篇
　　　并不是一个诗人的滔滔不绝，诗人的不朽
中国，就是一首了不起的宏伟的史诗
　　　是一首写就在人类地球上的宏大诗篇
在滚滚向前的历史长河中
在根深、枝繁、叶茂的庞大民族树下
在东方出五星，炫耀中国的永远飘扬的旗帜下
中国的道路通达四面八方
中国人在自己的道路上毫不迟疑，毫不松懈
　　　毫无羁绊地向前奋进，气势恢宏
中国大地，丰饶肥沃，青山绿水，辽阔繁盛
中国精神，丰富着这块大地，有百花齐放
中国的诗歌，《诗经》《诗·小雅·庭燎》
　　　　　《楚辞·离骚》。有李白、杜甫……
中国人民，从来都不缺乏浪漫主义情怀和对现实
　　　关怀的人文精神
　　　这一切，以所知的或所不知的源于
　　　中国这儿的博大宽广造就了宏大宽厚的民族气节与精神
诗人相信，人人也都相信，这儿所蕴含的财富
是任何一个诗人都无法用洒洒洋洋能写尽它的豪华
无论是叙事诗，抒情诗，或者其他性质的以及史诗般的
都无法贯穿这儿的辽阔和远大前程
甚至无法了解新的辉煌时代的
中国社会主义特色的真谛
或者，至今还没有多少人认识它的特色的神圣灵魂

包括，诗人所写的诗歌也不能诠释富有远景的特色
而今，在这儿，一个生机勃勃的国度里
　　　自由的风情，务实的举止，可鉴的美德
正在这儿的新时代的进程中留下光辉印记
从开放到开放后，中国在对外开放的战果中
培育了它更加健全的更大的开放
一个大国与人类的世界相得益彰
等漫长的大西洋海岸伸得更长
当大小海岸伸展得更加漫长
当暴风骤雨侵袭更多的港湾……
"一带一路"正在贯穿东西……在这儿
出现了一个备受世界瞩目、备受尊敬的领袖
他用初心和决心，信仰与执着，富有远见地
描绘了人类命运共同体坚实而美好的蓝图

我坐在乡村的烟圈里，看云卷云舒
火热的炉膛，通红的脸，油灯下的汉字
在人类的大地上沸腾，在文房四宝的言语里
　　　　　　说话
奋进的，奋斗的，奋发的，奋激的
　　　血染的风采。东方，闪亮着
　　　　　被黑夜包围着的光芒
我在灯光下，闪着泪光
　　　在书桌上捶胸顿足
在寒冷中汗流浃背
　　　在灌满风和雨的天空下
　　　　呼吸着祖国别样的空气

新时代，新鲜的奶汁，乳房的甘甜
　　　在沙砾里流着潜在的河底
　　　　暗的风，暗的沙
　　　　　暗的心
黑的河，黑的天，黑的土地

我在　与白昼与黑夜之间
看人间大地的万家灯火
我在千千万万的灯光里
站在新时代的十字路口
红的绿的灯，只需六十秒
便可避免人间的一次万劫不复的灾祸

我在透明的夜间
笑着，从田园的田埂上，摇摇晃晃地，如酒徒
走过沉寂的村，哗然地走过……
惊扰了睡眠中的鸡犬
　　　发出没完没了的嘶鸣
　　　　　　彻夜响亮
但是，人们觉得一个醉酒当歌的诗人
　怎能写出豪迈的奢侈的盛宴上的诗篇
　　响彻云霄的汉语，或拼音

哦，我的汉语，我的汉话，我的修辞
　　　　娇艳的象形的言语

最初，是光，是光之后的一颗心

1

最初，是光，是光之后的一颗心
在嘴唇上粘上了人类的一点泥土
一粒种子，在土壤里找到了万物的金色的球茎
我在这儿，面对我的祖国
　　　正是我的太阳。三个男高音歌唱家
只是维也纳的歌剧院，可是
陕北高原上的歌者，在黄土地上
　　　今夜我在乌鲁木齐

在冰天雪地里再一次失手，零点时刻
我呀，就没有守住自己，守住阵地
　　阵地上的风，显得自然而然
　　　　　　风
　　把我和我自己一分二，二分三，三分四
　　　　四分五裂
　　　　　　五马分身
　　　　　　　　如此真实
在我走的时刻，峡谷和山峦
从石头缝里长出了小巧的乳房
因此，我顿时的爱涌满了我的心上
　　爱情纯洁的国家，是人类的根源和力量
　　　　　　的源泉。

2
但，在听到风声之前，大地平静
但，如果，我们可以去看人间大地的太阳
　　我们必须得穿过云层，穿过指缝
　　　　看天上的太阳，人间的大地
我在人间的大地上，没有伴侣
　　只有深入到人间大地上的根茎
　　　　千万顷的土地
　　　　　　突然的趵突泉
喃喃地说：金色的胚胎
　　　　　　死于一次亲吻

3
我已老眼昏花了
我戴上了老花镜
遮住我眼的只是镜片背后的汗水
　　而空对的月光
　　　　大地的女儿，或母亲的儿女，流产了

这块土地，赐给了我汉语

而我，却在人间携着黑色的战栗的语言和

　　来自陕北高原上的清风，芳香和百年的声音

　　　无论是东方的巨龙，或有东方的雄狮

　　　　　还有蛇

我把财富穿在自己的身上，披金戴银的铠甲

　　　　　欢乐的颂歌，悲哀的泪水

模糊了眼光里的生命，将泪水流给大地

我在陕北高原的山峦和山谷间

陕北的父老乡亲把我的人民和我的国

　　扛在肩上，搁在心中

　　　从永恒的时光中

不断地穿越冰、雪、雨、霜、霾

我心中的祖国，风暴里的浪花

祖国的灵魂伴随着大地的翻滚的浪涛

　　瓜州的金色

　　　　阳关三叠，琴声如诉

风儿，将把大地的诗歌吹送到

　　爱丽舍宫，或，白宫或皇宫

　　　大唐的火电、风电、雷电

将满心欢喜的欢乐的歌声挂上

　　　刀尖上的泪光

4

我盘踞蜷缩的身体里，第一次也是最后一次

是来到人间的唯一一次

　因为一粒种子只发一次芽，只有一次果实

此外，都是生长成长的过程，这毫无准备的状态下

突然就有了青春的绿色，被旺盛的绿色统治

突然就有了挡不住的欲望在幻觉里

就期待未来的那些日子会不会明朗闪亮绚丽

我在轰隆的春雷的声响里行走在世界中间

我穿过我的欲望和伪装的形象

我穿过我的渴望和遮掩的目光

我穿过我的饥饿和磨牙的声音

我在穿过的一片片光泽里寻找光里的自己

奔跑在时光里的另一个面孔

一个少女的一笑一次回眸

我的心花便怒放在了青春的脸庞上

一张油光闪烁的灿烂的脸孔

一览无余地写满了少年的志向

在七月的高温天气里，揉着睡梦中的喜悦

赶考，在纸张上写满意气风发

时间，打着呵欠，挥霍着风中的枝条

我的理想之树，被大风折腰

一片片的树叶带着他们的语言或只言片语

在他们金色的飘扬中落入沉默的泥土

那时候，落入我眼眶里的不只是片片的树叶

一个金色的童话在我的梦中生长出翅膀

一扇一扇地飞向空寂

拖着一簇簇闪烁着火光的叶片

由金色燃成红色

在大地和天空间隙，火的光芒，如一次日食

新的改革到来之后，我逼真地感受到了

这儿的生活很美好

新时代的开放，和更大的开放

为世界开拓了一个个新的机会

以新时代的新思想为世界人类预言一种光彩

并以新时代的灵魂发挥复兴、繁荣以及崇高的引领

这儿的土地上保存着千百年以来的

别具一格的，五味子、虫草、兰花、菊花

人类需要慢慢地调和

过猛的化合药物来得快，去得也快

新时代的新风只吹给未来的美好的人类的一切美好

可能是人类的光天化日下的一次睡眠，或是

是逻辑思维的，也可能是形象思维的

当我期待，我们活在人间需既要有逻辑还需形象
　　我渴望，在不远的将来的某一个日子
　　　　我非常地渴望
未来的不是过去，也不是现在，未来的正在开始。

5

我日夜期盼忘性大于记性
但不能全部忘掉，至少得记住一点
　　比如：忘掉仇恨，忘掉原子弹
　　　忘掉广岛，忘掉夏威夷
　　　记住雪花，记住炭火
　　　记住一次流产，记住一滴血泪
如果或记多或记少，多与少，少与多
　　可以在多与少少与多之间发生逆转
如同，人类开天辟地，一片浑浊
我们最初的人类没有国家的概念
今日，不管有多少的国，多少的家
我们该牢记不忘的是最初的也是未来
的理想和信念中遥远一些的
　　共产主义时代早日来临
引用一次古老文明的国家，罗马人说的话
　　"之后"，不意味着"因此"
比如：滔滔洪水，惊涛骇浪
　　　一定要献上生命……吗！
我，也使用一次"因此"与"之后"
"之后"新时代已经来临
"因此"新时代有新智慧
有荣誉，有廉耻，有良心，有信念

6

当真正地开启新时代后，
许许多多的事儿就会变得简单

223

比如：先于我们的他们，比我们先于文明
　　　并把我们称为"妖魔化的，邪恶的国家"
而他们只是奉行藏在心里的叵测
　　　裹上了一层厚厚的雪花般的外衣
寒冷给予我们，温暖留给他们
说我们是一党专政，没有民主
而他们打着民主和自由的旗号
　　　只用一个总统，一个总统的一票
便可让他们丧失掉所谓的他们的民主

7

像这儿，这儿的土地，这块土地上
的中国，如此的，一个泱泱大国
一个十三亿之多的人民的国家的政党
必须不能马马虎虎，不能随随便便
另外一些幻觉中的"外星人""航天器"
"空天星球大战""阿凡提"
"太空的黑洞""残疾的密码"
人类为自己平添些许的困境，困惑，困难
我们仍然活在美好的人间

在那些原野上的自由生长的小草中

在那些原野上的自由生长的小草中
有各种各样的生物在相依为命
在漫山遍野的辽阔里蜷缩着人群
我在穿着油兮兮脏兮兮的人那里
我看见鲜花在盛开
这些人们在劳动　流着汗水，汗水上沾满了尘垢
尘垢和汗水在劳动人民的额头上留下了深深的皱纹
他们忙前忙后，总是很忙碌

虽然有一些埋怨，但，他们想得开

他们在一亩三分地上耕种

他们在老婆孩子热炕头上

他们在村头的小卖部里打上二两散酒

他们在挂着招牌旗的小餐馆里买上七八两猪头肉

他们在漆黑的村子里很愉悦地吃着喝着

他们在寒冷中烤着烟火烧出的煤渣

他们在两眼迷蒙的深夜里打起呼噜

窗户上的雪花都被震得纷纷落下

他们没有太多的奢望，也不会胡扯

他们只是在磕磕碰碰的碗碟声中小心翼翼地

　　　　不能让碟碟碗碗打碎一地

在那些原野上一朵朵雪花挟着天寒地冻

一片苍茫茫的浩荡的沉寂

我站在这美丽得有些令人寒酸的风景里

在降临的夜色中

我知道寒冬腊月的豆芽正在生根

需要加盖上厚厚的棉衣

搁在热炕头上，清晨用雪水清洗一次

让它们在阳光下发芽

他们小心翼翼地搬进搬出

等待着一粒粒黄豆生根发芽

等待着大年三十的猪肉炖豆芽和粉条子

当然还有储藏在窖里的大白菜

鞭炮是大地上的一声春雷

屋檐上下的冰凌冰雹跌落在地上

砸响了冻僵的大地，也砸醒了农人的睡梦

黎明已近，乡村里的鸡犬嘈杂一片

农人面对来自冬日的冰天雪地

农人知道：春天迟早要来

今夜，我恍惚自己，我知道，我为礼而生

今夜，我恍惚自己，我知道，我为礼而生
在延安的黑黑漆漆的窑洞里出生
多年后，我无数次寻觅沉睡在黑夜里的岩洞
　　那里有我的祖先，有夜莺的啼声穿过
光秃秃的山峦像穿过我的光光的头
母亲，母亲啊！你柔情的爱恋。你
是人间称之为天上的仙女
是我黄了又黄的菊香
假如今夜是冬至
我忘记了给你送寒衣
怕冷了你。如你怕冷了我
直到有一天你在炉火中熊熊燃烧后
　　　你把人间的温暖从此
　　　　　留在了我所在的
　　　　　　　人间
母亲啊，我的伟大的母亲
　　我在你的怀抱里欢天又喜
你乐呵呵地说："飞吧，儿子。"
于是，我就飞了，飞向了草原，飞向了大海
飞向了飞着飞着就迷失了方向
你看着我不知所措的样子
　　也并不知道往何处飞
　　　　又为谁飞
　　　　　　更不知落在哪里

然后，我在美好中排遣自己的受伤的翅膀
到处瞎转悠整天地跟着天山的羔羊乱跑
嘴里含着无毒的草：金银花、忍冬

226

　　　　　　　鸡冠子、麻黄草、甘草、虫草
芨芨草、无味的草：五子登科的草根
　他们穿上了一千万层的彩色的羽衣
　　无牵无挂地在我的口哨中
　　　白了他们的头发
那时，我正在少男的青春时期

这儿，发出了自由之声，发出了民主之声
　　　　人民的声音

我在夜里的灯光下充满能量地在行动
我那无尽的歌，无尽的欢乐，无尽的忠
我在唐诗、宋词、楚赋的韵律中
将古老的民族的目光变成指点江山的层林
我在夜里看湖面上的画舫
我在无边无际的大海看天海一色
游艇，船舶，游轮，一叶小舟
任凭那呼吸的波涛，一声大过一声
终将和我的那一滴泪水化为海洋

这儿，发出了我们自己人的声音
从荒漠、原野想去航海的人的想法
这儿，出发时，这儿有坚实的陆地
这航海的船只，我们站在甲板上
如我们站在留着地平线的大地上

我为这儿的大地写了那么多的诗篇
　其实也是为天空而写
　　　也是为大海而写
　　　　更是为了人心而写
我愿意把我的爱珍藏在我的心底

亲爱的人啊人，人啊人，亲爱的人

亲爱的人啊人，人啊人，亲爱的人
我必须要颂歌、礼赞，这个伟大的民族
在今日之新时代已展示、彰显了美好的雄姿
已将她的子孙后代所期望的，政治、社会、经济
民生、哲学、信仰融入了自己的生命里
以便表达凸现的未来的美好生活

古老的民族，古老的人民，古老的国家
一直以来都以初心不忘而奋斗献身于美好事业
一直以来就从未后悔过为这最初、最亲的理想信念
　　　停止过生生不息的自豪
因此，辛铭的诗先于未来而预见未来！

还　乡

你并未或者从未想到但你现在知道
你现在正在走向你所遥望的故乡
你在已经成长的过程中在你的目光里
当你踏上曾经必须走出去，现在走回来的路
你确信你哼唱着家乡的歌
于是你知道你已不再是家乡匆匆的过客
你当然知道回家，回家吃饭回家睡觉，回家真好
你携着外部的世界给未知的乡村
家乡变得广大、畅通，随之变化的是青山绿水
远方的灵魂在麦穗黄了的时候回归到田园
你知道这块土地孕育的种子，依然是家园

家是一种爱，是祖先遗传下来的基因

心中以家为爱的土地，便可荷载脊背上的那颗痣

和你不懂得初恋时留在三岔路口的那块石头

和汽笛声穿破夜幕后只留在墓碑上的娘的音容笑貌

和拉扯着儿女们依旧站在麦田里如杏花的妻子

和打个喷嚏就能传遍一个村子的父老乡亲

家是归来，不需要任何借口和理由

家会温暖你飘零在回归来时路途上泪水中的火焰

是透过你眼泪里不再孤单的快乐

是你用臂肘支撑在大地上的天空

是你闻到的香气和记忆的源头

是缠裹不住你的脚步的车轮

是的，你现在已经到了家里

在新时代的新农村的家中，灯火通明，确信你已到家

你已经卸下重负，长长地舒口气，好好地休息一下

在你的搬迁后的房舍里

你就能看到你曾经待过的那座城市

就能听见从天安门那里传来的乐曲

就能站在阳台上眺望到天涯海角的春天

你已感知春天已将花蕊挂满了树枝

你的目光落在你婆姨的脸上

你从她的微笑中接住她的朴实和笃信

你听见她说：记得要给新鲜的蔬菜浇水

你就像做梦一样跑进弥漫着香气的菜里

像是在梦境里那样便听见了金虫爬过一道田垄的声响

你想起你离开时土地正在干裂　你的生命充满了奔跑

从一座矿山的矿井到矗立手架又走街串巷

最后。你把外面的世界和自己的乡村联系在一起

你明白。黄土地里才有最醇香的美酒

你知道，你将永远无法脱离这弥漫着香气的乡村

你将目睹沧桑巨变后的美丽乡村

互联网里的乡村走多远就有多远……

一首诗的颂歌

让我以无限赞美吧，热情洋溢地颂歌吧！
让这块大地上的万物都散发另一种清新甜蜜的气息
让我们深深地大口大口地呼吸，吐露清新的芬芳
站在这块大地上的一切生灵与一切清新融合
让这个数字的智能的时代弹奏一曲和声的歌
　　颂歌欢乐的美妙的可信的今生的现在

一片雪花悄然送来了冬日，大地，万物，一色
光头诗人迈着碎步，捂住胸口，心脏跳乱
绞痛。冰冷的一片片雪花落在大地上，也落在
光头诗人的光头上，冒着热气，一如沸腾的锅
我们所处的时代热气腾腾，眼花缭乱
我们必须要掌握人工呼吸的技巧与智能原理
一首诗，喘着诗的气息，呕心沥血，微笑着
你自己对抗矛盾，冲突，抵触
扯被子拉毡尽力弥合尽心呵护着
达成某种共识在妥协的协奏曲子
里遵守规则，尊重言语间的友好
回避令人难以识破的暗箱操纵
和背后施展的阴谋诡计或反间计
用真理面向未来的社会关系，商业设计
健康与卫生教育，重视德智体全面发展
我们必须承认在支离破碎的碎片细节里
都贮藏存放着先于生命的童话
和理想与信念的美好人生
以及聆听劫后余生的天籁之音

那么，我们一起赞美吧！赞美生活

在简简单单的那么多的鸡零狗碎的生活细节里

迈出我们坚实整齐的步伐，在我们的祖国的召唤下

众志成城，万众一心，团结一致，向着，新时代前进！前进，前进！

我和我们共同的新时代站在一列

用满怀敬意的诗词传达这个伟大时代的灵魂

向生活在这儿的一切人民献上硕果累累的豪言壮语

啊，东方的五星，你闪耀中华，发出不朽之光

那么，让我们一起歌唱吧！歌唱生活

在懵懵懂懂的那么多的四季里走过年复一年的岁月

有着我们的梦想、芳华、平和、豁达、豪迈和宽广胸怀

一路走下去，抵达我们要去的那些地方

我们接受祖国的召唤，接受爱的召唤

在熙熙攘攘的城市的大街上，

在沉寂空旷人迹罕至的乡间小路上

用我们所接受的那些东西喂养灵魂

并与我们相依为命的灵魂结伴而行

不张扬，也没有那么多繁花，那么炫耀，那么丰盛地

走过每一个日日夜夜平常地活着

活在形形色色的生活里

风风火火或是磨磨叽叽，清清白白或癫癫疯疯

把积攒了的日子，贮存在身体里的毒汁疯狂倾泻

喘口气儿，舒展一次排空了的身体

期待正如一抬头碰上的另一个目光

嫁接出新的点点滴滴的爱的枝条

期待正如雨露所孕育的生机与果实

新生婴儿般甘美的心智和圣洁

那新鲜、纯净、自由的呼吸还有

那枝条上泛泛的大片春光

生活的四季，就是一首歌，如歌的生活

就是一首诗，一次次地气息相投

无论是一座城市还是一个村子

无论是在遥远的西南还是遥远的西北

东部，北部，中部或是长三角，珠三角

到处都有新时代的新气象

到处都洋溢着创新、创造的精神

东北的粮仓正在丰收，西北的朵朵棉花正在盛开

吐鲁番的葡萄熟了，红旗坡上的苹果红了……

大中国的大地上收获着

开放的中国的一次进口博览会，自由贸易的盛宴

国家展览馆正在展示我们无尽的财富，美好生活

和未来人类的远景

　世界正在听，人类正在听，中国正在说

人类将要建设更加美好的未来

如此的豪言壮语，世界人民的大团结

我看见了，这浩浩荡荡滚滚而来的新时代

已登上了人类的、世界的舞台

曾经固若金汤的城池、疆界分崩溃散

新时代正在树建新的历史丰碑

大陆和海洋正在交融，如水乳那样

西方的文明在蒙面的"圣战"面前无所适从

一次爆炸，一声枪响，或一次空穴来风的恐吓

擦肩而过的一次可能的战争

关于陆地、山峦，关于海洋、岛屿以及卫星的天空

和海底的电缆，沉没在过去战争中的潜艇遗骸

我在这动荡不安的巨大裂变的迷惘中

想到人类的命运，善良与邪恶，自由与民主

前进与倒退，或者既不能向前也不能后退

想到各类人的个体的生活，方式，习惯，隐忍

争论，亏欠，满足，各自的生活，积极或消极

旧的势力和新生的力量

我想到我的家园，北方或是南方的"小雪"天气与景象

继续耕种的田地，冬贮的大白菜、土豆、萝卜、大葱

明亮通红的炉火，简单的生活，自然满足和泰然的睡眠

嬉戏欢闹的孩童，民众优雅的广场舞姿，诗和音乐

充满青春活力的歌声，午夜里的心灵……

歌颂吧，颂歌吧，赞美吧，歌唱吧！

歌颂吧，颂歌吧，赞美吧，歌唱吧！
请唱支神圣的歌给我听
解开我脖子上的风纪扣，让我自由地呼吸
让古老的太阳照耀进思想的心田
我会怀着感激之情将这光种进来
留下爱的种子，作为爱的遗产
时光，阳光，和晃动在树杈间摇曳的月光
都从我生命的核心处涌动巨大的心灵之光
时光会将一片片嫩绿的叶子折叠打褶
一个人的额头上也会爬满时光的皱纹
林中会有一片片飘落的树叶
而我知道，这棵树，或那棵树会照常活下来
秋风里的落叶声响正在时光中
簌簌地翻动一本装满了故事的小说
我第一次读到的小说是《聊斋志异》
后来又读到《水浒传》，又读《三国演义》
再读《红楼梦》，最后《金瓶梅》
我在小说人物命运中
觉着他们不幸，毫无趣味
而且还和他们睡在一起，还睡不醒
醒了还想睡，整天昏昏沉沉。
于是我在两棵大树中间弄了个吊床
就晃晃悠悠，就恍恍惚惚
我希望我能就这么一直待下去
我觉得我越来越像一个半吊子
我离开家的时候，一心想挣点钱
只是挣钱而已。可是没有人雇用我
其实，这已经是许多年前的事了

因为我们不是无知的人
只不过是许多的人，许多的事，缠着自己罢了
而现在是新时代，是亮丽灿烂的时代
也只不过是一个时间的问题
现在，我坐在家里，听着轻易不刮的东风
在吹尽西风，东方的风从我的家门口吹过
穿过"一带一路"的许多国家，越过两个海
我在一个山峦多、草原多、原野和平原都多的地方
风多，风大，满眼里的风，满沟里的风，沟沟子里
坡坡子上都刮着大风，一只风筝，能飞向何方？

兄弟姐妹们

兄弟姐妹们，我们已离开故乡很久很久了
我们已经在遥远的地方游荡了许多年了
至今，未曾回过故乡。也许我们会想念
也许想念的可能是我们自己，因为
我们离家时就已经把故乡带走了
所以，"我们怀揣故乡家园四处流浪。"
所以，我在遥远的地方一晃，就忘记了家乡
也忘记了家乡的方言，我们都已在另外别处
但我记得在我还在故乡时
我一张嘴家乡的人们就说我是在呜里哇啦
地说着听不懂的话，说我在胡说八道
　　他们要把我的舌头割掉
于是我轻轻地、悄悄地，像做梦，或梦游一样
　　在天空上飞行
我把故乡的八月的金色的麦穗含在嘴里
像星星一样用星光看着月光下的大地
我把我的蓬蓬勃勃的毛发剪下
像一片片落叶。在生长出之前就落叶归根了

我用这样的方式结束泪水，开始了快乐的飞行
其实我也知道，人不是为了那一滴泪水
　　　也不是为了那一声笑语
人的人生当中，无论在天上飞，还是在地上走
也只是活到老，操持到老，含辛茹苦
人啊，只是，也只能靠身上的那点火活着
将自己的青春年华燃烬
绝非是"蜡炬成灰泪始干"那么简单
那时候，在火苗变成火焰变化火光化为灰烬
　　　那时我们在黑暗中
那时，天上的星星睁着它闪烁的光
今生，来世。"两情若是长久时，又岂在朝朝暮暮。"
有些人走了，有些还在世
无论活着还是死去，都靠的是那一点星火
如今，我依旧把我的青春和年华的火光
以最热烈、最灼、最烈的情感与我的故乡
我的家园，我的祖国紧紧连接在一起
用热血之躯，把自己埋葬在祖国大地上
以便让我感受祖国大地母亲的温暖
当我在化为灰烬进入黑暗时
我们已经走到了人类的审时度势
我们这样一个民族
不只是相信自己，还要相信别人
因为我们还得活着，活下去
活到天亮，还要过上某种美好生活
且不浪费时间
一切的劳动力，只是为金钱而工作
是为了活下去的生活做好准备
我是说，活下去需要神话般的技能
要比大地醒时还要早醒
因为我们在信念中崇拜大地并使大地葱葱郁郁

在我走过沉睡的大地之夜

在我走过沉睡的大地之夜，道路的色彩与味道
在我已经清空了自己轨道的区域
永恒的道路正在朝向我走来的方向
在时间的过去，时间的现在和时间的未来
在已知的过去，已知的现在和已知的未来
它的宽广明亮尤其它的温馨和清晰的路标
都已充满着四通八达和引领以及畅所欲言的自由
我已经没有了任何的迷茫与徘徊
即便有雾霾，有沙尘，有暴风雪
但这条道路已通向胸怀，如一道光，普照万物的光
透出了神奇的红铜色的心灵之魂
从那里听见了大地的声音，大地的盛典
当然也品尝了艳色珍珠，人类更未来的盛宴

道路在延伸，持续延伸下去，平坦，铅直，透彻
风清气荡，风性高洁
荡漾着坚定的信仰和人类的灵魂
我满心欢喜、满怀激情地消融阴霾充满勇气和信念
行走在不朽的永恒的荣耀之路上
迷恋着万物都融合在这条满目柔和的红色和金色的
五彩缤纷绚丽广阔的令人心旷神怡的光芒之路
哦，我所感怀心象里的中国道路
为人类命运筑起了一盏永不熄灭的航行明灯
正成为人类至暗时刻的心象之力
我所以咏歌，喝彩，是因为有了灵丹妙方
人类命运的气息源源不绝
如同仰望繁星满天，万物和谐
我的灵魂飞过祖国辽阔、浪漫的国土

呼吸着青山绿水里的微笑

那里有纵横交错的道路通向

城市、集镇、乡村、平原、河流、山峦和海洋

有仲秋时节农民们丰收节的欢乐盛宴

有最美好的色彩融合有最适当的混合

有最浪漫的最现实的最适宜的轩然大笑和

天生的喜气洋洋的精神气质

如大自然四季更替交汇融合

如一部交响曲的乐章

如一首诗的颂歌

那么就让我们一起聆听吧！并且相信

并拥抱一个肤色红润的苹果核心的气息

相信会贯通东西将它的气象万千的融合之声

传遍大地

哦，祖国的人民啊！亲爱的你们

还是这块土地，还是那个身躯，还是那颗心

从新中国诞生，我们沿着这条道路

我们穿过了七十年光辉的岁月

历史的长河里，有咆哮的风急骤的雨

有化为烟尘的叹息，有窒息的骨骸

有慈悲为怀的灰烬，有沉默的碑和勋章

有南风为祖国吹拂的新气息

当椰树的果实白色的奶汁汩汩流淌

平安大道上的板栗在吹来的南风中飘香

凤阳的庄稼已收割了丰收

荷塘的蛙声融进了温柔的月色

这就是我们的道路啊，我亲爱的人民

从希望的田野到扬鞭催马的金光大道

哦，我的父老乡亲，兄弟姐妹

这就是我们为什么有着《黄河大合唱》的缘由
我们不是一个人在走，而是迈开大步的众人
我们不是一个人的独唱，而是众人的合唱
迈开大步大声合唱将我们的声音传向广阔的远方
唤醒人类的心灵的慰藉给予精神和欢乐
正像我的自由的未尽的诗歌
我相信人类命运的共同的道路
在人类通往美好的和平路径上
会盛开出光洁神圣的灵魂之花
将比我的未尽的诗歌更加长久
我的诗歌只是这条路上人类穿过时
被风吹干的墨水和泪水
或是被沙砾划破脚丫时流血的沙子

风在行进，我在行进的风中
风中的树木，一片片的叶子在摇晃着阳光
风和阳光里的歌，大风的歌，太阳的歌
在中国梦的颜色里，在梦的眼睛、梦的衣衫
在梦的诗章里，诗节像风一样在希望的田野上
在繁星满天的闪烁中
我欢歌，欢欣
我听得懂这风言、风语，在此之间的欢快
这朗朗乾坤的中国风，吹向整个世界
世界听得风的旋律，风的专注
让大地复苏，让大河奔腾，让大海平静，让世界清新
让风打开尘封的账册，清除数字的逆差，顺差
直到风吹尽黄沙豁亮给世界一粒粒金黄
直到金光普照到这个不同时差的黑暗中
直到风的大地之声，风的大海之声融合
在那里诞生我们人类得以安宁的风和日丽
在那里产生我们人类简单而质朴的灵魂
就会对人类古老的命运怀有敬畏和怀念
就会对已知的死亡充满生命的生机和欢乐

就会满心欢喜、满怀感激地虔诚地活下去
活出一个世纪这样的岁月还能找到我们自己
听见风声，看见泪水和辛铭的诗

伟大的新时代，祖国，黄土地上的清风
每一道沟，每一道坎，坎、沟、壑的广阔的山谷
当人类的手指弯曲成问号，蜷缩成 O 形
我们的中国梦正在高处，如春生之前萌发
以生动的妙姿飘过东方的天空
越过一切矗立在大地之上的围墙或物体
穿过一直在升高的高大自居的门槛
伟大的新时代，激情高昂，
正在丈量着人类的命运
嘹亮的清风，伟大的风
正在吹响命运共同体的号角
正如丝绸的褶皱——折射出荣耀之光
风向，朝向哪里，沿着我们的路荡响
沿着河流吹响每一朵浪花
沿着森林吹动一棵树的脉管
沿着地平线吹醒土地上的每一粒种子
沿着天际吹拂悬在半空的粉尘粒子

且让这清风吹走污浊的空气
且让这清风刮走麻木不仁的浊气
且让这清风吹尽寒冷和阴晦
且让这清风横扫这混乱世界里的幻灭

风清气正，人类才能通达
才能正常地呼吸，才能正常地呼喊
隆冬的大地如果灌满风
我们的内心便可滋养那冻僵了的肥沃的生命
风的季节会天高气爽而明亮
春风会在河床的冰面上探问春天的脚步

风和水和火的原野上

大地披红戴绿挂紫

还有在风中飘扬的花粉让树木结果

还有被风鼓胀了的河水

融冰后的大河，奔流不息，直到在

壶口那里完成黄河的大合唱

还有风吹醒了河西走廊卵石和黑水

吹绿了阳关，戈壁，激荡起丝绸之音

从雁栖湖到大雁塔穿过

还有风吹涨了的片片红帆

带着鼓浪屿贝壳上响起的钢琴曲迎接巨浪

当西湖的水唱出的歌声传颂九州

还有风吹过群山环抱的圣地延安

家风，民风，国风，风带来一片片祥云，万物沐雨

新中国，我们唱响《可爱的中国》

我们孩提时代的歌声响彻在麦田里

麦秆拔节麦穗结青与苞谷抽穗扬花的时光中

在识字课本里，"东方亮，东方红"

我们都爱唱《我爱北京天安门》

当清晨的第一缕阳光照耀在白鸽的翅膀

我们生在新中国，长在红旗下

我们有梦想，有飞翔的翅膀

我们唱春天的歌

我们走在社会主义的康庄大道上

意气风发，斗志昂扬

幸福与美好的生活在等待。我们

需要奋斗，拼搏，一直努力奋斗的刚强意志

希望就在我们希望的田野上

光荣属于八十年代的我们

一切才刚刚开始，飞箭似的时光

浮光掠影，翩翩起舞的探戈，圆舞曲

麦当劳，肯德基，披萨，叔本华和弗洛伊德，《梦的解析》

喇叭裤和披肩长发，青春和追逐，时间与金钱

解放思想，知识就是力量，智慧树下，心灵鸡汤
白猫，黑猫。一寸光阴一寸金
特区的实验田，石头对河，一曲歌，一曲燕舞
大河上下，顿失滔滔
漂浮着飘过海的太多的新鲜事物
我们在那里守望，在那里开拓
我们是时代的见证者，又是时代的代言人
我们和永无休止的钟表争先后
所有的人都投身于热火朝天
所有的人都在谈论金钱与财富
所有的人都在股票市场上投资期待分红
我们的脚步总是跟不上嘀嘀嗒嗒的时钟
金钱使我们的家变得更远，有了乡愁的味道
我们的知识用来改变我们的命运
而我们的匆忙的脚步却不肯相信命运的车轮
我们忽然发现命运的使者正让我们
丧失道德遗失良心，忘掉美德，丢失爱情
河水里流淌着污浊，水面上漂浮着五彩缤纷的垃圾
太多的餐馆里流淌着地沟油
承载我们命运的土地正在被蹂躏践踏
一切善良与邪恶使我们变得麻木
知了的天空，没有风，只有燥热和噪音
舌尖上的食物变得索然无味
建筑好的新房里只有老人和儿童，新人远在他乡

我用尽了人间的甘言……

我们站在山坳
像一棵幼小的小草小树
大地希望有这样的青山
我们站在中央的原野，草原上

面对空气，阳光，雾霭，汗珠

奋斗在建功立业的乐土上

就可以体现优越的力量和饱满的精神

我们生活在这样的壮美的景色中

看见新时代的新领导

沿着初心不忘的既定的方向和路线

带领着他的人民

走过平原，山峦，河流，森林

打着迎风招展的旗帜

为人类的命运做好戎衣

并闪烁着丝绸的颜色

以梦的辉煌彻照大地

铸造灵魂，然后在这里永恒

东方的太阳已经升起

我们在灿烂的阳光下欢迎万国来宾

让世界人民，高兴而来，乘兴而归

我们欢迎一切诚实的灵魂闪烁高贵的情怀

新的时代，新时代的人类

我辈当以情满天下

一切便可尽善尽美

全身披挂上丝绸的露衣

以光明磊落的共产党的风范气度

传承并继承祖传的秘方

并将中华民族的良药传于更远的远方

让大地长满盛开着花朵的草药

让人类团结起来，兴图大业，共谋幸福

我祝人类万寿无疆于亿斯年。

我想用美酒浇灌花园

沉湎于香甜

我想用金杯银杯

捧着青山绿水

我想将信仰藏进膳房

端着金碗银碗

我想用诗歌感恩大地

我想用矜持的仪表

丈量忠诚的血液

我想以国家的气运

将诗词写在羊皮纸上

    大雪后

冬至将至

我将献上千万只的羔羊　献上

    三羊水饺

我用尽了人间的甘言

将大地的密语献上

献给山连山的山峦，木接木的森林

献给广袤的延绵不绝的原野

献给高地上肥沃的草原和牧场

献给池塘里的众多鱼儿

献给鸿思浩荡的新领导

    最伟大的荣光

正在以伟大的光荣的神圣的使命

面对曾几何时虐待过河流的海浪

大海正在变得绿油油的蓝花花

我们将看到海岸线上的人烟迎接

一艘巨大的大船上的船长指挥着

载着人类命运遇见幸福时光的大船

将永恒的阳光观照进受命而来的使命

向人类，以庄严宣告火树银花

    已布满大地，并

终生不老，永垂青史

梦想——承载着我们穿过青山绿水的道路

梦想——承载着我们穿过青山绿水的道路

清晨更加明亮。清新的风和阳光。清晨的乐曲和歌声。

梦想——承载着我们通往新的家乡的道路

我们从前的土地现在用良心和美德点亮

或者，我们以前这块古老的土地上播下了新的种子

或者，梦想的阳光已经照在了我们思想的心田

梦想啊，千百年我们的灵魂都充满着渴望

欣然的泪水如今已不再哀伤地流淌

因为从内心里流淌的是喜悦，是从那里

搬迁到这里梦寐以求的满心喜悦

我们在这里安居，安居在渴望中真诚的喜悦里

我们仍然会流泪，当我们回首往事泛起乡愁的时候

或许我们会再迷路，因为家乡的巨变，因为日新月异

当我们忽然想起旧址上遗忘了的某个事物的时刻

我们仍然会像一个孩子那样从遗忘的那里流泪

我们铭记在心的古老的土地和古老的劳动

当然我们会想起麦田里打麦场上的汗水

会将我们从最遥远的塔尖的眺望里拖扯回来

回到与我们曾经融为一体的充满良心的土地

从温暖的土地上挖掘出依然青涩的种子

当然会重新生长出回味无穷的甘甜　在我们回来的时候

也会回想起穿过河西走廊的绿皮火车上

迷惘的冲动和昏昏欲睡的困倦

以及遥远的北屯像云彩一样的棉花田

我们仍然会哭那飘过天际的时光

已将许多的岁月许多未来的岁月

早已在祖先的纺车上抽扯成了美丽的纱线

我们当然地流泪，当一切穿割的丝线

从母亲的指缝间穿进我们的衣衫
直到将我们的声音拖扯成丝丝缕缕的思念
并将我们千里之音的碎片以千疮百孔冻结
我们的困苦已经持续了太久太久
我们受困于贫困的苦难的血液硬化着肝肠
我们需要隐忍住搁在心坎上召唤的啜泣
当我们回到日日夜夜再次看见的土地
我们仍然会流泪，会以更加忠诚的心智耕耘
是的，春暖花开时我们当然和融雪一起　和大地
重新融为一体重新开始得以实现的美好生活
我们仍然会流泪，不再是无限焦虑的眼泪
而是席卷过千百年所有贫困与痛苦的哀伤与哀叹
泪水正在洗涤着我们正在涌流出我们自己的美
再度汲回我们自己的面容

锦与百合

1

多少岁月在织锦中会与目光相遇
一个新时代，时间在其中真实地流淌
甚至在那里我们仍然能听见续响的驼铃
流淌中的世界变化万千，穿越过"一带一路"
所有的人都渴望在那里拥有一次交流或欢笑
然后会带着微笑携手走进钟爱的新时代
在这广阔的天空，辽阔的大地
让信息透明，问答简约
为了彼此的幸福安康，追寻的路径，唯有
合作才是最好的

2

驶向远方的汽笛、帆船，大路和灯塔

投出更大的魅影，那是我们共享的东西

自古之时就有的那些起伏不断的紫烟

缕缕的牵挂和换新的重逢

和彻夜穿过的中欧班列，旷野和叠起的浪花

不再孤立的村庄，也听见，引擎的声音

是启程的鸣响，是"一带一路"最繁盛而兴奋的儿女

是能看见的最远的未来，在"一带一路"上

带着我们共同的祈愿发出新时代的柔光

既然我们一致同意让我们之间的"一带一路"

成为可能，便可沿着一直走下去

而且可以走得通，行得稳，行走得更为长远

我们之间，那是心愿的自由的

从倡议、创造、建立、建成

这贯穿东方和西方，时间和空间的"一带一路" 已

赋予了鲜明的时代特色，平等的，互为的

无限的，自由的，合作的，共赢的

以生机勃勃的气象和诚挚的热情

充实着相互接纳包容的丰富内涵

那是一个更好、更新、更令人向往的广阔天地

更是人类新时代的召唤

是百年不曾相遇也不可抗拒的自然引力

会以锦绣织就"一带一路"永远的史诗

3

新时代的"一带一路"上畅想一种思想

大地和天空正在传扬着一个巨大的声音

沿着古老的丝绸之路聆听喜悦

这久违了的久已期待的新时代人类的气象

正在这泰然自信的声音里

着实地塑造铸就着顺应人类心愿的新时代

在"一带一路"上，没有隔离墙，没有天花板

"一带一路"金色的盛会，甘醇，健康，灿烂

这个声音，传递着我们共同的人类，共同的声音
这个声音，来自于真实的中国，新丝路的开拓者
在为广大人类畅想着更加美好的未来。

4

新时代的"一带一路"上传扬着
中国的情感、思想与盛邀之情，
在千年古都——北京呈现友好
与世界各国一起合唱，汇聚"一带一路"
汇入新时代人类命运共同的朝向
一起认识并共同行走在优美的"一带一路"上
向着人类的理想前进，前进、进！

5

你听，你看，这百年的丝路，百年的声音
穿过繁星闪烁下的地平线，海岸线
我的搁置在河西走廊的黏着泥土的嘴唇
在黎明的海岸饱含祈愿地张开
风和沙砾，赐给我古老的汉语
乳色的羊脂玉和粉色的贝壳是我的诗语
灌满陶器的风吟唱着流淌不息的时光
从海的浪花，从沙的砾末

6

我看见"一带一路"上飘扬的锦旗如闪耀的灯塔
在纯洁绵延在永恒中
预言金色的"一带一路"并晓之礼仪
正如石榴那样涌满拥抱
当你听见，当你看见，此乃人类之歌。
风，吹拂着新时代奏响的交响乐章
一次强劲的东风一次伸展的臂膊用
构想、文字、语言和切实行动

在这"一带一路"上彼此借鉴，学习，融汇人心

带着共同相加的力量在"一带一路"上生长繁荣

充盈丰盛，闪烁互认时炫目的丝绸之光

让它洒落在途经的乡村城镇和许许多多的国家　也

洒落在穿过"一带一路"上的所有人的身上

在清晨的第一个时辰或一缕阳光

"一带一路"上镶嵌一道道金边

"一带一路"上一只蚕又重新吐露出芳丝

一丝一缕画出闪烁着光芒的柔和的长线

和长久不息的细语

如果，我听到，也看到，称之为我们的新时代

智慧诞生后，引领梦想的光芒

巨大的能量化荒漠为绿洲，帆船起航

我看到这漫长的"一带一路"上，悄然的风拂过河西走廊　石头在阳光
下跳跃，在风中歌唱

和田石榴带着涌拥的絮语在新生的枝叶舞蹈

我看到曾经的繁荣景象　商贾们埋在沙漠里的梦想

在宜人的微风中昂首向前

一切都在展开，在继续，在示意

在东方升起的太阳中映照在志同道合者身上

我听到最初的曾经吹拂过的风，再次

吹颂聚集在古都北京合唱的面容

流溢为生动而不失华贵的奔涌的芬芳

当你听到，当你看到，此乃我们时代的精神

7

风。水。风水的姿态，在何处，何处不在

在人类大地——"一带一路"上奔涌着

快乐地融合，快乐地共享

这个敞开的被春夏所充盈的风情万种

如果这是一个不可或缺的盛大节日

那就让我们为它而庆祝吧！

走在"一带一路"上，从陆地到海洋，起航或飞翔

浪花或是沙砾都是落入耳膜的掌声
今夜，如我在狂欢中，畅想诗歌的交响曲
如果你是千年的丝绸，何须容颜常在
我再一次地回首，或是不言而喻的喜悦
哦，但愿，我只是站在河西走廊，且
以天马的姿势飞翔在天空就像一朵云彩
我以为我可以随风而去

8

风啊，多风吹拂，吹着迎面而来的一缕芬芳
曾几何时孱弱的身心已穿透了一棵石榴
为什么？为什么，在尚且没有拥抱时
为什么！为什么，在拥抱时仅是如此的热烈
风啊，源于你，我便可在轻盈里粘附着大地
仰望星空尚在的微笑挂在嘴角
我便可穿过你的容颜，穿过河西走廊
通过"一带一路"上被风吹散了的鸟的羽毛
如果今日之芬芳足够，展现雁栖湖的一缕蚕丝
如果一丝一缕已足够，展示一台盛大的宴会　难
道我们就不可以像石榴那样在人间拥抱？　难
道穿过岩石的风会随意将一颗果实落在天上　我
因此在这"一带一路"上捡拾陨落的承诺
我穿过丝绸之路，如一粒沙粒，如一缕风
如纯洁生长在"一带一路"上的属于未来的风

9

2019 年，春夏之交，我欢欣鼓舞
我已为风中的千年预知了上善若水的炙热
为了一切行走在"一带一路"上的人类的脚步
携着今夜吹拂过道台上，或者钟鼓楼上的
一盏金色的烛台，或者
让人类面无惧色，仰望穹顶

且在微笑中呼吸丝绸的芬芳

如果，我们都听到，都看到，丰盛在"一带一路"上

让我们分享吧！然后放声合唱

"一带一路"上的大地和拥有的天空

高过我头顶的精神和争艳的怒放

我们因爱而萌生快乐的幸福

让一切飞翔的心灵当家做主

让智慧的风将梦想飞翔

让一切人类的兄弟姐妹情同手足

在永恒的人类大地谱写命运共同体的诗篇

在金色光芒照耀下诠释高远的理想

献给欢聚在北京的美好时辰里的

浮想联翩的"一带一路"

10

歌唱吧，世界，为世界而唱

唱出心中向往的美好和初心的快乐

不必斤斤计较，无须重重思虑

"一带一路"的宽广辽阔不会薄彼厚此

如花瓣的绽开，每一瓣都是花朵

又如融为一体的世间万象变得平等

在这自由的"一带一路"上，一切都很开放

更能将我们与全世界联结融合融入

在伟大新时代的黄金岁月

携手共建盖世的千秋功业

如柔和的丝绸织就锦绣光照人间处处光明

畅想吧，奔放我们的畅想

去唤醒每一朵芳香甜蜜的花蕾

世界啊，我们用眼睛看，耳朵听的人类

在苍穹闪烁不定的奥妙之光下

我们学习探索的方法，会眺望远方

然后用我们的智慧创造新生事物

构建一个可见的真实世界

未来的时间，未来的光亮
可以使我们行走自如的时光
比如清晨洒满天安门的东方的光
和月光、星光下静静闪烁的长安街上的灯盏
正在我们的时代散发光辉
一直普照到无限延伸的"一带一路"

11

如果我们暂时有些许迷惘，感觉寒冷，有孤寂
"一带一路"上的光辉会明亮，会温暖，会有芬芳
无论走远走近，哪怕很远，也不会迷失
因为任何力量都无法阻挡织锦在东方的友谊
伟大的新时代，繁花似锦地再现繁荣
"一带一路"织锦的丝绸岁月
正在为脱去冬装时，也犹如蛇换新蜕旧
朗朗乾坤，"一带一路"上谱写新的诗篇
中欧班列穿梭如银蛇远驰
高过云层的楼船乘风破浪在群峦
载着新时代的梦想，传向远方
传送出真诚和纯洁，最美的心灵
沙砾，海浪，百合的芳香，蚕的旋律
以情怀相诉的和声奏响神圣的合唱
唱响天地，唱笑天空

12

但愿，不，我只愿人类能意志坚定，初心不变
携手前进，一如相亲相爱，相濡以沫
内心充满舒缓的气息，自由呼吸细语柔声
然后，让我们一起放开歌喉，歌唱春天在
燕山脚下，雁栖湖畔，品味绿色友邦在
百合花丛中，在金灿灿的北京
畅饮溢满夜光杯中鲜红石榴的甜蜜

闪烁起明眸的光彩，呈现超凡的姿态

这里，打开的不是一个窗，不是一扇门

这里是敞开的"一带一路"

更为广阔，更为宽大的胸怀和致远的思想

这里是世界人民大团结的精神家园　我

在这里，作为一个中国诗人，在我

的祖国和我的新时代，我是守望者

也是奋斗者，更愿是新时代思想的传达者

为这个时代思想写下颂歌

"一带一路"的雄壮之歌，大合唱之歌

我相信，这个时代思想的品质与精神

承载着人类全部的忧伤和欢乐

源于人民，忠于人民，以人民的精神为泉眼

正如我写的诗，源于新时代的思想

作为燃料，我热血沸腾，为

"一带一路"写下合唱的欢乐颂歌

愿"一带一路"，光辉灿烂，枝繁叶茂，气象万千

愿"一带一路"，熙熙攘攘，人丁兴旺，车水马龙

愿"一带一路"的脉搏健康快乐，生气勃勃

愿"一带一路"的一切都很美好……

13

从一缕蚕丝逐渐展现的画面

足以使我们相融相通

在道路和时空交叉的时光里

我们相遇在风情万种的丝绸上

对于或有的漂泊不定的命运

我们在东风席卷的金色中携手而行

犹如初次相遇又觉似曾相识

又如熟视的千年百合花

会听见风兮兮，马萧萧，会聆听沙砾

之音和风中的驼铃

会看见现在的丝绸之路已完全畅通

便可知晓古老的遥远的之后会依旧重访丝路
会找到遗失在道路上的想说而未曾说的话
会掸掉衣袖上的灰尘　会闻到百合留下的气息

14

"一带一路"，新时代平易近人的交流
百年好合从千年的时间里得益
因为百合是人类各个民族永恒的追求，所以
新的历史在此时，在此地——北京，展开
千百年的丝路画卷，叩响记忆的门，我们承继了
"一带一路"绵延不绝的丝绸锦缎的波光涌动
在这里，平和谈笑，让我们相互认知，彼此趋同
沿着宽广的"一带一路"走过脉搏轰响的大地
越过心花怒放的大海
向着"一带一路"的辽阔宽广蔚蓝，向这个初夏
汉字，华语，字里行间，各表其意，各得其所
在这"一带一路"上，我们一起欢歌笑语，一切会好

15

我们看见时光正在前行
向着春天绽放
风的翅膀拉响了一地的风情　那些飘落在
夷为平地的陡峭凹凸上的记忆
已在涟漪的浪花水乳中
抵达了季风里的三角洲和海湾的港口
我们在堤岸上听见风抚平蓝天
一如这个初夏弥漫着百合的花香
一如白雪般圣洁的百合花
向着行进的队伍献上她的一丝一缕的柔情

16

当风儿吹过吹尽黄沙，流动的光芒述说着

一个传奇在睡眠中的一次穿越丝绸之路的旅程
陆地和海洋的时辰，一丝一缕的光孕育清澈
平坦的土地，平坦的海面，平坦的光芒
带着同一个声音，如同闪闪发光的丝绸
如同百合，将在世界任何一个地方
那样洁白，那么粉红、乳黄　如果我们懂得花语
在遥远的丝绸之路上追寻人类共同的命运和
交织着的相同的启程和出发
我们可以走得更远，"一带一路"本身就走得更远
从陆地，从大海，将百合的美德远远地传颂

17

"一带一路"上的现实之光，穿透记忆
穿过记忆中的河西走廊，朝着打开的那扇门
进入百合园。花语在花瓣上响起
我们就在这里，就在百合花园里，纯洁，高雅
忠贞，神圣。我们穿过庄严的门，称心如意
因为百合一直有着从未变换的花容
以庄严，以庄重，以她圣洁的容态
沿着我们正在行走的"一带一路"
融入柔软的丝绸融入光芒
在铺满金色的流泻的光流里心想事成
在流动的"一带一路"上来来往往
在这里，在那里，百合相聚，百年好合
从一起行动，共同合作与喜悦中舒坦心胸
从彼此的恩惠中淡泊冲突找出平和
在"一带一路"上升华纯洁
为纯洁的心灵铺就了相互依存的路

18

这里和那里，即使时光倒流
这条路上都闪烁着记忆的光
依旧照在一张张栩栩如生的皱脸上

在渴望中，穿过从未孤寂的路，抵达
繁花。因为向往，因而所得
东方与西方的结合，庄严而热情的欢迎
必需的相通，相系，相连
一如一粒粒沾了泥土的种子，满怀盛开地
将芳香很早以前就耕植在了希望的田野
在这里和那里收获喜悦
以便我们能够从容不迫走向未来
在"一带一路"上留下我们共同走过的足迹
在这里和那里编织最合时宜的自古就有的
丝绸锦缎，畅想这丝绸之路

19
这百合花的花语
在这共建"一带一路"新时代的时刻所做的一切
已是人们心中愿望现实的合作共赢
唯有这人间盛开的百合芳香四溢时
才能把握新时代的历史之后的回顾
历史将再次见证"一带一路"成果累累
如同古老的丝绸之路，和时间一样永恒
当中欧班列的铁轨铺成一条线时
前进吧，向前进行吧！
"一带一路"的人们啊，为了我们自己
为了我们共同的命运，也为人类的前途

20
百合啊，百合，你以纯洁、神圣，盛开美好
我以感激与快乐为"一带一路"上所有的人
为那些治理风沙耕植绿洲的人
为那些黄沙瀚海淘金的人
为那些风里来、浪里去的捕鱼为生的人
为那些航海的船只护航的人
为那些期盼出海归来的人

在丝绸上写下祈祷的诗句

以爱、纯贞、圣洁，祈愿所有的人心想事成

无论是在这里，还是在那里

愿这百合的气息与你融为一体

不受边界、肤色、种族的约束

在"一带一路"上雪花般开放，梅花般绽放

愿"一带一路"上更多的土地和海洋都能辉煌

21

这是一个春意盎然的百合盛开的季节

凭借怒放的热情与成熟的精神力量

在前进的道路上和一切与时代有关的事物

及其相关的问题进行卓有见述的沟通与交流

并从中汲取，从中获益，昭示天下

他带着百年合好的美好愿望，爱着人类

也传递着人类更加伟大的爱

就像一个你在等候着的熟悉的老朋友

一个非常受人尊敬受人爱戴的人

以他的智慧和信仰，和这个时代的奋斗精神

和治国的理念，和不朽的人类的崇高原则

毫不迟疑地吸收别人又为人类提供

一个新的、更为宽广而充满生机的新丝路——

在"一带一路"上培育出更加高尚和富强的人类

22

在过去、现在和未来的时间里

"一带一路"上的那道光正在唤醒斑驳的纹脉

从东方世界到西方世界

许许多多五彩缤纷的花儿簇拥着百合花

空气中弥漫着最迷人的芳香

白色和光一起投射到那一片纯黑

光和色的柔情中，"一带一路"，如同朗朗天海

百合花浮现出她娇嫩纯洁忠贞的面容

天之蓝，海之梦，深吸一口空气

你便把百合的气息带入"一带一路"，融入你的思想

更加召唤人们追求无限，如同天马高空飞翔

又如光影正在率先复活，温和而热切

另一种的未来的神圣

像千古不老、不朽的丝绸之路

承载着人类最高的理想、述见，诠释

我们想说而未曾说出的纯真经典

23

胜利！胜利！我们携带着百合的意志

闪烁出花的荣耀——

在"一带一路"笔直的线路上以及以上的天空中

伸展一幅完美的丝路画卷

那里面是：我们曾经的也是现在更是未来的

我愿：高高的天上的太阳将大地普照

人民得到了最大的自由和忘情的喜悦后

便可以肩扛丝绸织的旗帜

那时候：任凭东风西风，任凭风吹雨打

滚滚红尘中的丝绸飘带在通往罗马宫殿的路上

熠熠闪耀，光芒万丈

我因此坐在长安的大明宫殿吹着长箫

混迹于黄色的、黑色的、棕色的人群中

坐在大雁塔下用金色的笔描绘我所热爱的人民

直到大地变绿，直到天空变蓝

直到山岗夷为平地直到蝴蝶扇动翅膀

24

从更美的百合花蕊中，展现

盛开。"一带一路"上的人民啊！

这条伟大的亘古的道路需要我们展开双臂

手拉手，肩并肩，无所畏惧地去解放我的身心

将丝绸视作我们的衣襟

裹着人类的梦穿过"一带一路"，穿过大地

披挂着丝绸在飒飒的丝绸之声中

倾听我们自己的声音

不知，你是否还识得挂在天空里的丝绸

你是否可想起那一片蓝得像天空一样的海

如果：我必须要从陆地浪迹到天涯海角

大地就一定长满百合花

天空就一定落下她的花瓣

以便我们在这个春风的柔情中

踏上通往春天的"一带一路"上

让每一个行走在这条路上的人们相遇

直到"一带一路"的丝绸笑成褶皱

直到现在的时辰送上丝路花雨

我们将捧起双手，合拢双手

将我的身心裹在古老的温柔的丝绸里

那时，我们在寂静的星空下，交织所爱

25

鲜艳的花瓣，以及花心、花蕊

宁静绽放，微微张开的花蕾

写满了人间大地的幸福

写尽了人间悲欢离合的百年好合

哦，你这人类的百合，一切崇高的象征

你至高无上的情怀与无比的芬芳

抚慰着人心以纯洁明亮神圣之光

照亮着温暖着千难万险的叠嶂

人类将在你花蕾初绽的气息里自由呼吸，并

将每一朵百合当作一个知己

哦，每一朵百合花，丰饶高洁的花朵

你溢出的花蕊，撩动着春风

所有的我们都分享了沉醉

且倍增相亲相爱相悦之情
这个世界亦将一直围绕百年圆满的好合
与物与心灵相融于我们已知的和未知的
这人类命运中确凿无疑的生命之花

26

如果：缺失了今夜，缄默之后，是否可以
将我放在原地，搁在"一带一路"上
在天空上，在海洋上
我是否可以面对世界的深渊
是否可以把我自己变成人类的绿色的空气
然后，我会将那一滴泪水盈满眼眶
百合啊！百合，我可愿意躺在你的欢愉里睡眠
然后，继续行走在"一带一路"上一片辽阔的继续中
轻盈，温柔，纯粹，圣洁，且荣耀……
我与你，在繁星闪烁的天空下
尽情享受穿戴着丝绸的锦缎
成为贵妇，成为贵人，成为人民公仆
我的百合花呀！百合花
因你，才是人间的最为友好的物种
当我为你唱歌时
你是可以看得见"一带一路"上的
一片片的光，是太阳的，也是月亮的

27

如果今夜无眠，我愿意
是你永恒的爱人，作为涌泉，而我却无以为报
作为"一带一路"上的合二为一的同一个地点
我愿是你东方的羔羊　是你荒漠的绿洲
你便是我的那一片芳草地的花朵
请你赐予我吧，赐予我，你胸口的气息
我想用我的柔情将你张望在"一带一路"上

你会看见"一带一路"上生长出的黄金
如你由黑变白的长发。
或者，你又像一只天鹅——
献上了你温存的凹凸
我因此必须要赞美，要颂歌
为了一切行走在"一带一路"上的人民

28

如果，我们一直行走在"一带一路"上
以古老的盛装的节日
怀念往昔　至少，我们至今永远不曾分裂
一个新的时代，如此纯粹
以人类命运共同体的行动意志
面对如此充满神奇并被误解的
因不小心而失去的美好
何处无风，何处无尘，且将风尘化作百合的气息
以美丽的你也熟悉的微笑
穿过"一带一路"，穿过你的身躯
以百合花的面色，仰望星空
就穿过了空气，穿过了一缕一丝的绸缎
你应知道：为什么我会在"一带一路"上
为什么今夜我会为世界写上：今非昔比
因为：源于丝绸的光芒
你可同意：这是馈赠的一份节日的
命运当中的同样的喜悦吗？

29

"一带一路"上的唐诗宋词
写在大地上的或是天空的岁月里的
比天大，比地大，比心大的灵魂
在为我们行走的百合花的道路上
以雄赳赳、气昂昂的姿态

在丝绸的光里，用金色的字体
书写人类唯一的命运——共同体
因为：不曾分离，且要百年好合
当然，我会继续行走在"一带一路"上
端着月光下的酒杯
奔跑在大海一样的草原上
和我的羊群
和一个温存的牧羊人
在悠长的丝绸之路上凝视——着
"一带一路"上的女士们，先生们：
诗人向大家致以崇高的敬意！

已经来临的美好生活的赞美诗

人们在中国的任何一寸土地上
眺望天空中巨大的东方的太阳
所有的人们站在屋顶上
各自寻找曾经失去的自我
并且努力把沉重的睡意从蒙眬的眼泪中拭去

睡梦、泥土的芬芳和微风
黄色的土，黄色的肤，黄的，色彩
我从未怀疑过我的祖先
包括祖先们沉入安息
我从来都相信
祖先们的精神正照耀着我们的家园

·赞美诗之一
内心积满了辽阔疆土和时间的目光
还有三棵树和晶莹剔透的石榴籽
随处可见的炽燃的风

261

如果晨曦中的北京，在十月里盛大
如同长城内外飘扬的旗帜招展
我将把人类追求美好生活的记忆刻入流水
以便装点青山绿水的面孔
和花瓣盛开时的笑容
所以我——一个诗人
已经明白美好的生活正在行进的路上
所有的一切都在诗歌的赞美中
一起都朝着行进曲的大调涌去
奏出我们这个时代完美的乐章
一切的演讲者将向人民传递思想的真谛
在雀跃欢呼的和声里，为那些所有
将青春与梦想化为传奇的人们
建树精神的灵魂丰碑

·赞美诗之羊群及奔跑的马群

天山南北的以及晴隆山坳里的牧民们说：
"我们不是迷途的羔羊。"
而我，站在正在赤裸的边缘，正在
守望着像白云一样，像棉花一样的羊儿们
我守候在那里，守候在羊儿的羊圈外
咩咩的声音正从闪烁着星光的天际里
传到我疲惫的睡眠当中
羊儿的蹄子将碎石踩得噼里啪啦
那远处的马群已是红色
那远处耸立的昆仑山脉上
那远处平坦的帕米尔高原上
正在为新时代的思想书写神圣的誓言
一个诗人的眼里，看到了
看到了天空的纯净，大地的亮丽
看到了羊群和马群
看到了剃光了头的诗人自己
回到将变为美好的沙村

·赞美诗之三

那里有我们的梦想和美好的向往

蔚蓝的天空里会飘过动物状的白云

携着我们开始时的初心

麦田里散发着乳香，葡萄长廊里飘浮着

烤羊肉串的香味，夜光下闪烁着石榴酒的香甜

还有我们吟唱祖国您好时

十八把小提琴联奏的《我和我的祖国》

那是我们最早的赞美诗，最初的初心

那里还挂着抬头时的月亮

蕴含着颂歌祖国一往情深的爱意

而我命中注定的，就是带着爱和永远的初心

讴歌祖国，讴歌人民，讴歌我心中的红太阳

赞美向往美好生活的人类

并收集一切的欢乐和痛苦

以诗歌报传福音的时代已经到来

·赞美诗之高山流水

我所热爱的人民是祖国的基石

我所热爱的人民将大山扛在肩上

流过祖国大地的长江、黄河将人民滋养

刻录在记忆中纤夫的号子

在永恒的流水中拽出复活的丁香花

我们的人民不断地穿越

是相信我们有着光明的前途

我们的人民不断地穿越

是相信我们有攀登高耸入云山峰的壮志

我们的人民不断地穿越

是相信一只红船有驶向大海的意气

千山万水里的祖国啊！

我心中安睡着伴我长大的母亲

我将为她献上汉语的诗词和誓言

因为我在她博大的胸怀中

看到了汹涌澎湃的生机和力量
看到美好生活的城邦

·赞美诗之五

用心丈量
脚底下的祖国大地上南疆的每一粒沙粒
和延伸到沙漠腹地的玉龙喀什河的每一滴雪水
葡萄的长廊和新建的纺织城
这里有建设者的汗水和他们的故事
他们的血液正在融入辽阔的土地
他们像金子一样在沙漠地带里发光
和村民们一道沿着刚刚铺好的道路
走进村子，走过新建的幼儿园和学校
走过一座座种植蔬菜的大棚和庭院
在这里，有大枣和核桃，石榴和无花果
大片的棉花在大地的梦中盛开灿烂的花朵
在这里，我能够用心灵丈量祖国的版图
将各民族所流的全部的血混合在一起
在共同的血脉中歌唱我们伟大的祖国
建造的一座座流淌着中华民族血液的集体的大厦

·赞美诗之六

我去过了祖国的东部、中部、西部和南方
在西部的山坳里有许多忍耐着贫穷的百姓
悲惨的命运里保持着渴望美好生活的愿望
他们有期待有向往
是因为他们相信不忘初心的誓言
红船所寻求、谋求的人民的幸福
是的，我带着这种期望和痛苦行走，一年里
穿过群山，或者是戈壁、沙漠以及绿洲
请相信，我所看到的气象，一个新时代里
一场关于摆脱贫困实现小康的战役已全面打响

没有什么理由，也没有什么可以隐瞒
每一道关，每一个坎，都以雄关漫道不畏艰的姿态
从站起来，到富起来，走向强大
是的，是时候了
是到了为我们的伟大时代唱赞歌的时刻
带着
远方和一首赞美诗

·赞美诗之七：想起悲伤的眼泪

淹没一切的不是海不是沙也不是泥土
我的曾祖父、祖父、我的父亲都埋在了
唯一埋人的黄土里
而我却活在一条滔滔的大河中
黑夜入眼，泪珠会在我的脸颊上滚动
在每一次太阳升起时变得模糊
仿佛是，是一粒行走在大地上的沙粒
有时候会坐在一块美丽的废墟上
让雪花落在我剃光了毛发的头顶上
一个神祇的热滑过冰凉的头皮
化作我热泪盈眶时眼角含着的词语
没有多少海，多少沙，多少的泥土理解
汹涌的泪怎样流过傲慢的心
一直流向得以复活的荒芜
继续汇集成滔滔的江河
以汹涌以柔情以水的自绝
没过我脚下的这块土地
我会在朦胧的月光下看见一片葱郁
我会在寂静的清晨里听见拔节的声音
当然，也会亲吻嘴唇上的眼泪

·赞美诗之新时代序曲

一次净化，清澈的空气，绿水青山的气象

从梦想那里开始到行为到行动

多少年来都难以跨出的这一步

虽只有一步之遥——如此坚定地跨出

带着亲和、从容、自信和一往无前的决心

一棵大树在掌心里成长

扎根土壤，茂盛于空气、阳光和水

金色的十月将大川引向牧场，将山峰光芒万丈

在巍巍昆仑的躯体上被光芒不朽的誓言雕刻

我知道一个诗人手里拿着一支红色羽毛的笔

写不出那无限的风景和风景中的伸展的音符

心脏之韵的音节才是独一无二的无垠诗篇

才是诞生在这个伟大时代的思想的殿堂

是由一只红船载着的向着永恒的初心

以新的思想光芒创造了一个伟大的新时代

从唱起开始之夜的歌中唱起雄壮高歌

·赞美诗之九

青山就是金山，金山就是绿水青山

一抹水的浪，一个泉眼的花

一座冰的山，山舞银蛇

那是一个诗人在清晨醒时的晶莹的露珠

太阳一升起，万物和谐

那是人间的一切的美妙！

给人间以爱

给种子以生命

给鲜花以盛开

·赞美诗之光明颂

光明啊！无限的光明

向上的精神

光明啊！无限的光明

人类的神圣

诗歌是什么？
诗歌是光明
将会以鼓舞者的号角
以光辉，以人类的命运
以人类永恒的精神
在我们之间带一个微笑
我们相爱、相恋、相信
那里有我们的福气和上天的消息
诗歌是浪漫的
诗歌是理性的
是永垂不朽的气息
是伊甸园的心灵
永恒的光明

·赞美诗之十一

我从大片的盐碱地里
走向了充满生机的绿色
还有那红色的太阳和
一片树叶，一抹阳光
请听：
那草原上的琴者是
令人肃然起敬的孤独
我在夜的沉寂中
一个人走过……
的一切
因为你刺伤的是你自己
你因此会唱起爱的歌曲
你因此将爱的歌曲唱到天亮
你因此会像麦子那样生长
你因此会像麦穗那样挺立
你因此像石榴一样盛开并怒放

·赞美诗之美好向往

美好的生活向往

彩色缤纷

光辉的灿烂的阳光普照

美好的人间

东方明珠

闪烁在人类的每一个角落

我的诗行、句子与词语

我的诗含苞待放

我的诗是大森林里的幽香

啊！一个新的时代

这是又一个春天

多么美好的时光啊！

啊！一个新时代的新思想

构建了人类的命运的共性

我仍然坐在村子里为你

劈柴，点火，聆听噼里啪啦的声音和美好的琼浆！

·赞美诗之美好的生活

亲爱的朋友，你说什么是美好的生活？

你渴望生活过得美好

每一个人都在以毕生的精力追求

流失在时光里的那份美好

就像一个诗人站在子夜的挺进的风中

与那一袭的风争长护短

在长笛与小号的音符里

将名声传颂到每一个音节

如我们走过的一段、一段的那些路

和那大片、大片的，足以让我们富足充裕的田地

我由衷地相信大地从不赤贫

如此辽阔的大地

给了我们头顶上的那片天宇

美好是对事物的一种渴望

但更加是一颗心灵的美好

就如同太阳从东边升起沉落于西边

把所有的光泽赠给万物

也会从人心里升腾温暖

请相信吧，我亲爱的朋友

就像相信太阳照样升起一样相信

任何事物都会带我们走向远方

一只船，一本书，一缕光，一匹马，一首诗

再贫困穷苦的人也能去远方

那便是美丽的心灵

他会搭载我们的灵魂

多么美好的向往

多么美好的生活

是我们从前的，也是现在的，更是将来的

就让我们将美好的种子耕织在

快活的心田并生长欢畅

·赞美诗之田园诗

假如和田的那三棵树记得它们的种植者

我的目光越过塔克拉玛干沙漠的腹地

先辈们智慧的核桃树啊！

但愿是我们身体里与血肉相融的乳汁

但愿是可风的沙村成为土地的无花果的绿色

但愿和田的玫瑰把沙棘和悲伤化作

更为醇香的如同血液般的石榴酒

我所知道的美好生活

就是能让我的双眼含满双唇的蜜汁

梦见那三棵树——和维吾尔大叔——

一头毛驴子拉着的架子车

他对我说——他理解的美好生活

就是喝到一碗母亲的奶茶

就是一个馕，一个烤包子，一碗拉条子……

我们热爱生活，向往美好
一切的人们都在亘古的这块土地上
耕种与生活有关的植物
让它枝繁叶盛，怒放成美丽的花儿
让土地变轻，让果实变重
我们坐在 2017 年变得很大的月亮下，坐在
花田锦簇的三棵树底下
然后端上一盘子无花果，端起一杯石榴酒
风就像长笛一样穿过枝叶的缝隙
奏响诉说的琴弦——直到月亮沉入乳色

我在挂满云彩的天际吟唱
先辈们的足迹……引导我去了——三棵树果园
与昆仑的冰雪融合水的芬芳
盛大的绿色闪烁在玉龙喀什河
我在潮涨潮落的河岸凝视河水的夜晚
就像我从可风的沙漠中回到家园
用沙砾叙书一粒沙粒的传奇
用一首诗填写春色满园
用晶莹的双眸流淌光明
用盛装的舞步穿透心灵
我因此会在蓝色的田园发出金色的笑声

·赞美诗之生活片段
我一直觉得我是在羊皮上写诗的人
在无边无际的黄昏里顺着羊肠小道
在迁徙，或者构思宏大的转场
从夏至冬，已经是另一个冬至
今天的今夜，已是五年前的，甚至更近些
在乌鲁木齐，黄河路的家中，所有的门敞开
通向曾经的从前的和将来的，一切的今夜

在通向夜的路上，一束光里，照亮了
风吹雪的今夜，一盏灯和温暖的光
把我带进光里的黑夜
好让我在黑夜里感受光，记住光
记住对一个人的怀念
知道这个人时时刻刻和我在一起
过着平淡的生活，令人自在……
清晨，我会亲吻她沉睡的额头
转身时，我知道她的眼睛紧贴着我的肩臂
卸下的是我肩上扛着的担子
她的双眼，成为大雾里的灯盏
或是从城南照射进来的一缕阳光
化一日美丽的晴朗
以便使我们更加热爱生活
我会想到黄龙机场的天空和那次意外
红色的和金色的
我的孤独和成为碎片的生活片段
如同三里河沿途的银杏叶子
我的母亲坐在厨房的风箱前
满膛的炉火依旧熊熊燃烧
在生活的自然中，在天堂
在明睿的注视下，从容不迫

于是，我坐在这无量之火的光里
整理支离，穿过黑夜里我的梦想

· 赞美诗之十五

随心，随性，一起想起往事，或喜悦之心
或仰望穹隆缀嵌着的繁星，海洋和沙漠的
气息，生性毛毛躁躁
遇事总泰然处之
抬头看一眼悬空的太阳
我知道万物都生长在天空之下

太阳啊！我心中的太阳——
每一个夜晚都会有一轮新月陪伴着你

每当太阳升起的时候
或者当太阳变为灿烂后
最贫瘠的土地会增大增肥
她的胸脯，她的身体是那么的丰裕
有时候，我会站在太阳下
看自己在草地上的影子，会
看自己在沙地上的影子，会
用自己的眼睛流一滴真诚的泪
并将自己模糊
于是我把头发剃光
让头顶上闪发亮光
直到夜晚来临
直到清晨
那些将要落下的霜改变
了我的容颜
于是我把身体融为一道光
与星月结伴而行
心存敬畏
小心翼翼
以一种行为将光穿透
显得更加合适
更加得体
更加清澈

·赞美诗之十六
那些记忆的土地上
保留着火焰的沉默寡言
裸露出他永不休眠的宏图
洱海里有他的沙粒的气度
昭苏草原造就他的大片的红花草

就此开启了永载着渴望美好的心灵
会在千娇百媚的花儿里歌唱
和小蜜蜂或是一只蝴蝶

现在我躺在记忆的土地上
保留着泥土的呼吸和味道

· 赞美诗之十七

我独自坐在冬月
陪伴我的黑夜和黑夜里的光
是南方的大海
是北方的大雪

我当然会看着滑翔的海鸥和
一只缩头缩脑的刺猬
那里有沉入海底的浮藻
那里有飘浮在天空中的沙砾
和会飞的浪花会飞的石头
都会以红尘般飞滚过沉入黑夜的光
穿越过向阳坡上的房屋
在晨光里熠熠闪烁

我穿过光里的黑夜
如我穿过一座森林密布的大山
冬眠的松针挂满冰霜结满松果
那里饱含着美好的食物以及
节气自然的转换
那里蕴藏着雪狐的痕迹
和匆匆经过我们的时光
穿过我们的血肉之躯
像两袖兜着的清风
分文不取的
搂抱着天空

穿过雪地

掠过大海

汲取透明岁月里稀薄的养分

· **赞美诗之渴望篇**

我看不见我自己，但我知道我在那里！

我知道我就在那里

与一个与我推心置腹的人一起高谈

明天，我穿什么衣服呢？

她说：你看我穿上合适吗？好看吗？

我知道这就是梓阳的格调

是她永不褪色的衣衫

是她一切节日里的盛装

时光中最穷的日子

我们以沉默记住穷与苦

不能暗示，更不能预见

现在，在平常的生活中遇到了

完美的一颗美丽而又善良的心

只是这一吻

就为我付出了毕生的爱

只是这一吻——

这一吻——救赎了清晨里的一滴泪

于是我在渴望中

带上一切的渴望的美好

以光的力量

满足人间的人的渴望的

美好，以人间的不充分的力量

唤起人性中最充分的力量

这是汉语言里的语气

一种汉字的信念

存活在人类的大地

存活在大气层中
存活在心灵的渴望
并以美好的祝福
可以欢愉！

·赞美诗之二十

这是昼最短夜最长的飘着雪花的一日
我负载着一首长诗在悠然的光泽里穿行
我听不到脚步声，在落雪的土地上唤醒自己的年纪
幻想起身后已经消失的风寒雪冷
我无法知道我将接纳的膜拜
正在我的诗歌的躯体里点燃欲望
显示我们的复兴年代的痕迹
向着精神贫乏的高地挺进

生命，梦想，光明，复兴，奋斗
以坦诚的力量，以纯洁的心灵
　　　　以博爱的精神

丰润卓越的儿女们的血液
因为光荣与梦想的时刻已经到来
已经来临的美好生活在新的时代已经来临
一个古老的民族正在重新诞生生命的神奇的光辉
新的宣言预言着未来

让智慧与文明开启美好生活
并满足人民渴望眼神注视着的美好
不是打鼓敲锣的唱戏
而是团结，互助，奉献
众人一起拧成一股人类共同的力量
显示旭日东升，东方的灿烂的光芒

我写颂歌，写赞美诗，因为

一个民族在新的时代的光芒
已经成了名副其实的一道世界之光，因为
已不再是沉重的翅膀而是翱翔的翅膀
新的时代正在用一片灿烂的光
和七色云彩的虹桥使岁月复苏，生活变美
直到光将世界的每个角落照耀
那些在黑暗里徘徊的人看到光明
那些在时间里耐人寻味的人通透
那些在喧哗中躁动的人恢复平静
那些蒙着面纱的人能自由呼吸
因此，为了新时代，或是新生活，当然美好的
当然，这个引领的时代已经诞生
这个时代的诞生对我们，对人类的和平
都是一次伟大的诞生
从他的生命的全部意义中迸发出的思想和情感
正是今天可见的一道光
可以照亮我们的脚步，找到我们的立足之处
美好的生活就会过得更加美好

我在这冬月数九寒天寒冬腊月里
用赞美诗表达对美好生活的向往
或有些许的忧伤伴随着我的醉意
在夜幕降临和隐约作痛的时间里
那道光正照射在幽静的黑夜
以燃烧，以激情，以赤诚，以善良，以力量
发出更加耀眼的红色的光芒
能使黑暗光明的光
能使春回大地的光
能使家风国运更新的光

我沐浴在这个红彤彤的丹霞之光里
将接受这光的洗礼与恩泽
站在飘雪的北方，以汉语书写诗歌

谢谢，这光，为了荣耀之光，为了
古老中华民族黄皮肤里流淌着的太阳般的血液
为了站立在世界东方神圣的国家
为了象征的东方雄狮的柔情
为了超越梦想的美好生活

欢迎啊！这光，这伟大的光芒，生命之光
自由之光，心灵之光，引导之光
胜利之光

· 赞美诗之回家

我在漫长的旅途中，捧一把雪花儿
笔直的铁轨下的枕木，以震颤温暖掌心
大群的鸟儿飞到温暖的南方
巴音郭楞草原，孔雀河落满了天鹅
清晨的雾气里摇荡着一切的遐想
一切的梨花都盛开在想象的黎明
深深扎根于眺望的泥土里　会
唤起一切的怀念，一切的相思
我将振翅，穿飞于作响的麦茬田地
在天空之城那里融合并接受祝福
与童年的土豆相遇，回忆当年的诀别
隐身于已经超越记忆的宇宙
在回家的途中与颤抖的雪花拥抱

现在，日子就像风车一样旋转
我们都拍打着自己的透明的翅膀
在归心似箭的途中
来不及倾诉，哪怕只言片语

如果我们知道飞的形体
如果我们知道飞的方向
如果我们知道飞的动态

如果我们知道飞的对象
如果我们明白飞的亮豁
如果我们懂得飞的内感

我们——
飞过荒芜，飞过倾斜的塔顶，飞过冬雪覆盖
飞过沉睡的帆船，飞过云杉、狐狸和狼群
飞过壶口的一片沉寂，飞过南方的冬雨，飞过
北国的冰封、雪花，飞向……梦想的家园

梦乡里缀满了温暖，穿针引线的老妈
在黎明的灯下缝补抵御寒冷的棉衣
孑身一人隐在漫降的大雪中，裹一身冷气
期待着我们的到来，回家，回家，回家
这回家的路
这潮湿的路
这纯洁的路

我们都是飞翔的大鸟，不知疲倦
穿飞过雪花飞旋的黑夜，以一片雪花的信念
落下我们对美好生活的渴望，以雪花一样的纯洁
纯净我们追求美好生活的心灵
在梦想与灵魂的躯体里
一切都将美好
我将振翅，呼吸那毛茸茸的温暖
与漫降的大雪迤逦于苍穹
执着地飞过于无声处的过去
许个心愿揽入怀中落在枕上

圣地河谷——梁家河

场景：延安，延川县文安驿（千年古镇）乡村的道路通向梁家河。

情景：非虚构诗剧，为一个少年和一位领袖而写，为一个新时代而写，为美丽乡村而写，为美好生活而写，为人民幸福、国家强盛、民族复兴而写。

人物：曹谷溪：笔名溪谷，诗人。

梁玉明：小名王栓，梁家河村民。

石春阳：小名随娃，梁家河村民。

王宪乐：小名黑子，梁家河村民。

武　晖：小名铁锁，梁家河村民。

张卫庞：梁家河村民。

吕侯生：梁家河村民。

刘金莲：梁家河村民。

赵家河村民多人。

陕北民歌传承人。

地点：梁家河村委会。

时间：2015 年春节。

朗读者（诗人）：

我来到圣地河谷——梁家河便已知是初次

也是我脱下油腻腻棉袄穿上新衣衫的开始

那一座座的山，那一道道的沟

那一缕一缕的黄土地的风尘

那一座座的坟茔，那一眼一眼的窑洞

被风儿吹着，被雨点打着，被日头晒着

在经历了人间的四季和所有大地上的二十四节气

在经历了战火纷飞和凤凰涅槃后

我在风中看见了那面红色的旗帜

和旗帜里刻录的不朽光辉

我来到圣地河谷更是已知的出发
或是我再次重温东方红太阳升起的时刻
我来了，梁家河，在午后有些睡眼蒙眬时
我紧靠在有些狭窄的路的边缘
　　　走在空旷的沟沟里
　　　走在空旷的塬塬上

如果没有你曾经的到来，如果你走得太远
忘记来时的路径
我不见得有这样的命来到你的圣地河谷
我不见得能够听得见陕北的信天游
我更不可能在圣地河谷里再次看到
一座沼气池里喷射出的火焰
就是那一团熊熊燃烧的通红的火
又一次以神圣的光芒彻照了这块圣地
以质朴、以神圣、以庄严、以憨厚的欢笑
合着一个民族的节拍，有节、有气、有度
围绕着这团火，汇集成火焰
温暖着这个人间斗转星移的变换
准备好以青春的色彩，重新出发
甩掉脚跟沾着的泥巴
行走在产生泥巴的黄土地上
穿过一层又一层的山峦
越过一沟又一沟的河水
带着一个民族所有的梦想
奔向有晨风吹拂的蓝色的大海

面对你曾经的知青岁月和
与你一起干农活的兄弟姐妹、父老乡亲和
春天里飞扬的杨絮和
夏日里灼热的激情和
秋天时季里的红苹果和
冬日里脚底那坚硬的土地

以及你披着棉袄在风雪里眺望的星空

在寒冷的冬天里老乡们砍柴生火

那一团的炉火激发了你的想象

一直到地底下打出另一团火

老乡们不再一把鼻涕一把泪

        不再烟熏火燎

你把圣地河谷的冬日温暖在了一团火热里

也温暖了沉默于群山里的圣地河谷里住着的我们

面对这庄严而神圣的陕北

天庭下的大地

我驻足在圣地河谷繁星满天映衬的沟壑

与无边无际的层层叠叠的大山

以及一眼眼的窑洞

一个诗人以他不着边际的遐想

眼睛里充满了难以想象的可能

一个诗人的诗歌与修辞与赋

无法描述一眼窑洞的思想怎样形成

既是无法理解便要自知更懂得不可轻言

那睿智的思想与窑洞的奥秘

那远不是可以窥视的或也不是猜想的

在我看来，那是你在圣地河谷，寒夜里

汲取的获得的一种力量

是一天一天的实践中寻到的符合实际的

且又日新月异的变化和革新

在我看来，那是你在圣地河谷的春光里

汲取的认知的一种灵魂

是一日又一日的茁壮成长的智慧，而此时

我面对新时代的圣地河谷

我渴望可以得到你智慧的启迪

以便大摇大摆地走在这块土地上

以便生于斯，长于斯，以便埋入黄土

生根、发芽、开花、结果，

得到唯一的智慧的果实

如你所说：这是一次新的长征

因为见识了五月里盛开的兰花花儿

因为不是漫无目的而是心存敬畏的一次到来

因为你已在黄土高坡上不再迷惘

因此在那个年代，那个岁月，那个地方

留下了你的根，养育了你的心

这使你懂得了广大的劳动人民的穷苦

因此，你来到圣地河谷

不是为了逃避，也不是为了自己

你来到这里是为了将你的双脚立于大地

是为了许多年后的已经初见成效的梦想

你已经在实践中用火以火交流了生命的真谛

即便你的嘴巴里含着泥土粉尘

眼睛被黄土高坡的风沙遮挡

但，你依然是你

一如你的胸怀，一如你的宽恕

因为你曾经播下的种子已成为今天的果实

所以，我千里迢迢来到圣地延安圣地河谷

学习方言，懂得中华民族的本分和纯洁和

对国家的热爱和对

土地的无限依恋，如果

我一次又一次地来到这里，或者迷恋这个地方

那一定是想更多地了解非亲非故的陕北人——

一群具有非凡天赋的仁慈的人

从胜利走向胜利的从不悲悯的人

是在火的欲望火的燃烧中得以永存的人

你把被光芒照亮的心灵给了双脚下的大地

你把思想的翅翼给了隆起的山峦

你把火焰里炙热的光芒给了寒风里的村子

十五岁的少年要在怀抱孤独时建树人生

你人生的道路已在心里头敞亮豁朗

也为你铺就了一条洒满绿色的坦途

每一步都踏得坚实，每一步都在心灵上
这一路走来，远比你想象得更远

你也因此再次成为那个取火的人
　　不忘初心地承袭祖先风度的人

我长久地凝望着圣地河谷，凝望着
一个充满灵魂的世界……
与陕北黄土地息息相通的灵魂
仿佛看见了那燃烧的火焰如凤凰的翅膀
正从陕北这块神圣的土地上飞向大的天空
在天空洒出千万条焰火之光
幸福的时光正在天空里熠熠闪烁
你向人类的每个人讲述着命运的故事
是因为我们活在今天更加开放的新的时代
从容而真实的世界
是因为一切美好的东西都不会消失
是因为我们能够听见梦的声音
就像在夜晚听见花开的声音
因为我正在聆听圣地河谷谱写的新时代之歌
正在感受曾经千锤百炼的壮丽情怀和
对人民的滔滔大爱
人们说这种大爱来自于坚实宽厚仁慈
壮阔的初心

我来到圣地河谷便已知粘在了刻印着
你足迹的这块土地上
我行走在圣地河谷的塬上似飘飞的流云
沉寂在辽阔的狂野里游荡在空响的山谷涧
从起伏的群山间传来高塬上的歌声
悠长的信天游是那样地荡人心魂
我满眼里是绿了的陕北，花红了的圣地
延安，甜蜜了的圣地河谷　青了山绿了水的天地

我醉卧在枝头挂满硕果的苹果园里
聆听千万里融谐千万的声音
凝望自然景象所闪烁的思想瑰宝

哦，圣地河谷，宁静而开放的河
沐浴着清爽的节气浸润着初升的光辉
给了我们诚实、善良、良风、美德
信仰的力量和梦想的自由
会让我们当中的人：庙堂之高的，江湖之远的
一起找回中华民族的伟大风范
丢弃枉然的贪婪拥抱久违的快乐

面对人民，你纯洁如天，以奔放的热情
崇高的美德，正直地走在人生的理想大道上
面对人民，你虔诚而平易，以赤子之心担当使命

此刻，我站在这里，忽然间的幸福
正在洗涤我内心的孤独和身体的疲惫
而我却像一个盲人看不见这最美的风景里
所孕育的圣洁的思想

哦，圣地河谷，恬静而温情的河
包含着善良、爱和意志的精神家园
我站在这里感受到了我们这个时代的伟大
　　　　　　　我们这种生活的伟大
　　　　　而且也能感受到将来生活的伟大

站在这块土地上我敢这样希望，因为
这里能教会一个人的心灵怎样看待大地
会给予一个人一种精神，一种思想，一种动力
一种信念，养育出崇高的伟大的思想

请相信吧，这足够的思想的力量！

一切思想的源泉都是这绿色的大地上
所感受的创造的自然的灵魂和信念
让我们在陕北黄土高原上的山谷里让塬上的
大风随意地吹拂我们的心灵　我们——
会想起不会忘记的曾经的岁月

我来此地，身怀崇敬之心
探寻将全部的爱都给了人民的那颗心——
为全人类美好日子奋斗的那个人——
最初的开始——从——
一眼窑洞——从贫瘠的土地——从一道道
梁上一条条的沟壑——从繁星满天的历练——
从心灵的目光——从坚定地踏上由先辈指引
的道路——怀抱信念——永不衰退的——
不忘初心的信仰——

我来到圣地河谷，感知我们的中国——一个
泱泱大国的精神会在这里聚集——起伏
的群山已换上了新装，乡村充满了紫气
这里是曾经梦想开始的地方
也是未来更有希望的开始
倘若塬上的苹果园记得它的种植者
苹果就能生长成冰糖心
这憨厚智慧的黄土地啊！上升的风啊！
将一直吹向任何的地方将一直吹绿一切的大地
让葱郁的橄榄的绿色成为
人类居住的土地上永恒的盔甲

我走在这块土地上聆听信天游的歌唱
在吟唱着的歌谣里有你热爱有加的灵魂
那是响彻的大地之歌
更是陕北大地上灿烂的花儿的盛开怒放
我便在花儿芬芳的记忆中采摘百年的苹果

并将铭记在心

面对陕北这块厚厚的黄土地啊
在过年的时候我带着妻子和女儿们
穿着新时代的轻盈羽毛衣衫
穿过飘着雪花儿的陕北大地
大年三十，我们住在了离延安九十八公里的
　　　　　　圣地河谷——梁家河

和你曾经在一起生活，一起劳动，一起梦想的
他们：迎儿、向前、春娃、迎春、成儿、王栓
铁棍、黑子、随娃、椿阳、根民……

梁玉明（小名王栓）：
近平到梁家河插队时才是个十五岁的娃娃
那是 1969 年的元月 16 号
他从千里之外的北京搬了两大箱子的书
他爱读书，只要有点空闲
他就在塬上，在黄土高原的窑洞里
在夜里昏暗的煤油灯下读到深夜里
他沉稳，聪明，机灵
办事有条理，说话有道理，有文化，有思想
村里的事总少不了他，不论他走到哪里
都能平易近人，会说话，能讲理
他处事公道，为人正派，脑子灵活
他为我们梁家河修建了沼气池
沼气可以点灯，沼气可以做饭
他为我们梁家河打了一口井
梁家河的人现在吃的还是这口井里的水
他为梁家河办了一个铁事业
他带领我们打坝地
他就是梁家河我们自家的人
咱梁家河的好后生要去北京上大学

临走送别的那一夜，没合眼，就拉话
我记得他的目光真诚而坦率
他盯着我们看时，好像哪里都有他放不下心的地方
我们看着他时，想着啥时候能回咱梁家河看看，
一晃，近平再次回到梁家河，有四十年了
2015年2月13号，梁家河的乡亲们围着他拉话……

石春阳（小名随娃）：
住窑洞，干农活，面朝黄土背朝天
我们农民就是黄土地里生长的
近平他个城里娃娃和我们
在黄土地里种粮食吃，睡在窑洞里
他真是一表人才，幽默，机灵，见多识广
他爱学习，爱读书，常常教我们识字读书
短短两年，他为梁家河的村民办了好多好事情
妇女们不用在昏暗的油灯下穿针引线，缝缝补补
结束了石碾子毛驴子，毛驴一圈人一圈的磨坊
梁家河的七年，他入团，入党，当村支书
他在梁家河这里落脚，从梁家河这里出发
跨过了一道道沟壑一道道岭
现在他是党的总书记，国家主席
他回到年轻时生活过的这片土地
他总是关心人民群众的生活，问的、说的都是老百姓想的
村民都说：那就是他，他心里头一直都装着咱老百姓

王宪乐（小名黑子）：
四十多年前，近平这个瘦高的后生还有两个很沉的箱子
从文安驿弯弯曲曲的梁家河的那道沟
走进了封闭在深山里的梁家河
我们白天下地干农活
夜里我们点灯熬油，拉话讲故事，为梁家河想点子
于是，近平给咱梁家河修了个大淤泥坝

从这里一直延伸到咱村的大片良田

那是我们梁家河村里最好的最长粮食的土地

那是他在那些艰苦岁月里所忍受的

那是他在那些彻夜不眠之夜思考的一切

建沼气，修大坝，筑好路，那么多好事

你都能从他的眼睛里看得见

铁业社的火星造出了镰刀，铁锨，锄头，榔头

对他来说，让村里人都能过上好日子

不愁吃，不愁穿，就是近平最大的欣慰

现在，乡亲们仍然会谈起过去吃"团子"的"好生活"

他也会谈到当年乡亲们送给他的真香的一碗大米饭

梁家河的岁月，与中国农民最初的同甘苦，共患难

磨炼了他的意志，培养了他的初心，全心全意为人民办好事

像近平说话："我走的时候，我的人走了，但是我的心留在这里。"

他记下了一切，他将把一切说给人民

是的，"不忘初心，牢记使命"

他说的话，我们要牢记在心

武晖（小名铁锁）：

近平来的时候我才十四岁

正是冬天最冷的时候

他们北京知青就住在冰冷的窑洞里

我给他们烧火，烧炕

我带他们到崖壁上、深沟里砍柴

和我们社员一样挑着羊粪、牛粪往山上送

收获的季节我们一起去割麦子

闲下来的时候我在近平那里看书

看《十万个为什么》，看《三国志》

看高尔基的《母亲》，看肖洛霍夫的《静静的顿河》

张卫庞（梁家河村民）：

我是庞家河村的，我是梁家河的上门女婿

近平比我到梁家河还要早一个多月

虽然过去我们并不认识，时间长了就熟悉了

他成了我这个缺吃少穿人的朋友

我和我婆姨吵架闹别扭，闹得不可开交

近平看到我们的别扭，鼻子不是鼻子，脸不是脸

就在那时候，为了不让我们闹下去

他说："没啥不好解决的，不用较劲

    谁对就是谁对，谁错就是谁错

    该讲道理讲道理，没啥不好解决的。"

我愿意听近平的，是因为自己身上的毛病多

我知道，他是为我们好，为家庭的和谐，夫妻和好

不然的话，你就是闹腾别人，自己也跟着受罪

最糟糕的莫过于心里只有自己，装不下别人

还要用恶言秽语张着大嘴伤害人心

所以，近平的心里头装着咱这些个平凡普通的老百姓

跟咱们是心连着心

他公正，仁慈，善良，真诚，他给我们的家带来了平静、安宁

我作为一个庄稼汉不能不说，他是我们的亲人啊

我们相信他的好心

他的好心也留在了我们的心上

哪怕是他走的时候，送给我两条棉被，两件大衣

还有绣着"娘的心"的一个针线包

那是他留给我们的值得珍藏的一笔财富

吕侯生（梁家河村民）：

原来外面的世界是这样的

外面的世界简直像是在做梦

他把外边的世界带进了偏僻闭塞的梁家河

尤其对我这样的一个没上过几天学、不识字的庄稼人

1994 年的时候我患上了骨髓炎

一封信，五百块钱，穷困的我从延安到了福州

我治好了病，活了下来，是近平救了我的命

2015 年 2 月，近平回到梁家河的时候

坐在他所熟悉的窑洞的炕边

他对我们侃侃而谈
谈到的永远是也是他最关心的
乡亲们过得怎么样，吃的穿的有没有，够不够
心里头牵挂的、装下的总是咱老百姓的事儿

诗人曹谷溪：

你看呐，陕北延安，在我心中层层叠叠年复一年，我是陕北的更是延安
的一个写诗的人（老先生穿过林荫的山路，穿过山谷，眼中是高原上的
陕北。）
我热爱这片土地，很爱
我无数次问过苍天，为什么？
孤独地站在这里，我问：为什么这么眷恋？
即便是梦里，陕北，延安，也成为了我的梦
你知道，梦里会有许多的梦境
但是，我的梦里，或者说我一直只在一个梦里沉睡着
陕北，延安，就光辉熠熠
被照耀着，落进梦境，落入生活
一切都落在这片土地上，一切依然在那里
世界那么大，但在我的心里，我们的心中
　　延安在那里，中国在那里
也不论你走到哪里，甚至飞越过大海，哪怕只是候鸟
　　道路虽远，但心底暖和，延安在，中国在，中华民族在
（遥望远山，陷入自己的沉思）
20 世纪 60 年代
黄土高原上的知青岁月，理性与情感
激情，蜕变，理想的火花
近平也一样走在了"上山下乡"的路上
从 1969 年初到 1975 年 10 月
人生最宝贵的青春年华
给了他人生中最宝贵的一笔财富
念念不忘的黄土地、黄土情给了他忠诚
是这片土地上的父老乡亲滋养了他的初心
使他有了顽强的意志和拼搏的力量

七年的苦难和磨砺

梁家河亮起了高原的第一盏沼气灯

百姓家的灶膛里呼呼燃起了蓝色的火苗

如同山丹丹开花红艳艳的那个时代的篝火

他传承着火种，以燃烧的"知青岁月"的激情

他"根在陕西，魂在延安"，是"黄土地的儿子"

像火一样燃烧，像山花一样灿烂

他已将信仰中不忘初心、牢记使命的种子

播撒在了那片渗透父辈血汗的黄土地上

陕北民歌传承人：

这陕北的民歌，信天游的信子

那民歌里的灵性，拨浪的琴弦

思念的心儿啊早已从心里头飞出

如同这眼下的千沟万壑看不见塬上的颤抖

难道世人有谁会想不到那股子正在奔流的激情

感情里的爱燃起了熊熊烈焰

我的歌啊，是凡人眼里的泪水

只有这里的千山万水啊才能配得上

我为你一泻而出的歌唱

在陕北，在延安，我引吭高歌

我的歌啊，就像刮起的西北风，东南风

我在这里，为了生死都相恋的陕北高原

　　　唱响永生不息的万世流传的歌

在我的歌声里得到光华与灿烂

诗人啊，我也爱你，爱你的诗歌

因为你我都在为这块大地而歌

因为我也在为你而唱响赞美的诗句

为了我们祖祖辈辈的华夏民族

为了我们簇拥着整个民族的过去和未来

让我们携手相拥

希望我们伟大的民族她的复兴
　　给予一切的人民以幸福
希望全人类都能看到并获得全世界的赞誉

诗人啊，我愿用你的诗句谱写歌曲
愿你的诗化作歌，健康而新鲜
诗和歌就能将我们的祖国化为史诗
就能把我们的灵魂和祖国相连
哪怕嘶哑了嗓子，唱破了喉咙
哪怕披肝沥胆，哪怕星辰陨落
我也要将歌声唱下去，唱到天下大白
唱出月亮的笑脸，唱出玫瑰的鲜艳
把一切唱出来，唱给你听

高原的风啊，狂风暴雪里的高原啊！
你承载了一切的荒蛮，一切的繁华
就是在这样的一片土地上，炎黄的那个年代
在滔滔的黄河咆哮的历程中
一个伟大的民族在那里留下了自己的脚印
也为这个民族留下了：
"北国风光
千里冰封
万里雪飘"
"望长城内外，惟余莽莽"
"山舞银蛇，原驰蜡象……"
一个伟大的民族在这里谱写了银装素裹，分外妖娆
勤劳善良的人民记得这些诗句
在这片茫茫银色的黄土高原上筑造华丽
在隆隆的礼炮声中走向金色的北京
在节日的礼赞中将五星红旗升起在天安门
如同升起人民的敬仰的泪水
那久久回荡在人民耳畔和心底的歌声
响彻大地，响彻天际，响彻永恒！

夜未央　夜未眠……

我独自住在这里，总是同样的时刻，同样的景象
总是在最深的夜里，折返于两眼里的书屋
大雪已至。卧室的温度抵得上盛夏的七月。而
现在冬至即将临门，我在有些哀伤的夜里
　　没有言语，措辞
　　甚至没有一声叹息。又独自去了趟燕儿窝
　　就那样策马驰入雪夜
　　远方的博格达山峰直入光芒
　　顶天立地的一种寂寞，因此异光幽暗

我的母亲

我捧着一束黄色的菊花，思忖一句问候，天遥地阔
将摘下的一片花瓣撒下，雪花在眼波里浮沉漂游
大地因此而缤纷而耀眼。眉目清秀，透着雪，闪着光
那是你的目光在织燃，我的母亲

我当然会想到七月，葡萄和兰花，一夜未醒
以适当的姿势沉睡于丝绸锦缎的皱褶
我当然将七月最后一天的那一个时辰置入生命
爱和生命，小如一个家，大如一个国，我的母亲

我当然不会忘记河西走廊的麦田
不会忘记穿过河西走廊星星峡谷里的月光
也不会忘记那一年在吐鲁番的火焰山度过的那一夜
会想起八月十五月光下的猪和菜叶里的一块糖萝卜

我当然记得它的味道，我的母亲

我当然会坐在书屋里创作"未央歌"
家国情怀在我的身体里燃烧
我们的国家和人民在民族复兴的中国梦里
在不断战胜困难，不断超越自我，不断穿越光芒
我要用我的诗歌将祖国和人民扛在肩上
我要用诗歌给予美好未来以力量，我的母亲

因为这世界仍然有喧嚣，有掠夺，有洪水泛滥
有哀伤和悲叹，有昏头昏脑的面如土色的人
和跪在洒满鲜血的沙地上号啕大哭的人
还有我饱含泪水却从未掉下一滴的心泪
我还要大声地朗诵我的未尽的诗情，我的母亲

我当然会继续纯净地走过这片国土
从我面对圣地延安的那一刻起
我已知中国的声音将传遍世界各地并获得共鸣
将赢得火焰的乳汁和坎儿井滋养的葡萄，我的母亲

我将带着梦想和诗歌走向远方
而我，我的生命之歌也将献给我的祖国
如我的未央歌，缓缓地显现的每一行诗句
过去，现在，将来，我将永远在这儿歌唱，我的母亲

如我献上诗歌，也献上生命
为生生不息的沸腾的黄河和翱翔海鸥的大海
为滚滚而来的人类命运共同体的好声音和
昂首挺胸阔步向前进的人民和祖国，我的母亲

冰山上的雪莲花

我们曾经把猪尿泡吹成了气球
它飞翔在充满了雪花和黄沙弥漫的天空
又像一群黄蜂或是掠过大地的蝗虫
突然的一声爆裂是因为它过于膨胀
如一个孕妇在快感中生产
或者是一粒雪花为诗人所念的经卷
那是诗人层层叠叠埋在雪下的活着的诗语
那是诗人血脉里的太阳的动脉
更是冰山上下来的客人——一朵辉煌的雪莲花
高于人间的冰清玉洁的又贴在大地的亲近的恋人
当风和雪和风雪中的沙粒迎面而来
诗人已在他的信仰的沃土上种下了自由的种子
而诗人的自由并不是闲情的生活
而是诗人的奋斗的种子
诗人念想着那些用仇恨编织的爱
用一诗一行的心血融化着硬化了的民族的血管
诗人的脸面上刻录着热带的雨林
诗人的国家的国土上烙印着招之即来的精神
诗人的自由只是一粒自由生长的种子
虽然诗人尚且不清楚为什么大海会在蔚蓝里变黑
为什么风帆会带着恐惧在万圣节点亮南瓜
并以魔鬼的扮相恐吓一颗千锤百炼的心
诗人用诗歌染红躺在黑暗里的种子
难道滔滔的大河会冻结自由的梦想
难道我们的国土不够辽阔如大海?
诗人眼里的西方,只剩下机器的脸蛋
包括奔跑在香榭丽舍大街上的法国人
和盛开着郁金香的荷兰以及被德国人

赶尽杀绝到海里的英国人和
萨拉热窝的南斯拉夫人或者穷凶极恶的
倒在雪地上的乌克兰人或是站在黎明里的俄国人
以及躺在密西西比河里的一条张开血口的
神经已经错乱了的自以为是的荣耀的鳄鱼
当，世界缺乏信仰、无话可说时
中国的声音携着人类听得懂的话语
像唯一留在宇宙里的乐曲东方红太阳升
照到哪里哪里亮，哪里的人民就获得解放
　　获得永远向上的精神和永恒的微笑

活着灵魂，活到最美

一切的浪花，只是随波逐流
即便大海在怒吼
也只能生产出更多的浪花
即使浪花遮挡住了海岸
当一切的浪花的心都碎了
我也知道浪花里虔诚的和平的色泽
是的，是该我们行动的时候了
是的，是将我们的信仰注入科学的时代了
从我们的人民站起来，我们的国运就浩浩荡荡
我们的人民已将一切所能承受的屈辱抛之云霄
我们的人民早已养成了与人为善的习惯
我们的人民的自由是驰骋在大地上的自由
我们的人民自由源起于远古的华夏文明
那小到米粒大的花与牡丹一齐开放
这就是我们当仁不让的平等
如同大河穿过黄土地，穿过黄色的沙漠
不是因为大河的河神，而是顺心地流淌
这个世界上有这样的一条大河

就一定将浇灌睡眠中的花朵
从她所迷恋的土地上萌发迷人的清香
为人带去真善美的明媚和苍润的柔情

当海岸线上的一些土地摇摇晃晃
新时代的伟大的预言在东方以人类的声音
有一支羽毛为人类勾画复活的楼兰
用大河的水为湮灭在荒原里的沙漠披上绿衣
就像今夜里东方的气象万千
当清新的风吹来鲜艳的云彩
人类的头顶上只会飘过代表自由的月光
并在月光里含蕴中华民族的意志
人类世界的一个伟大领袖在我们的时代里
将人类伟大的光明彻照人类的美好的将来
那么，就让我们跟随着光的光阴
凭借着光的能量重新念一段刻录在我们的时代里的
不朽的永远辉煌的这一篇章
从未书写过的已经为将来书写好的
在繁星满天的光芒里熠熠闪光的信仰的种子
撒遍人间大地

我为我的祖国写赞美诗

我为我的祖国写赞美诗，并歌唱祖国
我歌唱新时代
以欢快，以愉悦，以合乎人民的心愿
将我的一切的热情，活力，精神和体力
献给伟大的祖国和伟大的人民

诗歌源于生命，生命的源头在远方的诗歌里
尽管有人说：战争可以创造出伟大的诗歌

那么，我也可以在诗歌里表现战争，并颂歌战争
难道，我们就不可以在和平时期为幸福生活而歌？
在我写作"未央歌"的过程中
我的心底是喜悦的，也是忧伤的，有颂歌，也有哀歌
但我，绝不动摇我对诗歌的信仰
我会始终怀有信心，必胜的信心
我唱着歌，沿着黄河，穿过黄土高坡，站在宝塔山上
为我的祖国和人民而歌
我感叹岁月，赞美往昔
我们所热爱的中华民族以勤俭而持家
因此，我的祖国的良田和万物都是阳光的
所以，我自以为，"未央歌"是一首独一无二的歌
我为我的祖国和人民而歌
而忘怀地、忘情地、心醉神迷地为她而歌
我歌唱祖国的辽阔、宽宏大量
我歌唱人民的善良、真诚、坦诚
我歌唱祖国大地总是五谷丰登总是那么美丽富饶

我走过祖国的山山水水
我听见祖国到处都在歌唱
我因此知道，在这片土地上不只是我一个人在歌唱
那么，我们一起歌唱
一起将我们对祖国的爱献给母亲
而后，我们俯下身子拨开雪花看一眼来年的春苗
那些青苗如我们的血液和泥埋的种子
会在大地上流溢无限的芳香
我相信，和我们人类一样万物都靠太阳
都会感受同样的美好
为了人类在大地上好好活着，活到最美。

啊，新时代的列车，当你呼啸而过

啊，新时代的列车，当你呼啸而过
我知道，我们已启程，我们在"复兴号"上
我们这一列"复兴号"奔驰在光芒闪闪的新时代
我们的"复兴号"也穿过所有的难关
正向我们复兴的梦驶去
世界的目光正在注视着我们的"复兴号"
风驰电掣，沉静平稳和着复兴的节拍
这强大的不可阻止的滚滚车轮穿过旷野和起伏的山峦
穿过无数的城市和田野
穿过丝绸之路，穿过广阔草原，繁星下的海岸
穿过毫不踌躇的梦想，凌超一切
奔驰吧，我们新时代复兴的梦想列车
载着新时代的春天和壮丽的万丈光华
将民族复兴的种子布满青山绿水的大地
梦想的大地广阔、多彩、富饶，阳光铺满大地
汹涌的海潮声中，人头攒动的城隍庙
热气腾腾的小笼包子
里海的海岸和大理柔顺的阳光，漓江的渔火，遵义的曙光
新时代的阳光沐浴着一切，普照着人民和大地
农民们正在丰收的金色果园里摘下甜蜜的果实
老人和孩子，姐妹们嬉游在缀满花朵的风情里
乡土气息的农家果园迎来送往这远道而来的客人
忙里忙外地忙着舌尖上的味道和内心的欢畅
以及喜上眉梢笑不拢口的欢欣
啊，新时代的列车，当你呼啸而过
我知道，我们已经乘坐在了甜蜜、
舒适自由奔驰的列车上
随着我们新时代的复兴之梦共享天伦之乐

让复兴之光彻照大地

这是来自东方的光芒，发出中国心灵的声音

在一切为人类，一切为人民的民主之音里

在一个民族从站起来、富起来、强起来的荣光里

一个大国向世界宣告她自己的崛起

在一个由时间、历史和实践证明的光明的思想里

一个有担当的大国丰富自己也丰富他人

就是带着人类命运共同的美好走向整个世界

这是一个伟大民族自豪的民族向世界呈献的思想之光

生命之光，自由之光和不朽的人类之光

啊，新时代的列车啊，奔驰在属于人类的新的时代

在民族复兴的召唤下，欢乐地奔驰着

将复兴的梦告诉新时代里的每一个人

告诉我们复兴梦想的列车驶向的目的地

以悠久的历史，胜过昨天的今天，优越的社会性

在梦想的光芒里，在永恒的不朽的光辉事业中

在无穷巨大的人类命运共同体的世界中

新时代的伟大智慧，光辉思想，高尚的品质和理性

之光将真实完好地体现人类的美好

这贯穿西边的风雨，长河落日

这贯穿西边的风雨，长河落日

　　夕阳下斜着射进窗户的一线光明

将诗人的青春重新焕发

这击穿宇宙的雷电吐露出暮色的幽怨

如同过去的一次怜悯，一次同情的微笑

我知道，这个诗人看惯了人间的悲欢离合

　　　　　也习惯了人间的太阳

还有独自坐在书屋里，侧身与灵堂的交谈

　　也会像暮色里，风雨中

　　与萋萋芳草一样四处飘荡
像一棵草一样会在古老的大地上
紧贴着土壤，或者沿着悬崖岩壁丰润茂密盛开
我会在这样的雷电，风雨交加，折叠的天空下
手把手地为一只羔羊举行一次全羊宴
　　也会按照当地人的习俗
在供桌上摆放各种的点心、酒水、鲜花、水果
并点燃三炷檀香以此呼唤亡灵的魂
　　　以此慰藉臆想的道德和神灵的教谕
这贯穿东西的风雨，雷电
无论你在哪里，无论是白天还是黑夜
是在刚刚的倾盆大雨里还是在烈日炎炎下
或正忍受着寒天冻地，饥寒交迫，或
正在承受着念念有词的超度
有酒、有肉的如同节日般的祭祀，或
像是但丁的"炼狱"获得了正义严厉的惩罚
诗人坐在那里，乘着风雨雷电之光
将这麻木的尘埃粒粒吹散淋尽
包括这已经来临了的黑夜
诗人愿意在这黑夜和风雨的深渊里
犹如席卷大地的风雷横扫
人类的贫穷、困苦和劳作

现在，我在为你们写诗，我愿：
　　诗歌是黎明前的曙光
　　　　是呼吸的、飞翔的、搭载的翅膀
我愿人类的一切都是那么地美好
　　　因为通往美好生活的道路已畅通无阻
当然，我也更加愿意活在活不够的甜如蜜的人间
我，怀揣着至诚的心灵，唯有一颗
　　宛如昆玉河床上的羊脂玉
在高山之巅，高原雪域预知的冰雪的未来
　　　在奔腾欢畅里变得润润融融

在数不清的浪花的焦虑中患得疯狂的孤独症
　　　和痴心的妄想症以及苦闷的抑郁症
在回忆的和幻想的时刻期望在自己前面找到
　　　自己灵魂深处根底的病因
想要守候的初心，想要守护的道路
　　　　　　通向美好的那条道路

我在田野的大地上，在夏日的牧场
柔声倾诉，把至诚的话语留给古老的橡树
　　　让青草和鲜花轻盈地生长
如同给大地穿上梦的衣衫，披上梦的颜色
也便懂得了大地，寂静的语言
因为有歌声，有信仰引路
已为我斟满了美好之杯
也为我结束了我所承受的苦难
如果有谁看见我的眼泪还听见了我的哀声
　　　为什么泪水会在眼里闪光，哀声在飞向何处？
如果都有所指，过去、现在和将来的我
是否踏过那条路，是否一直走下去
带着所有的梦想开始"未央歌"的征程
我知道，这是诗人一定会矢志不渝的坚守……

我感谢这个世界

我感谢这个世界
从旧世界到新世界
从古代到当代，在当今的新时代
历史的车轮在滚滚向前
那些早已消失湮灭了的文明国度，以及
大洋彼岸的宫殿，所有的王朝
想象中的后天或是蝴蝶翅翼下的一次海啸

天际的黄河注入浩瀚的海洋

一曲蓝色的协奏曲在咆哮的合唱里

簇拥着帆船，展开所有的风帆

无论经历怎样的波涛汹涌

经过怎样的风霜雪雨，失败或是胜利

怎样的动乱和斗争以及分裂

看吧，看看吧，看看中国

真实永恒的伟大民族

她面向世界，世界也面向她

如同大河汇聚的海洋

无论是大西洋、北冰洋、太平洋，是东海还是南海

无论是过去、现在和将来，中国都在世界的面前

人类天空下万千的姿态

不可分割的命运。团结，友谊，进步，文明

人类地球上千万年的旋转

环绕着东方和西方，融为人类的语音

当今人类的世界，传遍全球的声音

当是我和我的时代　世界的眼光

我要感谢当今世界

给予中国的目光并相信中国礼让的智慧和

中国声音中的对世界的大大小小的每一个国家的致敬

我要用一个中国诗人的情怀　以诗歌感谢世界

要把世界人民对中国人民的感情写进诗篇

从人类命运共同的爱，全部的忧伤和欢乐

以人类不断进步的不受国别干扰限制的崇高信仰

高呼：世界人民大团结万岁！

新长征

这片土地上，播撒过血的种子，生长着灵魂的叶子

盛开了比鲜花还艳的心灵

这片土地的气息，泥土里的芳香，血泪交织，爱的根茎

呼吸的心脏，跳动的脉搏

我们一起迎着太阳，从四面八方，我们的新长征

从来没有像现在这样有许多的开始

也从来没有像现在这样多样性的局面

更没有也不会有迟疑的别的道路可以选择

我们沿着道路，一路前行

会遇见我们的历史，曾经的生活和居住过的乡村，城市

会遇见熟悉的似曾相识的也难以忘怀的面孔

长征胜利了，我们为胜利而欢呼！

长征胜利了，我们为人民的富裕而高兴！

长征胜利了，我们的祖国强大了！

长征胜利了，新时代开始了！

我为新时代的长征擂鼓吹号

新时代为我们吹响了最嘹亮的进行曲

新时代的脚步踏上了新的征途

为那些无名的人民英雄

为那些不计其数的献上生命的战士

为领导中国人民从胜利走向胜利的领袖们

新时代的梦想，新长征

这是大地上的泪与血汗的芬芳

是对于熟悉面孔却又遥远的一次洗礼

洗涤去一些不尽如人意的失落

洗刷掉一些满腹的牢骚

一切为了新时代的新长征

我们必须知道新长征的含意

这是新时代最为庄严的时刻

如果，千万年后，我们安然无恙

也同样是一次远征后的归来
我是说：没有比反哺更为伟大更为现实

哦，这伟大的新长征，不必言说
我在心平气和的大地上，在号角的召唤下
我想回到当初长征出发的地方
我想回报信仰的初心——愿献上
一个平凡的诗人的爱

如果，我不能回到太阳升起的那里
那么，我所写下的诗篇，是否可以缄默
我会不会在沉默中在山峦间行走
沿着城市里的大酒店以及大厦
沿着干涸的峡谷和荒了的河床
在黄土地上种下土豆和白菜
给青萝卜、胡萝卜、青菜（芹菜）和红辣椒
套上帽子，戴上脸罩，捂住眼睛
蹲在村头的树下剥洋葱呢？！

向着曾经的田野、河流，向着湿润的森林
向着席卷大地的风雪，向着过去的风与火
向着初次离开时的黄土高坡，向着湍流不息

我愿意，抛弃我已获得的一切
从辉煌的城市出发，走向现在的农村
我当然看见了大地的忧伤
我当然听见了男高音的歌声
我当然也听见了灵魂的吵闹
在我们的祖国七十岁的这个美好十月的时辰
我将和蜗居在城市里的青年们
下定决心，决心前往初心不忘的乡村
因为我领悟到了新长征的根本含意
需要我们在我们的时代里

将共和国的农村改造成一座座城镇
自今后的新时代的青年们仍然会像先辈英烈
在流淌着泪、血和汗水的大地上
用我们的青春在新时代长征的路上
手拉手，肩并肩，融入美丽乡村的建设中
将城市之光带进我们出生的地方
我们会碰上一个吹着牧笛的孩子
从云端草原里欢唱着走出的羊群
在古老的宅屋门前
有来自北京的访问者，一遍一遍地问询
笑着落下眼泪，落在了充满回忆
飘荡着回声的草地上，落在了
一头白发，脸面上布满了皱纹的
坐在橡树下的老人的手指上，落在了
黝黑的夜晚孩子们被露水淋湿的梦里头
梦呓连绵地唤喊着父亲和母亲的名字
独自走进荒凉的溪谷，一个哭泣的小女孩
一片蓝天下，在春节来临之际，孩子们的父母
回到家乡，亲吻他们的天真的脸蛋
给孩子们穿上新衣衫，给老人带去一根拐杖
一家人坐在自家的院落里讲述
大上海的夜，繁花似锦的浦江两岸
北京，我们的太阳升起的五星红旗招展的天安门
在星空下，在柔声细语地诉说
听见山坡上咩咩的叫声，羊儿们正在回家的路上
哦，快乐的城市青年啊，来到这里
来看这里的神圣的土地
来看这里正在展示的曙光
新时代新农村的气象
来看这里正在挂职的领着当地村民
建设新农村的新青年
我相信一切都会变得美好　更加美好
因为，长征有着继往开来的民族和时代的意义

古老的中华民族必然要复兴，从新时代开始
从我们自己开始，从记忆中的含满泪水
在太阳的照耀下唱出最初的音符
千言万语的初心的声音涌上喉咙
比任何声音，比任何时代都更强烈，更动听
一起行动，一起出发
新长征的路途，我们走向一片片荆棘
建设我们的家乡，直到照进城市之光
直到博大的欢乐欢腾在青山绿水间

啊，新长征，我们沿着血染的土地
　　　　　　沿着青山绿水的道路
从城市走向祖先的土地
在点燃篝火的地方，在山间，在丛林
我们回来了，在这片国土上
我们看见水泥铺就的道路延伸到了乡村
曾经握紧拳头宣读《宣言》誓词的地方
如今，我们在这儿宣读誓言
接受新时代新长征的检阅
全体人民都看见了，也听见了
全面实现小康的攻坚战斗打响了
亿万的人民群众汇入火热的战斗中
从农村走向城市
从城市走向农村
新时代，伟大的长征，骄傲的新时代
一个个村庄，一座座小城镇矗立在青山绿水间
十年寒窗的学子回到了家乡
外出打工的村民回到了家园
海外的游子寄来了回归的佳音
乡村一派宁静，一派生机，庄稼茂盛，欣欣向荣

哦，我们的新长征
从一个民族可歌可泣的记住乡愁的大地上

从容转向书写无限眷恋的土地
当这片土地繁花似锦
当我们站在这里心花怒放
五十六个民族，亿万的炎黄子孙们紧密团结
照样行进在新长征的征途上
有远去的回忆，有美好的祝福
有群星闪烁的光彩，有太阳的光华灿烂
也有一个中国诗人的诗篇

未央歌集

我所有的歌，泪光里的诗，十月怀胎
我所不知的母亲分娩的阵痛
我所热爱的祖国，10 月 1 日，新中国诞生
黎明之后，清晨的太阳升起，五星红旗高高飘扬
就那样，仰望，热泪滚滚
定格在永久不变不忘的初心里
为了我们，为了所有那些在金秋十月的秋高气爽

我所有的诗，唱响的歌，用来丈量——
啊，太阳，我心中的太阳，头顶的太阳
我带着母亲的话语，走过她啜泣的大地
我想在她沉默的黄土地上耕种出麦浪滚滚
在秋风里看见玉米成熟山谷红彤
我在火焰山的葡萄沟里和藤蔓一起疯长
和晶莹剔透的葡萄一起熟了

我饱含热泪，啜饮峡谷、山峦
我兴许带来了一些西域沙漠里的沙尘
无花果的果园，三棵树、红旗坡的苹果
和田的石榴以及凛冽在河西走廊的风吹雪

继续奔走在尚未完成的迁徙
大风仍然吹过达坂城吹响石头的歌

我走在信仰的路上，信仰仍然沉重
即便我剃光了头发，仍然落满尘埃
如同我书写的诗篇，文字和掉落的泪
如同我听见的声音，鸟群的树林叽叽喳喳
如同我看见的那些睡在广场上的人

关于许多话题，许多问题，关于存在的和尚未发现的
关于诞生，关于成长，关于发展，关于进步与文明
关于人类的命运，关于和平，关于恐怖主义
关于世界贸易，石油，液岩气，关于蓝色的海洋
关于气候，关于印第安人的生存，关于非洲的疟疾以
及中东地区的战火和人类的信仰
关于知识，科学，教育，关于人道主义
关于平等和不平等的条约，关于新的美好生活
关于已知的和未知的，关于探索人类和人类的探索
关于一切，一切，一切的一切……

关于一切的话题，有它传播的网络
各种的思想，有各式的堡垒或洞穴
或会穿过早已废弃的会哭的墙
或是充斥在浪涛里，来自大西洋彼岸
或是星条旗下的自由女神
是我没有抵达过的地方，我保持缄默

我在我所热爱的我的国家，一直都在
我从未离开过躺着祖先们用田野和森林覆盖的土地
也贮藏着铜、铁、镍、黄金，流淌着石油的
流淌着黄河、长江，飘带一样的额尔齐斯河
有雪山，有沼泽，有牛羊和马群的国土

我们将怎样地热爱我们伟大的祖国
想到记得我们的过去同时知道未来
讲述，讲好中国故事，唤醒
沉睡的心灵，一代接着一代，同一个信仰
那永恒的追求，从我们不忘初心的教育中
获得新的灵感，从我们心灵的底处消解
高温天气中夹杂的潮湿和鼎沸的混沌
当初心在我们灵魂中凝炼，假如，现在
或有忘却了曾经拥有的初心
从前在爬雪山，过草地，黄河在咆哮
现在我们在新时代会找回，也会懂得

关于我们的这片国土，以饱含热泪，以
汗水与鲜血喂养出的土地，早已播下信仰
的种子，已在这块大地上硕果累累，自诞生
就像石榴那样包容、团结、开放，在祖先的
土地上，也是我们出生的地方，我们将怎样地
为新时代谱写新篇章，祝贺新庆典，为广阔的
天地无限的希望编织中国梦的王冠，在母亲的
大地上满怀信心奔向美好的生活

关于新时代，以及一切的时代
都是历史的长河，是生命的长河
我们不是把历史、生命搁在历史长河里，不算什么
但是，历史长河中的生命都有着时代的特征
都是生命在历史中奋斗谱写的
将成为生命之树的见证——人民的历史

我已经走在也走过了祖国辽阔的大地
抚摸过山水的焦虑捡拾起一路上的碎片
火把点亮脚下的道路也擦亮了眼前的黑暗
在曾经吹响了集结号的地方有焚烧的痕迹
鲜血的遗产留在了我们一次次走过的地方

我以我的血沥新英烈们不计其数的血
我将我的财富献给满身沾满泥土灰尘的农民
我也恳求我的祖国将你的光泽恩惠普照
让祖国大地上的每一寸土地都一样可爱
让我在你的大地上唱响中国
让全部的人民像开放的石榴那样
在你的大家庭里怀抱国家的爱
忠诚地说："我和我的祖国。"
喜悦地唱："我爱你，中国。"

我在伟大的中国梦里，从新时代的思想中
从大地的梦中获得了新知和慰藉
从人民的奋斗中看到了美好的未来
中国啊，我的祖国，诗人一生的泪光　一生的歌
鲜血染红了的土地是诗人无尽的歌
过去的血的泥土如今已生长出灿烂芬芳的花朵
无数的花蕾是那不计其数的倒下的人们
如今我们献上鲜花，献出初心
献出高楼大厦的某个平方米
新时代的中国啊！已经富裕了的人们啊
新时代的使命，首要关切大山里的潮湿的房屋
关注贫困中留守的老人和孩子们
成千上万的人们在四处奔波
　　　　　有塔吊上爆裂的血水和汗水
　　　　　有西瓜地里圆润的月光的眼泪
我们曾经保卫黄河，保卫延安，保卫祖国
从胜利走向胜利，现在我们保卫家园

如今，我们回望中国
遗留着英烈血液和骨头的土地
留下他们名字的高地上的村庄
我们是该回去了，回到农村，帮助农村
在举国欢庆胜利庆典的时刻

回到我们饱受苦难的土地，念念不忘的乡村

像建设城市一样建设新农村

树建新的丰碑，美丽我们的家园

覆盖在不朽的光荣的每一朵鲜艳的花瓣上

获得新时代给予梦想的

也是能使中华民族得以复兴的新鲜血液

带给中华民族伟大复兴

我不知道悲伤的颜色

也不懂哭泣的眼泪

却挥洒着悲伤的泪水

我穿过辽阔的平原

我越过沟坎的山峦

我在高高的黄土高原

高原啊，高原，我在黎明的时刻

长风会吹过遥远的鼓声

我拒绝了朗读者付费的意思和希望

却无法掩饰眼窝里所剩无几的泪珠

面对关联交易，用来相互抬举的方法

我来到离海最远的乌鲁木齐——天山脚下

葡萄熟了，瓜果飘香，明月的天山下

拥有资源的公共平台上掉落下一枚钱币

每个人都有自己的站位，一个王冠，头衔

早已成为习惯，明码标价与理应所得

所谓名人的档期只不过是一次次的自欺

所谓付出或是奉献只是口是心非的炎症

早已疲顿乏困的双腿仍然奔跑在名利场上

然后对着不包括他们在内的那些不幸者

尽情歌唱，歌唱已被玷污了的殉难者

且不留下任何玷污的痕迹和我们的泪水

甚至他们还与我们同床共枕

醒来的清晨消失得了无踪影

而一个诗人的夜晚早已心力交瘁

为什么？究竟为什么？他们到底要什么？
而在此之前，我已经走遍了我们的国土
可是，我竟然一无所知
而在此之后，我看到了一个一百零六岁
老人脸上留下的皱纹和他
早已模糊了的双眼和他
长得像浮雕一样的双手以及
昏聩暮年的饱经风霜的沉默
一个孤独老人的回忆，当年的湘江两岸
这颗初心啊，伟大新时代里的初心
是否会聆听那震响在回音壁上的心声
如果，从农耕文明走向了蓝色文明
我以为我们需守候家园，也要面对太平洋的巨浪与风暴
为了一个民族的复兴，为了初心的灵魂，为了不可忘却

七十年前的国土，五千年的文明
我是躺在泥土里的贮藏着泪水的陶罐
我所以沉重，是因为睡意连绵
我在串串的泪珠里
不再寻求救赎
因为在我的陶罐里装满了众生的百姓
那些滞留在所有秋日的向日葵
那些石榴在泥土的血液中绽放
我恳求，我们的脚步不要匆忙
无须因一篇薄情的文章而申明渐行渐远
诗人只是埋在泥土里的陶罐
保持沉默，忍受干旱、水涝、酷热、严寒
与那些英烈先祖们睡在能够睡熟的地方
与呼吸，与泥土，与树根的汁液，与芳香一同
填平许多人离开而又不能回来的沟壑
我愿意在被遗忘里眺望扬帆起航的红船
并为她的归来为她守候国土上的家园

祖国啊！人民啊！可爱的祖国，亲爱的人民啊！
我把诗歌献给你，我把玫瑰和百合献给你
我站在黄土地的高原上，为你而歌
当我在沉默的大地上，当我长叹
我拿什么奉献给你啊，我的祖国，我的人民

我在我的孤独里依然地爱着你
会魂不守舍，会煎熬，会失眠，会流下眼泪
十二小时前的午夜里的蒙面人
在黑暗中穿过我的祖国宁静的港湾
号叫着穿过布满沙哑的恐惧和喧哗
蒙面者的利刃，凶狠的利刃
流血的人，鲜血染红了的五星红旗
还有躲在背后的不怀好意的黑手
在我们的国土上披着"自由""民主"
这样华丽的外衣，戴着伪善的假面具
当香港的心都碎了，以宪法的名义，正义之师
是我们该行动的时候了，全中国人民站起来
起来反对那些践踏国土的暴行者
反对一切分裂者，出卖荣誉、法律、正义的行为
我们必须站起来，守护我们的家园
必须斩断那些群魔乱舞者的手
告诫那些持有傲慢与偏见的妄想者
惩治那些玷污神圣领土庄严国旗的犯罪者
我们必须站起来
击败我们已经知道的、当然的敌人

站起来，以斗争的精神捍卫正义的道路
反对我们新时代里那些反自然反人类的倒行逆施的力量
让他们知道今日之中国
庄严的五星红旗下的这片国土我们不能再让
我们的山河破碎我们的人民苦难深重
我们的祖国是在和平中，在人民的奋斗中崛起的

中国啊，我的祖国，站起来的中国人民
扬起我们新时代民族复兴的红帆船
载着我们所有梦想和对美好生活的夙愿
面对敌人，勇敢地向着强大的敌对势力斗争
毫无畏惧地前进，前进，向前进
让我们的新时代成为幸福的时代
装满美好时光欢乐时光的伟大的时代

我怀着美好的信念，献上我的诗
为了今天这片土地上清新的芥草，含情的绿叶
和受到光照的繁华城市，美丽乡村，人民的大地
诗人将跟随着人民共和国坚定而从容的步伐
书写与人民相称，与中国相称
与曾经、现在和未来相称的诗歌
把可爱的祖国，亲爱的人民最好的一面传递给世界
愿我献上的诗，自由的诗从伟大的新时代里
走向伟大，将诗歌献给新的时代！

还有许许多多，汇入新时代的声音
融合出理所当然的红船引航最初的思想
航向早已诞生在了
《诗经》的国土上
思想的顶峰上
神圣的抱负上
怀有着空前信仰的坚强信念的
新时代的中国，你空前的国度
从深厚的黄土高原土壤上翻了身
你以坦荡豁然毫不掩饰地敞露在世界东方
七十年的奋斗，光辉的历程
不管你经历了多少的苦难，多少灾难、阵痛
当今你仍然在前进的道路上遭遇磨难
大西洋的风暴不会让你一帆风顺
比战争还要可怕的意识和视听在和平地演绎着

315

因为你的崛起和壮大

因为你的包容天下，包容一切的融合

化肥，农药，克隆的种子，面具的微笑向你袭来

千方百计地遏止你翻身后的崛起和更加繁荣

但是，无论是怎样的计策，也抵不上你的宽大心怀

抵不上你普照万物的光和热

抵不上你对世界人民大团结的热烈拥抱

抵不上你堂堂正正和平发展的治国理念

七十年前，新中国诞生了

人民在欢呼声中簇拥着当家做主的

自己的国家，努力奋斗，自强不息

不忘初心的信仰是国家和人民的燃料

社会主义的信念是国家和人民的道路

七十年后，新时代的中国

人民在欢呼声中继续着不忘初心的信仰

在坚强的信念中继续前进在社会主义的道路上

无论人类世界发生怎样的变局和变迁

无数的声音交错在这个世界里

无数的面孔出现在我们这个时代里

我们的新时代

不忘初心，牢记使命的时代

我们的新时代

带给我们良风、美德、力量、希望信仰的新时代

我们的新时代

带给了我们甜蜜的感觉，纯洁思想的时代

我们的新时代

战天斗地改造贫困，实现小康社会的时代

我们的新时代
有动力，有精神，有使命的时代

我们的新时代
实现民族复兴伟大中国梦的时代

我们在我们的时代里
包含着善意和爱　包含了将来的岁月
追求我们所爱的东西，追求美好生活
我们找到了初心的思想引航心灵
我们听到了生命的灵魂和心灵的召唤
我们看到了崇高的思想光芒
相信，我们信念中的信仰之光
会照耀在新时代长征的道路上

我们当然会带着关切和喜悦并肩奋斗
建设我们青山绿水美好景色的家园

我们当然会因爱而坚强地行使主权维护领土
以国家和人民的名义统一我们祖国
我们当然会保有一种创新的能力

给予我们共同的人类世界提供滋养和中国智慧
会在新时代里与世界各国各地的人民交谈
人类的过去、现在、将来，一代又一代
畅饮大地之歌，生命之歌

当"一带一路"贯通两个半球的时候
当战争与和平，生命与死亡，当美好诞生时
诗人确信，那是正义之光，和平之光，自由之光
诗人相信，人类命运共同体已分娩诞生

这个伟大的新时代，理所当然融合了
人类命运对生命的礼赞

我将"未央歌"献给我的祖国和人民
我将"未央歌"献给人类的世界和世界的人民

2019.7

延安，如果我忘了你（代后记）

　　延安，如果我忘了你
因为一切都会被时间洞穿，沙砾的声音
我把巨大的沉默和微不足道的抗议扼在一起
就如同是深凹或是凸起的沟壑山峦　和
刮过我的脸、高过我的头、迷住了我的眼的
信天游的歌。我的四处张望流向延安
而我的心胸悲伤得发疼
是否是黄河在咆哮，是否是硝烟中的大刀
而我的忧伤的眼泪却像零星的雨点
打落在黄土高原厚厚的思想上
所有的文字在无数的洞穴处躲藏
你让我来来回回地寻觅许许多多
伟大而又神圣的延安啊
就从落脚的地方开始
在那儿，金灿灿的谷物在风尘中开起
我的肉体和灵魂都将获得喂养

　　延安，如果我忘了你
我把我写下的诗和卑微的灵魂的巉岩摞在一起
就如同汹涌波涛的黄河的涡漩，和
淌过我的身、淹过我的脸、裹挟着我的眼的
轻柔的诉说。我的四处乱奔的脚步向着延安
而我的身体已经长满了苔藓
是否是黄土在大风中炼冶成金，是否横空出世
而我的站立在国土上的身体却像飞天的羽人
彰显了一次国强民富的思想

所有的诗句在向人民致敬
你让我回回去去在人间行走
伟大而又神圣的延安啊！
就从落脚的地方开始
在那儿，骏马稳健奔腾在平坦的路上
我的肉体和灵魂都是你长出来的麦粒

      延安，如果我忘了你……
我一路上都在跟着你跑
而我早已筋疲力尽，如同空了的皮囊
而我的祖先们不像我，全不像我
但他们像一棵棵的芥草，守护着家园
神圣的延安啊
我就从落脚的地方开始满怀着渴望
我就从未振翅高飞过
我也飞不过你的黄土高原
我就喘着粗气说着粗声粗气的话语
可是我来不及转身　许多的心就淹没在了
从黄土高坡上吹来的尘土里
我一口一口地吃着泥土的种子
吃下的已然是我自己
依旧是继续被大风吹着
直至再次变成大地的一粒种子
在我的国家的国土上
生于斯，长于斯，安息于斯
我会听见你对我的一声耳语

      延安，如果我忘了你
你会掸一掸，掸掉我的皱皱巴巴的衣衫上的
粘满的灰尘、烟灰，和麦糠麸皮
和一张很久很久以前发黄的粮票和一分纸币
我也会在半路上遇见互不相识的父亲
咱们就悄然无息地擦肩而过吧

无须解释我们为什么会邂逅
为什么我会蹲在陕北的黄土高坡上
为什么我会听见一块石头的哭泣
那时我已在祖国大地上放声大哭了五千年
直到新中国诞生，我就回到了起点　回到
神圣的延安，跟母亲在一起拉拉家常
她会说："孩子，我的孩子，睡吧，你该睡了。"

　　　延安，如果我忘了你
我便有可能横冲直撞冲到悬崖边上
是风吹走了我，是风流放了我
但是，延安啊，延安
我是被你流放后又监禁的
会想起时又突然将灵魂绞杀的苦工

　　　延安，如果我忘了你
我定会将自己的头发剃光
看一看到底是哪儿受了伤
竟然会让我失忆，让我忘了你
如果东风不吹
我永远都滞留在家徒四壁
一直住在泥巴造的茅草房舍里
我会梦呓连绵
我会在梦里呼唤我的母亲

　　　延安，如果我忘了你
就让我的鲜血化作一片红海
我会在你的血管里重新认识或再次投胎

　　　延安，如果我忘了你
信天游的歌儿是否会有能飞的翅膀？
而我，在祖国的千里冰封、万里雪飘的国土
　我想，特别地想向上，如同丹顶鹤报来春天

延安，如果我忘记你
那一定是一个诗人失去手，被夺走了笔
即使我对你袒露了全部的感情
我仍然会怀疑我的真情是否纯洁
我仍然会想起我的祖国的泪和血
是一个民族的记忆，是记忆中的新中国

延安，如果我忘了你
雾霾和迷雾以及朔风会让我瞎了眼
就像黄土高原的穹隆像一座座洞窟
像大地上高高耸立的永垂不朽的长城

延安，如果我忘了你
今夜，万籁俱寂，宝塔山沉入延河
我依然会看见闪烁着波光的灯塔
会想起走了那么远的路
为的就是在你那里看见你的初心

延安，如果我忘了你
我所有八月的光华和七月的相思
我的吐鲁番的葡萄，哈密的瓜
我的缀满繁星的峡谷和角楼
是否还保留着当初我西出阳关时的
一次饥渴和一次深长的睡眠
或者是我尚且不会走路时爬在炙热的泥土上
我当然会闻嗅到充满记忆的母亲的乳香

延安，如果我忘了你
但愿我有朝一日，在忘却中想你
向着黄土高原上的你和众天使的歌
唱出欢呼和赞誉
但愿，我清晰地归从你浩大的心灵

依然留在大地或扎根大地
如同向着太阳的向日葵
但愿我潸然泪下的面容是胜利的微笑
是我们的春天，是我们的时代

　　延安，如果我忘了你
我就不会一次次地踏入你厚重的苦难
也不会在黑漆漆的夜里看见杨家岭的灯光
和梁家河更加疼痛的月光下的果园
我就不会在更为遥远的他乡聆听你的苦难
如果我忘了你，你会呼唤，会呼喊
哪怕是风雨雪霜，你会举着儿时我的魂魄
揣着曾经的初心和现在的希望
延安，如果我忘了你
我并不认为那是离你而去
而是欢欢喜喜的一次重新出发

　　延安，如果我忘了你
我便是一个没娘的孩子
犹如秋风中瑟瑟发抖的一把芨芨草
在连连绵绵的哀怨中在黄土高原上飞翔
但，我更愿意留下来在火焰中燃烧
在烈焰中一直烧到傲慢的春天生机勃发
看见满天里的云朵露出太阳一样的笑脸

　　延安，如果我忘了你
我的胸中会有内在的温馨，甘美香甜
或是我的一次醉酒后的浩荡的狂野
疑似突然地失忆，为新的开始

　　延安，如果我忘了你
你便将我在我所在的胸怀里释放
你如此之慷慨大度是希望我能走得更远

不得不在深情中长久忍耐着我长大
不得不在我一次次飞翔中拾遗落下的羽毛
告诉我，为什么，为什么你能够忍受，如果我忘了你

　　延安，如果我忘了你
我想我一定是忘了儿童时期的红缨枪和
很想去参加一次守护家园的战斗
而现在，我的鼻子正在承受着鼻炎的袭扰
季节的花粉和飘在空气中的雾霾贿赂了我的嗅觉
而我仍在继续着承受着记忆重压下的创作
在耐心的土地上，寻找出土的那粒种子
在所有的种子上，辨认谁是谁的文字
在一粒粒中认出你响彻世界的名字

　　延安，如果我忘了你
在这个新时代，我中风的半张脸，斜的眼
就像黄土高坡层层叠叠山峦和沟壑的轮廓
就像喝了酒，半疯，半癫，为了忘却而充满记忆
那是可以想象而不是刻意的，延安啊
你的名字属于方向和道路、镜子和十月

　　延安，如果我忘了你
在我来来去去的路上信仰会变得沉重
风尘、粉尘、沙子揉进我的眼睛化成泪水
而我的心底却布满了尘土遮挡着的梦想
当我们启程远离故土，当海风吹起纵横交错的巨浪
当盐碱地上的文字与海盐的符号
相遇在这两个半球，东方，西方
关于人们的意识形态，为文明，关于和平的认识
关于旗帜，关于各自眼睛里的颜色将如何
共同存在于新时代的国家的旗帜上
谁主沉浮，问大地苍茫，而这就是我们所要面对的
需要融合，需要修补，需要一剂良药医治和恢复的时代

延安，如果我忘了你
为什么我的眼里噙满了泪水
为什么我的嘴巴张开却又不敢说出
寄存在我心底可以沉思的朵朵鲜花
我是不是可以是慷慨激昂的声音
依旧星星之火可以燎原温暖我的灵魂
让烈烈的烈焰把我们的记忆照亮
从心底复活先烈们的形象
在跳动的火苗中念出他们的名字
感受先烈的心灵的震动和精神的光耀
"生的伟大，死的光荣"

延安，如果我忘了你
那就让我忘了我自己吧
就让我的儿女们记住我，记住你
让子孙后代献上记忆的花篮吧

延安，如果我忘了你
在我张口闭口间筑起时光的大坝　我将
举步眺望高高的山岗云端里的草原
一个婴儿的啼哭声从辽阔的旷野中传来
这样的哭泣声也显得十分辽远
这样的哭声在敞开的原野更加地孤独
就像风一样吹来了又刮走了
我身体里或者叫作灵魂里的记忆
又像深秋夏牧场上一摞摞捆束的草甸

延安，如果我忘了你
我的诗歌，我的咏叹，我直抒胸怀的
诗语，当向辽阔的原野吟诵
积压在我心头的哀怨，飘忽的念想和
更高的企盼以及卑微的拯救

如果我以战士的姿态，我雄心激昂将
诗歌联结起并奉献给坚贞不渝的万里长城
我当然会记得万水千山的大地
当然会唤起血脉激荡的岁月历尽沧桑的初心

延安，如果我忘了你
忘掉肉眼里的春夏与秋冬
忘掉滋养着我的富有诗意的大地
我断然不会在意对梦想的冷嘲热讽
不会与麻木、冷漠、另有的谬见、自私自利的
正人君子们接纳另一种信仰
延安啊，一个永不褪色、永不衰败的伟大信仰
为更为崇高的企盼给予了思想的良田
我能在饥饿的时候找到可口的粮食
并与崇高的初心缔结出本来的光芒

延安，如果我忘了你
我的诗歌将会不知去向
我会迷失在汉语的文字与色彩和景象里
诗语会洒落在凄凉的水洼，荒凉的山崖
会落在先人孤寂而忧郁的烽火台上
那将是残垣朽墙乱石间的萧瑟的盲风
延安啊，我要升腾，我要飞高，跃上高原之风
用我的双臂揽下新时代的风象
驱散笼罩遮挡着未来美好万里碧空的浓雾
把承载着世界人类命运的延安写入史册
我要置身其中奋力将它打开
从东方到西方，从现在到未来
让全世界都看到，读懂整个中华民族复兴的梦想
让我的祖国成为一首生动的诗篇
我便会在不能忘却时高唱赞歌
讴歌泱泱大国诞生的阵痛

延安，如果我忘了你
在我走过青青的草地，越过高山江河
抵达曾经在此又离开的地方
这是我的国家是我寸步未离的国土
当然我会记住回忆时的牧歌的草原
当然我会在无风的果园里与你漫步
在我远离了风沙砾石，远离了冰川
在我所看见的山谷里的洞窟里的灯火早已点亮
在我听见石磨与钢磨的声响
在我听见打铁匠的火花
当然，我会听见喜鹊的喳喳的鸣叫
也会看见雪地上的一只沙鸡
我为这：一唱雄鸡天下大白

延安，如果我忘了你
那一定是我生命中不死的信念
一定是气壮山河英雄的气概
那便是我在远离京城之地
我便是绿野仙踪
是烛光里的美酒
是我在喝醉酒时的一次长眠

延安，如果我忘了你
我不会是你身躯里自豪的血脉
也不会是一个记忆中的草原和雪山
你啊，延安啊，延安
如果，让我在昨日会师的盛宴上瞠目结舌
如果，你依旧是侧耳聆听的讯息
我便在你的召唤下原路返回
理所当然，一个拥簇着五十六个民族的大家庭
一定不会缺失理所当然的爱和坚贞的不渝

延安，如果我忘了你

透过黑夜升起绵绵的芳香怎会

灌入我如饥似渴的心田

我如何才能抒写韵味无穷的赞歌

才能穿越大地和岩石，向宇宙吹响胜利的号角

让芸芸众生自由而快乐地向你走来

在朝圣的路上引吭高歌

沐浴你思想的光芒与万物的语言

自然而然浑然一体抒吐新时代的振奋与激昂

传播颂扬山更青、水更绿、一往情深的不朽之音

赞美这个繁荣得令人惊叹的新时代

　　延安，如果我忘了你

就等于是我忘了从何而来，又向何而去

而我们在九百六十万平方公里的国土上（不包括海洋）

我们在干什么？为了谁？我们干了什么

无论是上下五千年，还是一万年

无论是七十年，还是一百年

我只是想要告诉你啊，延安

请你，恳求你，别让我在你的时代里弄丢自己

让新一代的青年们，接住永不落掉的接力棒

把新时代赐予的福分揽进每一个美好时辰

让记忆中的宝塔山代替我去记忆

让记忆中的延河水代替我去记忆

让早已命名的长安街去记忆

让天安门城楼上的旗帜去记忆

让一个民族的复兴之路去记忆

　记住我的初心，我们的灵魂，我们的泪水

　　记住今朝，新时代伟大的幸福！

　　延安，如果我忘了你

无论在你普照着的大地

还是在你升腾着的天空

延安啊，我赞美你，光荣属于你

但愿有朝一日，我的灵魂

依偎着你，栖息在智慧树下

犹如它的枝繁叶茂笼罩新的时代

我当为永恒的你讴歌，永存的爱而来而去

走在铺满鲜花的路上

碰上所有梦想的诗句

从我的心中升起一轮红日

用思想之火温暖大地

为你，我献上我永存的美好祝福

2019.8.22 修订

图书在版编目（CIP）数据

未央歌集 / 辛铭著 .—北京：作家出版社，2019.11
ISBN 978-7-5212-0768-2

Ⅰ.①未… Ⅱ.①辛… Ⅲ.①诗集－中国－当代 Ⅳ.① I227

中国版本图书馆 CIP 数据核字（2019）第 242318 号

未央歌集

作　　者：辛　铭
策　　划：王　山
责任编辑：省登宇　周李立
装帧设计：琥珀视觉
出版发行：作家出版社有限公司
社　　址：北京农展馆南里 10 号　　邮　　编：100125
电话传真：86-10-65067186（发行中心及邮购部）
　　　　　86-10-65004079（总编室）
E-mail:zuojia @ zuojia.net.cn
http://www.zuojiachubanshe.com
印　　刷：北京盛通印刷股份有限公司
成品尺寸：165×260
字　　数：320 千
印　　张：22
版　　次：2019 年 11 月第 1 版
印　　次：2019 年 11 月第 1 次印刷
ISBN　978-7-5212-0768-2
定　　价：89.00 元（精）